박완서
산문집
2

나의 만년필

문학동네

차례

일러두기
* 이 책은 1977년 출간된 『혼자 부르는 합창』(진문출판사)을 재편집하였습니다.
* 『표준국어대사전』 및 『고려대 한국어대사전』을 기준으로 한글 맞춤법을 통일하였으나, 많은 부분에서 저자의 표현을 최대한 살렸습니다.

1부
게으름뱅이의 변

사십대의 비 오는 날

앉은뱅이 거지

비가 오는 날이었다. 요즈음은 꼭 장마철처럼 비가 잦다. 청계천5가 그 학머구리 끓듯 하는 상지대商地帶도 사람이 뜸했다. 버젓한 가게들은 다 문을 열고 있었지만 인도 위에서 옷이나 내복을 흔들어 파는 싸구려판, 그릇 닦는 약, 쥐 잡는 약, 회충약 등을 고래고래 악을 써서 선전하는 약장수, 바나나나 엿을 파는 아줌마들의 모습이 보이지 않아 인도가 텅 빈게 딴 고장처럼 낯설어 보였다. 이 텅 빈 인도의 보도블록을 빗물이 철철 흐르며 씻어내리고 있어 지저분한 노점상도 다 빗물에 떠내려간 것처럼 느껴지기도 했다.

그런데 딱 하나 떠내려가지 않은 게 있었다. 앉은뱅이 거지였다. 나는 한 달에 두어 번씩은 그곳을 지나칠 일이 있었고, 그때마다 그 거지가 그곳 노점상들 사이에 앉아서 구걸하는 걸 봤기 때문에 그 거지를 알고 있었다. 그날 그는 외톨이였고 빗물이 철철 흐르는 보도블록 위에 철썩 앉아 있는 그의 허리부터 발끝까지의 하체가 물에 흠뻑 젖어 있는 건 말할 것도 없었다. 그래도 한 손으론 비닐우산을 펴들어 머리를 빗발로부터 가리고 한 손은 연방 행인을 향해 한푼만 보태달라고 휘젓고 있었다. 나는 전에 그를 봤을 때 각별하게 불쌍히 본 적도 없었고 그가 앉은뱅이라는 것조차 믿었던 것 같지가 않다. 앉아서 주춤주춤 자리를 옮기는 것도 봤고, 앉아서 다니기 편하게 손에다 슬리퍼를 꿰고 있는 것도 봤지만 그게 반드시 앉은뱅이란 증거가 될 순 없었다. 허름한 바지 속의 양다리는 실해 보였고 아마 아침엔 걸어나와 온종일 저렇게 흉물을 떨다가 밤이면 멀쩡하니 털고 일어나 걸어들어가겠거니 하는 추측을 자연스럽게 할 수 있을 만큼 나는 약아빠졌달까, 닳아빠졌달까 그렇게 되어 있었다.

그날도 물론 그가 앉은뱅이란 증거는 아무것도 없었다. 앉은뱅이가 아니란 증거 또한 없었다. 그냥 빗속의 그의 모습이 충격적으로 무참했다. 찬 빗물에 잠긴 누더기 속의 하체가 죽어 있는 물건처럼 보였고 그래서 행인을 향해 휘젓고 있는 한쪽 손이 비현실적이리만치 끔찍하게 느껴졌다.

나는 한순간 무참한 느낌으로 숨이 막히면서 가슴이 찢어지는 듯한 통증을 느꼈다. 그러곤 잠시 어쩔 줄을 몰라 했다.

부끄러운 얘기지만 거리에서 거지에게 돈을 주어본 일이 거의 없다. 한겨울에 벌거벗고 울부짖는다거나 끔찍한 불구라든가 너무 어리거나 너무 늙었거나 해서 도와주고 싶다는 생각이 절로 나게 가엾은 거지를 보고 주머니를 뒤적이다가도 문득 마음을 모질게 먹고 그냥 지나친다. 이렇게 마음을 모질게 먹는 데는 그럴 만한 이유가 없는 건 아니다.

그날도 나는 빗속의 거지 앞에서 핸드백을 열려다 말고 이 거지 뒤에 숨어 있을 번들번들 기름진 왕초 거지를 생각했고, 앉은뱅이도 트릭이란 생각을 했고, 빗물이 콸콸 흐르는 보도 위에 저렇게 질펀히 앉았는 것도 일종의 쇼란 생각을 했고, 그까짓 몇 푼 보태주는 것으로 자기 위안을 삼는 것 외에도, 대체 무엇을 해결할 수 있나를 생각했다.

요컨대 나는 내 눈앞의 앉은뱅이 거지에 대해 아무것도 알고 있지를 못하면서 거지라는 것에 대한 일반적이고 피상적인 예비지식을 갖출 만큼 갖추고 있었던 것이다. 그리고 그 예비지식 때문에 나는 거지조차 믿을 수 없었던 것이다. 내 눈으로 확인한 그의 비참조차 믿을 수 없었던 것이다. 마치 속아만 산 사람처럼, 정치가의 말을 믿지 않던 버릇으로, 세무쟁이를 믿지 않던 버릇으로, 외판원을 믿지 않던 버릇으로, 장사꾼을 믿지 않던 버릇으로, 거지조차 못 믿었던 것이다.

그날 일을 생각하면 지금도 통증과 함께 자신에 대한 혐오감을 누를 수 없다. 믿지 못하는 게 무식보다도 더 큰 죄악이 아닌가도 싶다. 거지에 대한 한두 푼의 적선이 거지를 구제하기는커녕 이런 적선이 있기 때문에 근본적인 구제책이 늦어져 거지가 마냥 거지일 뿐이라는 제법 똑똑한 생각을 요즈음은 어린이까지도 할 줄 안다. 사람들이 갈수록 더 똑똑해지고 있다. 그럴수록 불쌍한 이웃을 보면 이런 똑똑하고, 지당한 이론 대신 반사작용처럼 우선 자비심 먼저 발동하고 보는 덜 똑똑한 사람의 소박한 인간성이 겨울철의 뜨뜻한 구들목이 그립듯이 그리워진다. 나이를 먹고 세상인심 따라 영악하게 살다보니 이런 소박한 인간성은 말짱하게 닳아 없어진 지 오래다. 문득 생각하니 잃어버린 청춘보다 더 아깝고 서글프다. 자신이 무참하게 헐벗은 것처럼 느껴진다.

버스 바닥에 흩어진 동전

이것도 비 오는 날 얘기다. 버스를 타고 있었다. 타고 내린 많은 사람들의 젖은 신발과 우산에서 흘러내린 빗물로 버스 바닥은 질펀한 진창을 이루고 있었다. 나는 내가 내릴 정거장을 하나 앞두고 갑자기 앉은자리에서 안절부절 불안해졌다. 잔돈이 하나도 없고 5백 원짜리밖에 없다는 걸 알았기 때문이다. 요즈음 5백 원권은 그가 처음 탄생할 때 지녔던 가치를 어느 틈에 5천 원권한테 빼앗기고 형편없이 타락한 건 사실이다. 5백 원권을 가지고 큰돈 대접할 사람은 아무도 없다.

다만 나는 아직도 버스에서 내릴 때 5백 원권을 낼 때만은 그게 큰돈처럼 느껴지고 그래서 차장 아가씨한테 미안해하는 버릇이 있다. 아마 옛날 옛적 5백 원권이 위풍당당하게 최고액권 행세를 하던 시절, 그것으로 버스 요금을 내면 차장이 짜증을 내며 구박까지 하던 때의 기억 때문에 그런지도 모르겠다.

아무튼 5백 원권으로 요금을 내려면 한 정거장쯤 미리 앉은자리에서 일어나 차장한테 가는 걸 내 나름의 예절로 삼아 왔다. 그날도 나는 미리 차장 아가씨한테 가서 미안한 얼굴을 하며 5백 원권을 내밀려고 했다. 그런데 차장 아가씨는 꼿꼿이 선 채 머리만 약간 창틀에 기대고 곤히 잠들어 있었다. 우리집 셋째 딸만한 나이의 연약한 아가씨였다. 짙은 피로가 앳된 얼굴과 심한 부조화를 이루고 있어 측은했다. 그 잘난 5백 원권 때문에 이 아가씨의 다디단 잠을 깨울 수도 없는 일이었다. 더군다나 나는 그녀의 피곤하고 불안한 낮잠에서 그녀의 중노동, 불량한 생활환경, 불결한 잠자리, 조악한 식사, 업주로부터의 인간 이하의 모욕적인 대접, 그리고 그녀가 도망친 가난한 농촌 등 버스 차장이란 직업에 대해 갖고 있던 일반적이고 알량한 상식을 한꺼번에 확인한 것처럼 느꼈고, 그래서 얼싸안고 내 품에 편히 재우고 싶으리 만큼 감상주의에 흠뻑 젖어들었다.

내가 내릴 정거장이 되고 버스가 멎는 것과 동시에 그녀는 반짝 눈을 떴다. 잠에서 깨어난 게 그녀가 아니라 나였던 것처럼 나는 놀라면서 어설프게 5백 원권을 내밀었다. 그녀는 재빠르게 동전이 짤랑대는 주머니를 뒤적이더니 백 원짜리와 십 원짜리 동전을 건네주었다. 나는 손을 내밀었다. 이런 우리의 주고받음 사이를 뚫고 두어 명의 승객이 버스를 내렸다. 그 바람에 누구의 잘못인지도 모르게 동전이 질퍽질퍽한 버스 바닥에 흩어졌다. 나는 그것을 주우려고 엎드리면서 차장 아가씨가 상냥하게 미안하다고 하면서 같이 줍든지, 그냥 내리라고 하고는 새로운 거스름돈을 주기를 바랐다. 그러나 그녀는 발까지 구르며 나에게 호통을 쳤다.

"아이, 속상해. 그것 하나 제대로 못 받고 속을 썩혀, 빨리 빨리 주워가지고 내려욧. 빨리 발차시켜야 한단 말예욧."

질퍽한 버스 바닥의 동전은 용용 죽겠지 하는 듯이 차고 희게 빛나며 좀처럼 주워지지를 않았다. 마치 침으로 붙인 우표딱지 모양 버스 바닥에 찰싹 달라붙어 나를 약올렸다. 나는 거지처럼 더러운 버스 바닥을 엉금엉금 기며 손톱으로 이리저리 집어 겨우 백 원짜리 동전만 주워가지고 허리를 좀 펴려는데 차장 아가씨가 나를 잽싸게 문밖으로 떼밀었다. 아니 내던졌다.

나는 곤두박질을 치면서 겨우 진창에 엎어지는 것만은 면했다. 그것만으로 내가 받은 수모가 부족했던지 버스는 흙탕물까지 나에게 끼얹어주고 떠나갔다. 옷도 옷이지만 네 닢의 동전을 주워올린 내 손과 손톱 사이는 말이 아니게 더러웠다. 나는 어느 가겟집 홈통에서 흘러내리는 빗물로 손을 씻었다.

그러면서도 나는 차장 아가씨한테 몹시 화를 내지는 않았다. 나이 탓인지도 모르겠다. 꼿꼿이 선 채 불안하고도 달게 자던 소녀에 대한 한 가닥 모성애 같은 게 그때까지도 내 내부에 남아 있었으니 말이다.

철거되는 대학 건물

또 비 오는 날이었다. 또 버스간 속이었다. 나는 돈암동 쪽에서 시내로 버스를 타고 나오고 있었다. 버스가 조용한 대학로로 접어들었다. 비 오는 날, 그곳의 가로수는 눈이 부시게 아름다웠다. 연둣빛 어린잎들이 신기하리만치 정갈하고 싱그러워, 덩달아서 살아 있다는 게 그저 고맙고 축복스럽게 여겨졌다. 젖어 있는 나무들 사이로 문리대 건물이 보였다. 철거 작업중임을 알 수 있었다. 벽은 그대로 서 있는데 지붕과 내부가 헐어져 뻥 뚫린 창으로 저편 하늘이 보였다. 아아, 드디어 문리대가 철거당하는구나, 나는 그렇게 생각했다. 그런 생각에는 현실감보다는 달콤한 감상이 더 짙었다.

나는 문리대 자리에 아파트가 선다는 소식도, 이를 반대하는 쪽의 서울대 보존운동에 대한 소식도 남이 아는 것만큼은 알고 있었다. 나는 어느 편도 아니었다. 그냥 담담한 방관자의 입장이었다. 학문과 사상의 전당이요, 젊은이들의 꿈과 야망의 고장인 유서 깊은 건물이 헐리고 아파트가 들어선다는 게 못마땅했지만 아무리 떠들어도 종당에는 그렇게 되고 말걸 하고 체념하고 있었다.

그러면서도 지금의 대학로가 이루고 있는 풍경 외에 어떤 딴 풍경도 그곳에서 바꿔놓고 상상할 수가 없었다. 그곳은 누구에게나 그리운 동경의 고장이었다. 또 내 자식이거나 손자거나 단 한 번이라도 좋으니 그곳에서 입학식을 갖고 졸업식을 가졌으면 하고 벼르던 누구나의 희망의 고장이기도 했다.

아아, 마침내 헐리는구나, 나는 신음처럼 되뇌었지만 축축이 내리는 비 때문일까, 좀처럼 현실감을 가지고 그 문제가 나에게 다가오진 않았다. 나무들은 다 제자리에 청청하게 서 있고, 시계탑도 보였다. 버스가 정문을 지났다. 그리고 마침내 낯선 게 보였다. 아마 건설회사의 현장사무소 같았다. 일자형의 흰 건물에 함석지붕이 짙고 독한 주황색으로 칠해져 있었다. 아아, 하고 나는 다시 한번 신음했다. 나는 평생 그렇게 독하고 추악한 주황색을 본 일이 없다. 더군다나 그 주황색은 비에 젖어 번들대고 있었다.

그 주황색이 내 뇌를 갈고 지나가는 듯한 충격을 나는 내 뇌수에 느끼고 진저리를 쳤다. 나는 그런 충격은 청각의 자극을 통해서만 일어나는 것으로 알았는데 그게 아니었다. 지독한 쇳소리의 마찰음을 들었을 때 뇌 속에 일어나는 미칠 듯한 경련과도 흡사한 쇼크가 시각을 통해 내 뇌 속에 일어났던 것이다. 그리고 그 주황색 지붕 너머로 미래의 아파트 단지의 투시도가 선명하게 보였다.

비로소 문리대가 헐리고 속악하고 호사스러운 고층 아파트가 들어서게 된다는 현실감이 나에게 왔다. 그 현실감은 고약하고 고통스럽게 왔다. 나는 지금도 그 빗속에 번들대던 주황색 지붕을 생각하면 혐오감으로 진저리가 쳐진다.

그 혐오감은 유서 깊고 자랑스럽던 내학 자리에 호화 아파트가 들어선다는 사실에 대한 혐오감과도 일치하는 혐오감이다.

소도구로 쓰인 결혼사진

비가 올 것 같은 날이었다. 마침 그날이 내 결혼기념일날이라 나는 부부 동반한 2박 3일 정도의 짧은 여행을 계획하고 나선 길이었다. 실로 얼마 만인지도 모르게 오래간만에 우리는 완행 3등차에 몸을 실었다. 기차가 서울을 벗어나자 비가 쏟아지기 시작했다.

시골에 내리는 비는 도시에 내리는 비와 그 풍취가 전연 다르다. 빗속에 바라보는 봄의 농촌은 싱그럽고 산뜻하고 흥겨워 보였다. 물을 흠뻑 먹은 땅이 검고 부드럽게 보이는 들판으로 도랑물이 흐르는 게 가을 들판 못지않게 풍요로워 보였다. 문자 그대로 감우甘雨로구나 싶었다. 들과 풀과 나무와 내와 배꽃, 복숭아꽃이 다디달게 목을 축이고 무럭무럭 자라는 게 보이는 듯했다.

얼마나 좋은 고장인가 이 땅은, 나는 제법 감동까지 했다. 그런데 문제는 기차 속이었다. 쉴새없이 장사꾼이 드나들며 연설을 해댄다. 백 원에 자그마치 빗이 다섯 개에 칫솔을 세 개나 껴주겠다는 장수서부터 바늘장수, 책장수, 사이다, 콜라, 사과, 삶은 계란, 김밥, 호도과자장수 들이 서로 다투어 목청을 돋우고, 물건을 떠맡기고 했다.

나중에는 한푼 보태달라는 사람까지 찻간에 들어서자마자 유창하게 일장의 연설을 했다. 뜻하지 않은 사고로 골병이 들고 회사까지 해고당해 제 입 한 입 굶는 건 문제도 아니지만 처자식이 굶는 걸 차마 눈뜨고 볼 수 없어 염치 불고하고 이렇게 나섰으니 신사 숙녀 여러분의 동정을 바랄 따름이라고 했다. 그러고 나서 개별적으로 승객 한 사람 한 사람에게 구걸을 시작했다. 차마 거지라고 부를 수 없게 의젓하고 단정한 차림이었다. 그러나 구걸하는 경우 단정한 옷차림이란 눈에 거슬리면 거슬렸지, 보탬이 되지는 않는 법이다.

그런데 이 사람은 좀 이상한 걸 갖고 다니고 있었다. 꾸벅 절을 하고는 무슨 증명서를 꺼내 보이듯이 그걸 꺼내 보이는 것이었다. 그러나 아무도 그걸 봐주는 사람은 없었다. 그 사람이나, 그 사람이 꺼내 보이는 것을 똑똑히 보면 구걸에 응하게 될 것 같아 겁이 나는 것처럼 누구나 그 사람 쪽은 거들떠도 안 보고 차창 밖만 열심히 내다봤다.

나는 그게 뭔가 몹시 궁금했다. 그래서 내 앞에 그가 오거든 그게 뭔가 똑똑히 봐두리라 벼르고 그가 오기를 기다렸다. 뜻밖에도 그건 낡은 결혼사진이었다. 족두리 쓰고 연지 찍고 다소곳이 서 있는 신부 옆에 사모관대의 신랑이 의젓하게 서 있는 촌스럽고 낡은 구식 결혼사진이었다.

그리고 사진 속의 신랑은 지금 구걸을 하고 있는 그 사람 자신이었다. 도대체 어쩌자고 이런 걸 보여주며 구걸을 하는 것일까, 나는 이상해하면서도 어느만큼은 감동 같은 걸 하고 있었다.

그도 꽃다운 시절이 있었고 결혼을 했다. 천지신명께 백년해로를 맹세했고 친척 친구들에게 앞날을 축복받으며 착한 여자의 지아비가 되었고, 지금 이 구걸도 그 무겁고 무서운 지아비 노릇이다라는 생각이 뭉클하니 내 심장 언저리를 뜨겁게 했다.

웬일인지 이 결혼사진도 구걸 행각의 소도구에 지나지 않는다는 약고 똑똑한 생각은 안 했다. 나는 구걸하는 사람에게

베풀기에는 좀 많은 돈을 꺼내서 얼른 그 사람의 주머니에 구겨넣었다. 남편이 알까봐, 또 딴 승객들이 눈치챌까봐, 나쁜 짓이라도 하듯이 몰래 재빠르게 그 짓을 하고, 하고 나서도 얼굴을 붉혔다.

아마 그날이 내 결혼기념일이어서 내가 그럴 수 있었던 게 아닌가 싶다. 그런데 지금까지도 의문이 안 풀리는 건 그가 왜 하필 결혼사진을 꺼내 보이며 구걸할 생각을 했을까 하는 거다. 내가 보기엔 그게 조금도 구걸에 도움을 주는 것 같지가 않았는데 말이다. 어쩌면 결혼의 의미를 남보다 더 잘, 더 많이 알고 있었음이 아닐까.

비 오는 날 있었던 사건이랄 것도 없는 몇 가지 얘기를 적어놓고 보니 문득 서글프다. 빗속에서 같이 받은 우산이 인연으로 싹튼 로맨스가 한 커트쯤 끼었으면 얼마나 좋았을까. 그런데 유감스럽게도 그게 없는 걸 어찌하랴. 이래저래 사십대의 비 오는 날의 사건은 재미없을 수밖에 없나보다.

버스 속에서

　며칠 전 시내버스 안에서의 일이다. 젊은 엄마가 애기를 업고 차에 올랐는데, 차가 떠나자마자 애기가 몹시 울었다. 숨이 막힐 듯한 심한 울음이었다. 사람들이 딱하게 여겨 자리를 내주어 애기엄마가 편히 앉아 애기를 돌려안을 수 있게 해주었으나 애기의 울음은 그치지 않았다. 드디어 애기엄마가 앞가슴을 뒤적뒤적하더니 젖을 꺼내 물렸다. 애기의 울음은 뚝 그쳤다. 아마 배가 몹시 고팠든지, 아니면 처음 타보는 차라 놀라서 울다가 젖을 물자 안심을 되찾았는지, 둘 중의 하나였을 것이다. 우선 마음이 놓였다.

　그런데 문득 나는 애기에게 젖을 물리고 있는 모습에 민망함이랄까, 혐오감이랄까 그런 걸 느끼고 슬그머니 시선을 딴 데로 돌렸다. 그러곤 내가 어느 틈에 이렇게 고도로 문명화(?)되어버렸나 하는 당혹감에 사로잡혔다.

실은 나는 요새 젊은이들이 들으면 그야말로 야만인 취급을 할 만큼 많은 애를 낳아서, 그 여러 애를 순전히 내 젖으로만 길렀다. 그렇게 키운 애 중 막내애가 지금 열두 살이니 내가 젖을 물린 지가 10년 남짓밖에 안 된 셈인데, 어쩌자고 젖 물리는 엄마 모습이 그렇게 낯설었는지, 그리고 잠깐이나마 혐오감까지 느꼈었는지 모르겠다.

그만큼 요새는 도시에선 인공영양이 널리 보급되어 제 젖을 애기에게 물리는 엄마를 좀처럼 구경할 수도 없게 됐다.

나는 시부모님을 같이 모시고 있어 정초나 생신 같은 땐 친척의 여러 새댁들이 우리집에 모이게 된다. 수줍은 새댁이었던가 하면, 어느 틈에 첫 애기를 낳아서 안고 온다. 애기를 데리고 오는 나들이가 자못 거창하다. 기저귀가 한 보따리에, 분유통·곡분통·보온통·우유병·젖꼭지, 우유에 탈 각종 영양제까지 한 살림 넉넉히 차릴 만한 보따리가 따라온다. 브래지어로 강조한 가슴은 풍만하고 아름다운데, 그 가슴을 헤치고 젖을 먹이는 새댁은 거의 없다. 직장을 가진 것도 아니요, 젖먹이기를 꺼릴 만한 나쁜 병이 있는 것도 아니요, 가정 형편이 넉넉한 편도 아니다. 어느 모로는 우유값도 큰 부담이 될 만큼 경제적 기반이 아직 안 잡힌 신접살림들이다.

젊은 엄마들은 다만 인공영양을 더 좋은, 더 과학적인 육아의 방법으로 알고 있을 뿐이다. 그래서 좋은 분유를 선택해서 거기다 영양제까지 타서 잘 소독한 병에 넣어 시간과 정량을 엄하게 지켜 먹이는 게 교육받은 현대적인 엄마 노릇으로 알고 있다.

실제로도 그런 인공영양아가 모유영양아보다 체중이나 기타 신체발달 면에서 월등히 앞서, 우량아 선발대회를 휩쓰는 모양이다. 아이를 잘 기르고, 잘못 기르고의 기준까지 도량형 단위의 명확한 숫자가 지배하고 있는 셈이다.

잘 키워진 애기는 잘 키워진 배추나 무하고는 다른 무엇이 있어야 되지 않을까? 도량형 단위의 측정을 거부하는 애기다움, 아름다운 사람다운 사람으로의 싹수 같은 것 말이다.

우리가 애를 낳아서 젖을 먹여 기를 때만 해도 젖을 단순한 영양분 이상의 신비한 것으로 알았었다. 특히 첫애를 낳고서의 첫번째 수유는 거의 종교적일 만큼 경건한 의식이었던 게 지금도 생생하게 기억된다.

병원에서 퇴원해서 돌아오면 우선 익모초를 약간 넣고 끓인 온수가 준비되어 있어, 그 씁쓸하고 향긋한 물에 젖가슴을 골고루 씻고, 다시 따뜻한 맹물로 헹구고, 그리고 비로소 첫 번째 젖을 물렸다. 특히 처음 돌아나오는 젖은 신성한 걸로 알아, 시어머님과 시댁 어른들이 지켜보는 가운데 부끄러움과 젖꼭지의 아픔을 무릅쓰고 열심히 빨리던 생각이 난다.

나중에는 젖이 잘 돌아 애기가 먹고 남아 짜내는 일이 있을 때도, 깨끗한 흰 사발을 정해놓고 그 그릇에만 짜내야 했고, 부정 탄다고 하수가에 짜낸 젖을 버리는 것조차 금지돼, 장독대에 조금씩 뿌리면서 마음속으로 이렇게 먹고 남게 충분한 젖을 주신 삼신할머니께 감사해야 했다.

또 산모의 영양도 중요시했지만, 산모의 마음의 화평이 젖의 양과 가장 밀접한 관계가 있는 것으로 믿어져 산모가 조금이라도 마음 상하는 일이 없도록 온 집안이 세심하게 보살폈다.

나도 이런 시댁 어른들 하시는 일에 마음으로부터 복종했던 것은 아니다. 다만 그 무렵까지 우리 집안에 잔존했던 옛 풍습을 통해 옛날 사람들이 얼마나 젖이라는 걸 신성시했나를 알 수 있고, 아울러 옛 사람들의 인간존중사상까지 짐작돼 아련한 향수를 느낄 뿐이다.

요새 인공영양으로 아이를 기르는 젊은 분들 중에는, 과거에 모유로 기른 이들은 되는대로 비위생적으로, 그야말로 거저먹기로 아이를 기른 줄 알고 경멸감조차 나타내려 하는 분들이 있다. 그러곤 인공영양의 어려운 점과 우수한 점을 과학적으로 따져가며 열거한다.

나는 거기 반박해 모유의 우수성을 증명할 전문적인 지식을 갖고 있지는 못하다. 그렇지만 제 젖을 먹여 아기를 기르는 어머니들은 우유에 영양제를 타듯이 젖 속에 무엇을 타서 먹이지는 못하더라도 영양제 이상의 그 무엇을 젖과 함께 아기에게 주고 있다고 나는 확신하고 있다. 사랑하고도 다른 그 무엇을……

아기를 꼬옥 안고 젖을 물리고 있을 때, 어머니는 제 품의 아기가 자라 장차 무엇이 될까는 점칠 수 없어도, 내 애기만은 결코 악한 인간은 될 수 없다는 신앙과도 같은 믿음을 갖게 된다.

제 젖을 아기에게 물려본 어머니라면 내 말을 단박에 이해할 줄 안다. 그건 체험을 해본 사람만이 아는 독특한 느낌이다.

이런 인간 선의에 대한 확고한 믿음은 얼마나 소중한가? 이런 믿음은 모자를 동시에 안심시키고 충족시킨다.

실제로도 어머니 젖을 먹고 자란 애기는 본질적인 악인은 절대로 될 수 없다는 게 내 소신이다.

버스 속의 애기는 새근새근 잠들어 있었다. 나는 난생처음 경험한 탈것의 충격으로부터 엄마의 젖꼭지를 의식함으로써 안심을 되찾고, 깊이 잠들기까지 한 애기에게 말없는 축복을 보내고 버스를 내렸다.

말의 타락

한탄하는 어머니들

며칠 전 어머니들이 몇 명 한자리에 모여서 자식 기르기가 어렵다는 한탄을 하는 걸 들은 일이 있다. 이름 붙은 모임이나 미리 계획된 모임이 아니라 어쩌다 우연히 마주하게 된 평범한 어머니들의 화제가 자연스럽게 자식들 문제로 흘렀다뿐인 그런 자리였다.

이 어머니들은 아이들을 오늘날처럼 키워서야 장차 사람 됨됨이가 어떤 어른으로 자랄까 심히 걱정스럽고 두렵기조차 하다고 한결같이 깊은 우려를 했고, 그 우려가 하도 진지해서 지금까지도 잊히지 않는다. 어떤 어머니는 밤에 자다가도 그 생각만 나면 잠을 못 자고 만다고까지 했다.

어머니들이란 너나없이 모이면 대개 아이들 걱정을 하게 마련인데 생활이 중류 이상에 대학교육 이상의 높은 교육을 받은 어머니일수록 그 걱정이나 관심도가 자녀의 학교에서의 성적 순위, 일류 학교 진학문제, 장래성 있는 과의 선택문제, 유능한 과외선생 구하는 문제 등, 겉으로 나타나는 문제에만 쏠리게 마련이다. 그런데 내가 만난, 생활도 중류 이하에, 중 등교육 이하의 학력밖에 없는 이 평범한 어머니들이, 아이들이 장차 어떤 됨됨이의 사람이 될까 하는 데 대해 그토록 심각한 우려를 나타낸 건 놀랍다못해 신기하기까지 했다. 그중 한 어머니는 매우 조심스럽게 이런 이야기를 했다.

자식이 세칭 일류 고등학교라는 데 다니고 있어 자랑스럽고, 아무리 고생스러워도 자식이 그 학교 교복 입고 그 학교 배지 달고 들어서는 것만 보면 그저 흐뭇하고 저절로 입이 함박같이 벌어져, 그저 그 재미로 세상을 살았었는데, 요새 그 재미가 도무지 시들하고 때로는 그 교복 입은 모습을 보는 게 가슴이 뻥 뚫린 것처럼 허전하기조차 하다는 거였다. 이런 공허감은 자식의 담임을 맡았던 선생님이 무슨 조치 위반 혐의로 갑자기 구속된 뒤부터 비롯된 것 같다고 그 어머니는 말했다. 담임과 비교적 가깝게 지내서 담임선생님의 인품은 물론 구차한 가정형편까지 잘 아는 이 어머니는 혐의 사실은 도무지 믿기지 않은 채, 올망졸망 어린아이를 거느린 사모님의 심려와 고생만이 염려돼 그날부터 도무지 침식이 다 편치 못할 지경이었다. 그리고 그 학교, 특히 그 반 아이들의 놀라움은 어떨까, 아마 선생님 가족을 위해 모금운동도 하고, 선생님 댁을 방문해서 사모님을 격려하고 위로도 하겠지 하고 눈치를 살펴봤으나, 아무리 날짜가 가도 그런 눈치가 안 보이더라는 것이었다. 참다못해 자기 아이에게 넌지시 물어보니 그 ××조치의 위반이면 보나마나 빨갱이로 몰린 걸 텐데, 우리가 골이 비지 않은 다음에야 뭣하러 알은체를 하겠느냐고 도리어 어머니를 핀잔주더라는 거였다.

그 선생님 재직시 인기도 덕망도 있었고, 직무에 성실했고, 아이들 앞에서 불온한 소리 한마디한 바 없었고, 또 그 당시는 다만 혐의 사실에 대해 조사를 받고 있는 중일 뿐, 죄상이 드러나지도 않았는데, 글쎄 제자들이 그럴 수가 있겠느냐고 그 어머니는 깊은 한숨을 쉬었다. 그리고 더 기막힌 것은 그 선생님이 그렇게 된 후 그 학교의 어떤 선생님은 아이들 앞에서 그 선생이 빨갱이인 줄 내가 진작 알았으면 내가 내 손으로 사직 당국에 고발을 할걸 유감천만이라고 아쉬워하기까지 하더라는 거였다.

그후 그 어머니는 슬그머니 그 학교에 정이 떨어졌을 뿐
아니라, 자기 아이를 포함한 머리 좋고 약아빠진 아이들이라
는 것에 대해서도 정이 떨어지더라고 했다. 골이 비지 않고
꽉 찬 것도 물론 좋지만 이런 비정한 이기주의, 약삭빠른 현
실 추종으로 머리가 꽉 찬 아이가 앞으로 어른이 되어 어떤
사람 노릇을 할까 생각하면 징그럽다면서, 만일 그 담임선생
님이 혐의 사실이 풀려 학교로 돌아와 그동안 자기의 제자와
동료가 자기를 어떻게 대접했던가를 안다면 얼마나 큰 허망
감과 분노를 느낄까, 그 생각만 하면 저절로 몸과 마음이 으
시시해진다고 했다.

그 어머니의 그 으시시한 기분을 누가 감히 모른다 할 수
있으랴.

말의 전락轉落

그 자리에 있던 또 한 어머니는 이런 말을 했다. 그 어머니
는 대학교, 고등학교에 다니는 아들만 3형제를 두었는데 이
아이들이 하나같이 말을 바로 쓰지 않고 이상하게 꽈다가 쓰
기 때문에 전연 알아들을 수가 없다는 거였다. 말을 꽈다가

쓰다니 어떻게 쓰는 거냐고 반문했더니, 말을 말 본래의 뜻으로 쓰지 않고 전연 딴 뜻이나 정반대의 뜻으로 쓴다는 거였다. 예를 들면 자기 아들들이 어떤 사람을 가리켜 '학식과 덕망 있는 사람'이라고 평을 하면 그건 정말 학식과 덕망이 있다는 뜻이 아니라, 가장 무식하고 가장 인품이 천박하다는 뜻이 되니, 무슨 재주로 그 말을 알아듣겠느냐는 거였다. 그 어머니는 그 밖에도 요새 고위층에서 많이 쓰는 엄숙한 말들을 자기 아들들이 얼마나 요절복통하게 꽈다 붙여서 사용하고 있나를 예를 들었지만 여기선 생략하기로 한다.

자고로 남자의 말 한마디는 천금의 무게로 따질 만큼 듣는 사람이나 하는 사람이나 소중한 걸로 끔찍이 알았거늘, 어른이 다 된 아이들이 어쩌자고 말 소중한 걸 모르고 이런 해괴한 장난질을 치는지 모르겠다는 그 어머니의 호소는 한층 절실했다. 아이들이 쌍소리나 욕을 하는 것에 대해 걱정하는 소리는 많이 들어봤어도, 아이들의 말장난, 말의 잃어버린 정직성에 대해 걱정하는 소리를 직접 어머니들 입에서 듣기는 처음이었다. 그것도 별로 배운 것도 많지 않은 평범한 어머니들이 이런 문제를 진지하게 걱정하고 서로 소박한 의견을 나누는 것을 나는 깊은 존경과 공감을 가지고 경청했다.

나도 아이들을 여럿 기르고 있고 내 아이들도 그 어머니의 아이들과 같은 징후를 보이고 있기 때문이다. 언니보다는 동생으로 내려올수록 그런 징후는 한층 짙어지고 있다. 우리집 큰애만 해도 동시나 동화를 읽다가 자연스럽게 명작을 읽는 과정을 밟았으나 막내에 이르러서는 전연 동시나 동화를 읽으려들지를 않는다. 억지로라도 읽힐라 치면 몇 장 읽다 말고 "웃기네" 아니면, "시시하다"든가, "쌩 구라 까고 있네"라든가 하는 혹평을 하고 내던져버린다.

나는 책가게에서 장정도 아름다운 동화책을 볼 때마다 뭔가 적막감을 느낀다. 이 아름다운 책이 왜 우리 애의 동심을 사로잡지 못하나, 우리 애의 동심이 빗나갔나, 책 속의 말들이 잘못됐나, 어느 쪽일까 하고.

어떤 날 나는 문예지를 뒤적이다가 맹랑한 시를 하나 발견했다. 그달에 그 문예지는 어린이들의 시를 특집으로 냈었고 그 시도 그중의 하나였다. 내용이 하도 깜찍하고 맹랑하길래 나는 시험 삼아 우리 막내아들을 불러 읽혀봤다. 반응은 빠르게 왔다. 녀석은 눈을 빛내며 무릎까지 치면서 감동을 나타내더니 그 시를 재독, 삼독하는 게 아닌가. 그 시는 이런 시다.

　　내 몸집보다 무거운 가방을 들고
　　나는 오늘도 학교에 간다

성한 다리를 절룩거리며

무엇이 들었길래 그렇게 무겁니?

아주 공갈 사회책

따지기만 하는 산수책

외우기만 하는 자연책

부를 게 없는 음악책

꿈이 없는 국어책

무엇이 들었길래 그렇게 무겁니?

잘 부러지는 연필 토막

검사받다 벌이나 서는 일기장, 숙제장

검사받다 벌이나 서는 혼식 점심 밥통

무엇이 들었길래 그렇게 무겁니?

무엇이 들었길래 그렇게 무겁니?

얼마나 더 많이 책가방이 무거워져야

얼마나 더 많은 것을 집어넣어야

나는 어른이 되나, 나는 어른이 되나

　　　　　　　　— 김대영(11세), 『문학사상』 1975년 1월호

　이 시가 왜 좋으냐고 물어봤더니 거짓말이 아니고 진짜 하고 싶은 얘길 했으니 좋다는 거였다. 이 시를 쓴 어린이 사진을 보더니 정답게 씽긋 웃으며 "이 새끼 내가 하고 싶은 말을 고대로 했잖아" 했다.

말을 타락시킨 자 자괴해야

우리는 우리의 아이들이 아무쪼록 잘되고 잘살길 바란다. 그러나 잘되고 잘산다는 것의 참뜻은 도대체 뭐냐. 정부가 우리가 잘살고 있다는 것의 의미를 GNP의 상승에만 두듯이 수단 방법 가리지 않고 출세해서 수단 방법 가리지 않고 돈을 많이 벌어 경제적인 부를 마음껏 누리면 그게 잘사는 건가. 우리의 교육은 언제부터 잘산다는 범주에서 떳떳하게 산다는 걸 빼버린 걸까. 왜 우리는 미사여구로 엮어진 교육헌장을 아이들에게 외우게 할 줄만 알았지, 옳은 일을 위한 용기가 무참히 꺾이고 매도당하는 걸 아이들한테 다반사로 보여주고도 두려워할 줄도 부끄러워할 줄도 모르는가. 그런 일이 아이들에게 미칠 가공할 영향을 모를 만큼 그렇게 우리 어른들은 어리석은가.

왜 우리 어머니들은 무즙 사건을 일으킨 찬란한 치맛바람의 역사는 있는데 지식의 매매장으로 화한 학교, 지식의 장사꾼으로 타락한 교육자, 교육을 이 모양으로 타락시킨 데 다대한 공헌을 한 교육행정에 대해선 손톱 하나 까딱할 힘이 없는가.

우리에겐 훌륭한 지도자가 기라성같이 많고, 이런 훌륭한 지도자들이 매일같이 베푸는 말의 잔치도 풍성하건만, 왜 우리의 아이들은 하나같이 말에 허기진 불쌍한 낯짝들을 하고 있을까. 지도자일수록 명사일수록 먼저 말을 정직하게 하는 것부터 배워야 하겠다. 오늘날과 같은 말의 타락에 앞장섰던 게 누구였던가를 이제라도 깨닫고 자괴할 줄 알아야겠다. 말의 타락을 깊이 근심할 줄 알아야겠다.

백 마디의 미사여구, 청산유수 같은 웅변 대신 더듬거리는 말로라도 좋으니 진실이 담긴 한마디 말을 하라.

진실이 담긴 말은 서툴러도 사랑을 받지만 진실이 없는 말은 공허감과 혐오감을 줄 뿐이다. 진실이 없는 말에 대한 혐오감이 쌓이고 쌓여 주체할 수 없이 될 때, 아까 말한 어떤 어머니의 아들처럼 거짓말에 대한 학대의 한 방법으로 말에게서 그 말이 타고난 뜻을 빼앗거나, 서로 뒤바꿔놓는 짓을 함으로써 쾌감을 느끼게 된다.

말들이 온통 타고난 제 뜻을 잃어버린다면 무엇으로써 이 혼돈에 질서를 잡을 수 있을 것인가.

'앞으로 가'라는 말이 '앞으로 가'의 뜻으로 동용되지 않는
다면 무엇으로 서 있는 병사를 움직일 수 있을 것인가.

저울질 교육

아이 품평회에서 질세라

우리 동네에 요새 이사 온 집엔 어린 예쁜 자매가 있다. 연년생인 듯 고만고만한데 건강하고 귀엽고 깨끗하다. 옷이 또한 그렇게 예쁠 수가 없다. 엄마의 빈틈없는 보살핌이 늘 미친 아이들이란 걸 한눈에 알 수 있다. 손잡고 나와 노는 걸 보면 누가 반짝 집어가면 어쩌나 싶을 지경이다.

나는 이 예쁜 꼬마들에게 애정 표시를 하고 친해지고 싶었다. 어느 날, 나는 이들 꼬마들에게 내가 지을 수 있는 최상급의 미소를 짓고 다가가 그중 작은 꼬마를 안아보려고 했다. 작은 꼬마가 "이 쌍년아" 하면서 내 손을 뿌리쳤다. 큰 꼬마

가 좀더 지독한 욕을 했다. 그후 우리 아이들한테 들은 소린
데 그 꼬마들이 지나가는 사람들에게 차마 입에 못 담을 욕설
을 퍼붓더라는 것이었다. 그렇다고 무슨 일이 수틀려서 화가
나서 그러는 게 아니라 그게 그냥 저희들끼리 웃으면서 하는
장난이더라는 것이었다. 어디로 보나 막 기른 아이 같지 않게
영양도 좋아 뵈고 정결하고 입은 옷도 고급스러운 아이들인
데 말이다. 아이 기르기처럼 어려운 일도 없다는 생각이 저절
로 났다. 아이 기르기는, 사람 만들기는, 적어도 장미나 국화
기르기나 무나 배추 기르기하곤 다르다. 아름다운 외모나 크
기, 중량만 가지고 잘 기르고 잘못 기른 것을 판단할 수는 없
다. 사람만이 갖추어야 할 품성이라는 게 있기 때문이다.

그런데 요새는 사람 기르기의 우열조차 도량형 단위로 따
지는 경향이 짙다. 우선 몇 킬로짜리 아이를 낳았나에서 시작
해서 몇 달에 몇 킬로, 신장은 얼마 하고 서로 비교하고 다투
어 기르다가 베이비 콘테스트라는 것까지 있어서, 우량아로
선발되려고 안달들을 한다. 무, 배추의 품평회하고 무엇이 다
른가. 그리고 남의 외모에 빠지지 않게 꾸며주려고 법석들을
떤다.

요새 웬만한 집 아이들은 다 꼬마 신사 숙녀 들이다. 이렇
게 겉으로 나타나는 조건이 남에게 뒤지지 않으려고 극성을

떠는 반면 정신의 성장을 올바르게 도와주는 데는 전연 등한하다.

나는 이 예쁜 꼬마들의 엄마는 도대체 어떤 분일까 하는 가벼운 호기심과 약간의 경멸을 동시에 느꼈다. 그러나 냉정히 생각해보면 내가 그 엄마를 경멸할 자격이 있을까.

고운 말 쓰기는 어디로 갔나

우리집 막내는 추운 날 밖에서 들어오면서 하는 소리가 '춥다'가 아니라 "추스이, 추스이"다. 난로에서 언 손을 녹이면서 하는 소리는 '덥다'가 아니라 '따뜻하다'가 아니라 "따스이, 따스이"다. 그 밖에도 "××하였소까" "××하였음미"라는 국적 불명의 말을 예사로 쓴다. 그런데도 가슴에는 '고운 말'이란 배지를 버젓이 달고 다닌다. 저희 반에서 고운 말을 쓰는 아이를 특별히 두 명 뽑아서 표창하면서 교장선생님이 달아준 배지란다.

그럼 '고운 말' 배지를 못 탄 아이는 어떤 말을 쓰는지, "따스이"니, "추스이"니 하는 말은 어디서 배운 말인지 나는 도무지 알 수가 없다. 텔레비전의 코미디 프로의 말장난이 너무

지나쳐 집에선 절대로 안 보이려고 하지만 이미 아이들의 언어생활에 깊숙이 침투해 엉망으로 망쳐놓은 게 틀림없다.

텔레비전 얘기가 나왔으니 말이지 초저녁에 하는 어린이 프로는 상당히 엄격한 가정에서도 아이들에게 보인다. 그러나 아이들끼리만 보게 하지 말고 어른이 한 5분만 같이 앉아봐도 기가 차고 한심해진다. 황당무계의 극인 만화 프로도 한심하지만 더 참을 수 없는 것은 퀴즈 프로다. 내 아들도 이 퀴즈 프로의 애청자고 언제고 한번 거기 나가 막대한 장학금을 타오는 게 소원이다.

이 퀴즈 프로에 나가 장원을 하려면 다방면에 걸친 단편적인 지식도 풍부해야 하겠지만 무엇보다 눈치가 빠르고 꾀가 많고 운수가 좋아야 한다. 될 수 있는 대로 힌트라는 걸 다 듣기 전에 눈치로 때려잡아야 한다. 이래서 장원을 하면 갈채와 과찬과 학생 신분으론 과분한 상금을 받게 된다.

어쩌자고 다음날 신문에까지 난다. 도대체 왜들 이러는지 모르겠다. 매스컴의 생리를 알 리 없는 어린 학생을 어느 날 갑자기 풍선에 매달아 공중에 둥실 띄워만 놓으면 도대체 어쩌겠다는 걸까.

가뜩이나 학교에서의 잦은 시험, 지나친 경쟁심의 고취, 사지선다형의 객관식 시험문제 등으로 지식이 덕성을 잃고 한

낱 얕은꾀로 전락해가는 요즈음 이런 퀴즈 문제의 범람은 그런 경향을 한층 부채질하고 있다.

이렇게 텔레비전 때문에 골치를 썩이면서도 여지껏 텔레비전을 팔아버릴 용단을 못 내리는 변명 같지만 그 나름의 고민이 있다. 거의 젖먹이 때부터 텔레비전을 봐온 요새 국민학교 아이들은 텔레비전 세대라고 불러도 좋을 만큼 텔레비전이 제공하는 오락에 깊이 중독돼 있어 집에서 못 보면 바깥에서라도 봐야 견딘다. 만홧가게, 친구 집 등 볼 곳은 얼마든지 있고 또 설사 전연 안 본다 치더라도 교우관계를 통해서라도 텔레비전의 영향권에서 못 벗어난다. 그러니 차라리 집에서 보이고 엄마가 채널권이라도 쥐고 있는 게 낫지 않을까 생각할 수밖에 없다.

불량상품 고발해도 불량교육 고발 안 해

물가가 오를 때마다 우리가 받는 충격은 대단하고, 요즈음은 소비자도 현명해져서 부당하게 오른 물가에 대해선, 불매운동으로 맞선다. 또 불량상품에 대한 고발정신도 대단하다. 또 고발까지는 안 하더라도 우선 물건을 살 때는 부르는 값과 그 물건이 지닌 값어치를 맞춰보고 요모조모 까다롭게 단 한 푼도 손해를 안 보려고 살피고 따진다.

그런데도 우리는 교육비의 인상에 대해선 묵묵히 그저 당하고만 있다. 여러 자녀를 둔 어떤 목사 일가가 과도한 교육비에 항의하는 데모를 벌인 일 정도가 기억될 뿐이다. 뿐만 아니라 교과서엔 무엇이 씌어 있고 학교에선 어떤 교육을 받나엔 더군다나 무관심이다. 교과서값 내고 등록금 내는 것으로 그치지, 그 대가로 우리들의 아이들이 무엇을 받고 있는지 전연 아랑곳하지들을 않는다. 20원을 주고 두부를 한 모 사서 혹시 쉬지나 않았나 맡아보는 정도의 관심도, 우리는 우리가 지불한 교육비가 무엇이 되어 아이들에게 돌아오나에 기울이지 않는다. 과연 이래도 좋을까.

아이들은 졸업식날 언니들을 보내면서 목청을 돋워 노래를 부른다.

"물려받은 책으로 공부를 하고……"

그러나 그건 새빨간 거짓말이다. 아이들은 졸업식날까지 거짓말을 하고 있다. 아이들도 어른들의 못된 소비성향을 본받아 헌것은 싫어하는 경향도 있지만 아이들의 교과서는 너무나도 자주 그 내용이 바뀌기 때문에 물려받은 책으로 공부할 수가 없는 것이다.

가까운 예로는 지금 내학생이 중학교 때 배운 민주주의의 개념하고 지금의 중고등학생이 배우는 민주주의의 개념은 너무나도 다르다. 대학가에서 연중행사처럼 데모가 있을 때마다 도대체 이런 악순환이 앞으로 몇 년이나 더 계속될 것인가 하고 개탄들을 하는 소리를 많이 듣는다.

그러나 내 생각으론 지금 같은 상황이 그대로 계속된다 해도 아마 지금의 중학생이 대학생이 될 즈음엔 데모 사태는 안 일어날 것으로 안다.

왜냐하면 지금의 대학생은 민주주의의 원칙을 그대로 배웠지만 지금의 중학생이 배우는 민주주의는 우리 현실에 맞게 예외를 많이 두어 뜯어고쳐져 있기 때문이다.

교육은 원칙을 고수하고 이상을 추구하고, 현실은 어디까지나 교육이 추구하는 바 이상을 지향하는 것이 옳은지 또는 교육이 현실을 추종하기에 급급한 게 옳은지, 나는 지금 그걸 논할 의도도 자격도 없다. 나는 다만 한 예를 들어 우리가 학부모로서 교과서값을 내주는 것만 끔찍이 알았지 거기 무엇이 씌어 있고 그것이 어떻게 변모하고엔 전연 관심이 없는데 과연 이래도 좋은가 하는 조그만 의문을 제기하고 싶을 뿐이다. 아이들이 학교에서 무엇을 배우나를 대강이라도 알아둔다는 것은 아이들을 이해하기 위해서도 꼭 필요한 일인 줄 안다.

물건을 잘못 사면 그 물건값만큼의 손해로 일은 끝난다. 그러나 교육을 잘못 받았을 땐 교육비만큼의 손해로 끝나는 게 아니다. 교육은 인간을 만드는 일이다.

인간다운 인간과 인간답지 않은 인간은 적어도 우량상품과 불량상품하곤 다르다. 인간다운 인간이 둘레에 끼치는 영향과 공헌이 막대하다면 인간답지 못한 인간이 우리 사회에 끼치는 해독은 또 어찌할 것인가.

교과서값 말고도 우리는 각종 교육비를 직접 부담해야 하고 또 우리의 혈세 중 상당액수가 교육에 쓰이고 있다. 교과서엔 무엇이 씌어 있는지, 학교에선 아이들을 어떻게 가르치고 어떻게 다루는지, 우리는 교육의 현황에 대해 좀 알아야 하지 않을까.

교육비 과중해도 교사는 박봉

학부모가 교육비의 과중으로 허덕이는 반면 선생님들은 박봉에 허덕인다. 누가 감히 교육자는 청빈해야 된다는 낡은 말로 그들을 위로할 수 있으랴. 청빈이라는 말에는 가난의 의미보다는 가난 속에서 지킨 정신의 고고孤高의 뜻이 더 강조

돼 있기에 우리는 지금도 이 말에 아련한 향수마저 느낀다. 우선 벼슬에 뜻이 없는 선비와 정갈한 초당과 문방사우와 유한정정한 아내와 낭랑하게 글을 읽는 아들을 연상하게 된다. 그러나 현대의 가난은 그게 아니다. 조석은 간데없고 집은 더러운 빈민굴의 셋방이고 누더기를 걸친 아내는 바가지를 긁고 헐벗고 빗나간 아이들은 악머구리 끓듯 한다. 이게 어떻게 청빈이고 이 속에서 정신의 고고가 무슨 잠꼬댄가.

가난의 모습도 그 시대와 사회에 상응한 모습으로 변모한다. 현대엔 이미 가난 속에서도 긍지라는 걸 지킬 수 있는 목가적인 가난은 없다. 사람이 사람으로 대접받으려면 그저 돈이 있어야 한다. 돈 이전에 어느 정도의 인격을 갖추어야 사람대접 내지는 존경을 받을 수 있었던 때는 이미 옛날이다. 돈이 있으면 잘난 사람이고 돈이 없으면 못난 사람이다. 그뿐이다. 돈을 잘 버는 직업은 존경받을 직업이고 돈을 적게 버는 직업은 멸시당할 직업일밖에 없다. 이런 풍토에서 선생님들이 박봉에 허덕이면서도 자기 직업에 긍지나 사명감을 가지랄 수가 있을까.

선생님들은 학부모나 아이들 앞에서 서슴지 않고 자기 비하를 한다. "오죽해야 이 짓을 해먹겠느냐?"라든가 "어쩌다 길을 잘못 들어서 오늘날 요 모양 요 꼴이 되고 말았다"라든

가 하니까 자연히 아이들이 선생님을 우습게 안다. 사제지간
에 존경의 감정이 없는데 인격적인 감화가 이루어질 리가 없
다. 아무리 교과서를 잘 가르치고 시험을 매일 치면 무엇하겠
는가.

한글을 깨치고 구구법을 외고 그 밖의 지식을 배우기 위해
서만 아이들이 학교에 가는 것은 아닐 것이다. 만일 그런 목
적으로만 학교에 가느니 차라리 집에서 교과서를 달달 외우
게 한다면, 6년씩이나 학교에 안 다녀도 3, 4년이면 거뜬히
중학교 검정고시쯤은 합격하게 가르칠 수 있을 것이다. 굳이
학교에 보내는 것은 지식의 전달 외에도 인격의 형성에 학교
생활이 미치는 영향이 절대적이기 때문이다. 그래서 우리는
독학한 사람과 정상적인 학교생활을 거친 사람과를 지식의
비교가 아닌 인품의 차이만으로 단박에 구별할 수조차 있었
던 것이다.

그러나 앞으로도 그럴 수 있을는지는 적이 의심스럽다. 왜
냐하면 요새 아이들은 선생님을 존경하지 않고, 선생님 또한
지식의 전달 외에 무언가 인격적인 감화를 주기를 포기하고
있기 때문이다. 설사 주려 한들 존경을 매개로 하지 않고 그
게 이루어질 리가 없다. 사제관계를 타락시킨 것은 교원의 박
봉보다는 어머니들의 치맛바람이라고 보는 견해도 많다. 그

러나 따지고 보면 치맛바람이야말로 박봉이라는 약점을 타고
불어닥친 가장 못된 바람이 아닐까 싶다.

교육의 위기

어떤 아이가 아침에 학교에 가기를 꺼리며 한다는 소리가
"깜빡 잊어버리고 고만 숙제를 안 했다"는 것이었다. 그때 어
머니가 타이르는 소리가 "선생님께 솔직히 말씀드리고 용서
를 빌라"는 소리가 아니라, "걱정 마라. 느이 선생이 너 숙제
안 해갔다고 널 때리진 못할걸. 느이 선생님은 엄마한테 와이
로(뇌물)를 듬뿍 먹었단 말이다"이다.

하여튼 국민학교 1학년 아이도 와이로란 뜻은 알고 곧잘
사용한다. 그래서 어린것들이 난롯가의 좋은 자리, 반장 자리,
회장 자리 등을 이 와이로와 관계된 의혹의 눈으로 본다. 심
지어는 똑같은 잘못을 저지르고 같은 매를 맞는 데도 어떤 애
는 살살 때리고 어떤 애는 몹시 때렸다는 이야기를 저희들끼
리 주고받는다. 물론 와이로와 관계가 있다고 믿는 것이다.

쥐꼬리만한 봉급에 가끔 군돈이 생긴다는 것은 좋은 일일
것이다. 몇 번 받아보면 주기 전에 미리 바라게도 될 것이다.

더군다나 요새 풍조가 "누군 월급만 갖고 사나"이니 주는 공돈 받아먹는 것으로 양심의 가책 같은 걸 느낄 계제가 아니다. 그러나 주는 쪽에선 단순한 사은의 뜻이 아니라 뭔가 요구 조건이 있다. 맞대놓고 요구하지는 않더라도 암암리에 자기 자식만은 특별 취급을 해줄 것을 요구한다. 이래서 선생님은 선생님대로 마땅히 지켜야 할 공평의 원칙을 어기게 된다. 선생님에 따라서는 보다 적극적으로 공돈을 모아들이는 작전을 쓰기도 한다. 학급의 각종 감투직을 만들어 돌아가며 씌워주기로 하고 시험을 자주 치러 성적을 보러 오라고 학부형을 정기적으로 소집하기도 한다. 물론 학부모와 선생님이 자주 만나 아이들 문제를 상의한다는 건 좋은 일이다. 그러나 학부모와 선생님이 나누는 대화는 아이들 문제가 아니라, 아이들의 시험 점수일 뿐이다. 몇 점 특히 몇 등이 문제일 뿐이다. 그리고 돈봉투가 건네진다. 등수의 오르내림과는 무관한 아이들이 안고 있는 제반문제, 아이들의 아이들 나름의 고민, 갈등은 무시된 채 넘어간다. 이래서 아이들은 외롭다. 고독감을 맛보게 된다.

이래서 예전엔 가난한 집 아이들이 공부를 잘했지만 요새는 있는 집 아이들이 공부를 잘한다는 말들을 하게 된다. 부모와 선생님의 무관심 속에서 학교를 왔다갔다만 하다가 졸업이라고 했시만, 한글도 제대로 못 깨치고 구구셈도 못하는 아이가 수두룩하다. 절대로 저능아는 아닌데 말이다.

아무리 없는 게 서럽게 모든 것이 돼먹지 못한 세상이기로서니, 이래서 될까. 국민의 한 사람으로서 사회생활을 하는 데 지장이 없을 만큼의 기본여건을 갖추게 하는 국민학교 교육까지 정말 이래서 될까. 큰소리로, 목이라도 터지게 큰소리로 교육의 위기를 알리고 싶다.

우리 국토 여기저기 고속도로가 시원시원히 뻗어 있다. 경부고속도로를 보면 부산이 지척으로 느껴져 좋고, 호남고속도로를 보면 전라도 길이 순탄하게 탁 트여서 좋다. 우리의 보다 밝은 미래로 향한 고속도로는 어디 있는 것일까. 아니 오솔길이나마 어디 있는 것일까. 우리의 아이들을 잘 기르는 일이 바로 우리의 미래를, 우리의 앞길을 닦는 일일 텐데 그게 뭔가 크게 잘못되고 있는 것 같아 안타깝고 두렵다.

그러니까 '피카소' 아니냐

박물관 구경

아이들이 공일날도 집에 붙어 있지 않고 약속이 있다 볼일이 있다 해서 제각기 나가버리면 슬그머니 아니꼽기도 하고 섭섭하기도 하다. 그렇지만 때로는 아이들이 다 집에 모여서 심심해서 비비 꼬다가 텔레비전이나 보며 하루를 보내는 걸보는 것도 답답하다. 그럴 때 나는 곧잘 아이들을 밖으로 꼬여낸다. 미리 계획을 세워 등산을 한다거나 명승지를 찾는 것과는 달리 이렇게 돌발적인 기분으로 아이들을 거리로 몰고나와봤댔자 갈 곳이 마땅치 않다. 서울이 아무리 넓다지만 국민학생부터 대학생까지를 함께 받아들여 심심찮게 해줄 고장이 그렇게 있는 게 아니다.

이런 목적에 웬만치 부합되는 곳이 그래도 박물관이 아닌가 싶다. 박물관이 덕수궁에 있을 때도 그랬고, 경복궁으로 옮긴 후에도 그렇고, 박물관을 돌아나와 한가하게 기죽을 펴고 쉴 곳이 마땅해서 더욱 좋다.

외국에 자주 드나드는 사람 말을 빌리면 우리의 그까짓 박물관 뭘 볼 게 있느냐고 그들이 압도당한 세계 각국의 어마어마한 문화유산을 칭송하지만, 나는 외국에 나가본 적이 없는 우물 안 개구리답게 우리 박물관이 좋다. 압도당하지 않고 사랑할 수 있어서 좋은지도 모르겠다.

내가 좋아하는 것은 고려자기나 신라금관이나 사유상이 아니다. 어떤 특정한 대상이 아니라 유물들을 통해서 보는 인지의 발달 과정이다.

구석기시대에서 신석기시대로 바뀌는 과정, 무문토기에서 채색토기로 바뀌는 과정 그런 게 좋은 것이다. 깨뜨려서 쓰던 석기를 최초로 갈기(磨) 시작한 한 혁명적인 원시인을 상상하는 것만으로 나는 매번 흥분한다. 그와 연애라도 할 수 있을 것같이 그가 좋다.

질박한 원시 무문토기에 최초로 치졸한 빗살무늬를 새긴 원시인을 상상하는 것도 즐겁다. 이 예술적 충동으로 고민한 최초의 인간은 도대체 어떻게 생겨먹었을까. 단조롭고 동일한 작업의 반복에 미친 듯한 권태를 느끼면서 내부에서 간질간질 어떤 충동이 싹트고, 마침내 영감이 번득이며, 떨리는 손으로 토기의 표면에 빗살무늬를 새겨넣으면서 맛본 환희, 인간 최초의 예술적 희열은 어떠한 것이었을까. 이 최초의 예술가는 스스로의 미적 작업의 완성을 어떤 방법으로 자축했을까. 설마 그 시절에 전시회라는 걸 했을 리는 없고, 고작해야 벌거벗고 춤을 추었거나 괴상한 소리로 노래를 불렀겠지. 대략 이런 생각을 하면서 내 즐거운 박물관 구경은 시작된다.

사람의 미적 추구는 계속된다. 그 추구가 고려자기에 이르면 구경꾼도 그만 고조되어 숨이 막힌다. 한편 불안하다. 1등한 자식, 정상에 앉은 명사를 보며 느끼는 불안감과도 흡사한 불안감이다. 정상의 일보 앞자리는 바로 나락이란 걸 알기 때문이다. 저토록 얄밉게 빼어날 게 뭐람, 저토록 빈틈없이 완성되었을 게 뭐람, 곧 추한 타락이 기다리고 있을 것 같아 마구 불안하다.

그러나 그게 아니다. 이조자기가 마련돼 있다. 우리 조상도 지금의 우리보다 훨씬 슬기로웠던 것 같다. 정상에서 명예롭게 슬기롭게 후퇴하는 법을 알았던 것이다.

이조자기가 진열된 방에서 비로소 긴장이 풀리고 마음이

편안해진다. 고려자기가 오만한 미인이라면 이조자기는 무던한 미인이다. 어느 쪽을 좋아하건 그건 감상자의 자유다. 이조자기가 진열된 방에서 앉아서 좀 쉬었다 가는 게 좋겠다. 거기쯤에선 꼭 쉬고 싶을 만큼 피곤해 있기도 하다.

때로는, 나는 아주 나이 많은 여편네처럼 어느 방에서건 소파를 찾아서 쉬면서 아이들이 열심히 구경하는 걸 바라보는 것도 즐겁다. 아이들이 신선한 경이로 눈을 빛내며 우리의 역사적 유물과 고미술품과 차츰 친해져가는 과정을 조용히 지켜보는 것도 흐뭇한 노릇이다.

일본 관광객의 몰상식

정교한 신라금관이나, 삼태기로 금붙이를 쓸어담았다고까지 전해지는 무령왕릉 유물 전시실도 놀랍고 눈부시지만 나로선 별로 좋아하지는 않는다. 아무리 태평성대의 제왕이라도 한몸에 그렇게 많은 금붙이를 지닌 인간을 상상하면 정나미가 떨어진다. 거기보다는 원만하고 평화롭고도 좀 바보스럽게 웃는 석두 등 불상이 있는 방이 좋다. 바보스러우면서도 인간의 지혜가 짜낸 온갖 사상, 온갖 고뇌를 포용하고도 남을 것 같으니 또한 기막히다.

미술품이나 공예품을 볼 때 "내가 뭘 알아야지" 하며 자기가 그 방면에 전연 문외한임을 강조하고 뒷걸음치는 사람이 있는데 순수한 아마추어의 눈으로도 그런 것을 얼마든지 즐길 수 있다고 생각한다. 책을 거꾸로 들고 앉아서 읽는 척하면 천생 무식쟁이 소리를 못 면하겠지만, 그림을 거꾸로 보면서 "좋다" 한들 제 좋으면 그게 좋은 게지 누가 뭐라겠는가.

아마추어의 이런 즐거운 박물관 구경이 때로는 외국 관광객들 때문에 엉망으로 잡쳐질 때가 있다. 외국인의 관광 일정에 박물관이 끼는 건 당연하고, 우리는 그들이 우리 것을 봐주는 걸 환영하면 했지 왜 조금이라도 꺼리겠는가. 그런데도 일부 몰상식한 외국인들이 떼를 지어서 꼭 도떼기시장 구경을 다니듯이 제멋대로 상스럽게 떠들고, 깔보듯이 야유나 하는 것을 보면 심히 불쾌하다.

저번에 박물관에 갔을 때 본 일인데 깃발을 든 안내양을 선두로 한 떼의 일본인 관광객들, 안하무인으로 저희들끼리 떠들며 뭐가 그리 급한지 아무것도 제대로 거들떠보지 않고 종종걸음을 치는 꼴이 한국 박물관에서 뭘 봤느냐고 물으면 안내양의 깃대 꼭지를 봤다고 대답할밖에 없을 것 같았다. 그러다가 갑자기 안내양이 미술실의 작자 미상의 개의 그림 앞에 멎었다. 그러고는 그 그림이 이조시대의 가장 뛰어난 그림이라고 설명을 했다. 한 일본인이 큰소리로 "행, 저까짓 거 일본의 토사겐(土佐犬)에다 대면 아무것도 아니잖아" 하는 것이었다.

나 같은 아마추어가 하필 그 그림이 가장 뛰어난 그림인지 아닌지까지는 논할 자격이 없다손 치더라도 개의 그림을 보고, 실제 개의 품종의 우열로써 평하려는 데야 기가 찰밖에 없었다. 어떤 친구가 집에 일본인을 초대해서 실컷 먹여놓고 나니까 맨 나중에 상 귀퉁이에 놓인 다꾸앙 쪽을 집어먹으면서 "뭐니 뭐니 해도 다꾸앙 맛만한 것도 없다"고 하더라면서, 뭐니 뭐니 해도 이 세상에서 일본인처럼 정떨어지게 옹졸과 오만을 겸비한 족속도 없겠다고 분개하던 생각이 저절로 났다.

내가 아끼고 사랑하는 걸 남이 대수롭지 않게 알아도 섭섭한데 야유나 경멸까지 하면 정말 속상하다. 관광객은 자기가 방문한 나라의 문화유산에 어느 정도의 관심과 아울러 최소한의 경의쯤 해 마땅할 줄 안다.

나는 박물관 구경을 좋아하고 특히 이조자기가 진열된 방, 박병래씨 기증품이 진열된 방 등을 좋아하지만 내 집에 깨어진 이조자기 하나 가진 게 없다. 그런 걸 가지고 싶어서 골동품상을 얼씬댄 적도 없다. 나에겐 그런 고상한 취미를 즐길 만한 돈도 없거니와 첫째는 그럴 자격이 없다. 진짜와 가짜를 구별할 눈이 전연 없는 주제에 어찌 감히 그런 걸 탐낼 수 있으랴. 진짜와 가짜를 구별 못한다는 건, 겉모양만 볼 줄 알았지 그 속에 감춰진 정精이랄까, 기氣랄까, 그런 것과는 만나지 못했다는 소리일 것이다.

어떤 예술품이건 그 단단한 겉껍질을 집요하게 뚫고 들어가 그 내부에 감춰둔 정을 훔칠 수 있는 사람에게 비로소 그걸 가질 자격이 주어질 것이다. 그건 아마추어로선 힘든 일일 게고 그렇게 됐다면 이미 아마추어가 아닐 것이다. 아마추어가 할 일은 박물관같이 진짜 가짜를 신경쓸 필요가 없는 환경에서 욕심 없이 바라보고 사랑하면 그걸로 족하지 않을까.

나는 또 번연히 가짜인 줄 알면서도 아끼고 사랑하는 두어 개의 이조백자의 모조품을 갖고 있다. 시장의 손수레꾼도 끌고 다니는 가짜 중에서도 아주 졸렬한 가짜다. 오죽해야 입이 험한 어떤 친구한테 "너 사기를 치려거든 좀 근사한 걸 가지고 사기를 쳐라"라는 지독한 소리까지 들었다. 아마 내가 그 졸렬한 모조품을 손님들한테 진품으로 보이길 바라고 있다고 생각한 모양이다. 천만에, 그럴 생각은 조금도 없다. 그건 내 딸이 수학여행을 갔다 나에게 사다준 것이기 때문에 소중할 뿐이다. 엄마가 마음에 들어하는 것으로 사려고 고르고 또 골랐다고 한다. 깨어질까봐 종이로 몇 번이나 싸고도 미심쩍어서 차중에서도 그 무거운 걸 짐 싣는 데 올려놓지를 못하고, 꼭 무릎에 놓고 왔다는 것이었다. 그래서 차중에서 노는 흥겨운 놀이에도 마음껏 참여하지 못했다는 것이었다. 딸애는 내가 얼마나 그걸 좋아할 것인가 하는 기대로 눈을 빛내며 겹겹이 싸인 종이를 풀고 천 원짜리 항아리와 5백 원짜리 술병을 꺼냈다. 이런 물건을 어찌 내 어쭙잖은 심미안을 통해서만 바라볼 수 있겠는가. 정情을 통해 바라볼 때 어느 국보급 자기와도 바꿀 수 없는 내 귀중품이다. 이 항아리엔 철 따라 아이들이 사다 꽂아주는 꽃이 그치지 않고 꽂히니 더 무엇을 바라겠는가.

피카소전의 실망

박물관 구경 말고 집안 식구가 공동으로 즐기는 것으로 미전美展 구경이 있다. 국전보다는 개인전이나 그룹전이 좋다. 순수한 아마추어의 눈으로 흐뭇하고 즐거운 전시회가 있고, 보고 나면 얼떨떨하고 속은 것 같은 전시회도 있다. 꼭 갖고 싶은 그림을 만나는 때도 있지만 산 적은 한 번도 없다. 그만한 경제적 여유도 없고, 갖고 싶다는 욕망이 어떤 무리를 해서라도 그걸 사고 싶을 만큼 격렬하지는 않기 때문이다. 그저 그림이 막연히 좋고 보면 즐겁고 사랑스럽고 그뿐이지 강한 집착에까지 이른 적은 없다. 아마추어의 눈이란 그저 그런 것이 아닌가 한다.

그렇지만 아마추어의 눈도 속임수에는 빠르게 예민하게 반응할 줄 안다. 예술가나, 예술을 빙자한 행사나 상행위를 주관하는 사람들은 아마추어의 이런 소박하고 정직한 시선을 무시만 할 게 아니라 두려워할 줄도 알아야겠다.

피카소전 때만 해도 유수한 일간지를 통해 그 선전이 굉장했었다. 유명한 미술가, 미술평론가의 피카소 찬양이 매일 시리즈로 지면을 장식하고 화려한 여인 편력이 소상히 소개되었다. 그렇지 않아도 누가 감히 피카소를 모른다 할 수 있으랴.

피카소만큼 우리 생활에 친근하게 파고든 화가도 없을 게다. 아무리 무식한 부인도 자기 아이가 그린 그림이 그리고자 하는 대상을 전연 닮지 않아 도저히 칭찬을 못해주겠을 때 "뭐 이러냐? 꼭 피카소 같구나." 도배지를 사러 가서 이것저것 고르는데, 꽃무늬를 봐도 신통치 않고 동물무늬를 봐도 마음에 안 들 때, 넌지시 피카소 무늬를 달라기도 한다.

이렇게 피카소를 진기하고 알쏭달쏭한 것의 대명사쯤으로 아는 사람에겐 피카소가 친근한데, 그 진가를 아는 사람에게 거장 불세출의 천재, 심지어는 미다스 왕의 손을 가진 사나이로 비유될 만한 전설적인 인물이다. 그러나 손에 닿는 것마다 금으로 화하는 행운이 결국 왕 자신에겐 비극이었던 것처럼 손에 닿는 것은 곧 예술이 될 수 있는 예술가가 있다면 그 또한 그 예술가에 있어선 비극이 아니었을까.

이런 생각을 하며 나는 피카소전의 표를 사고 그 기나긴 행렬의 뒤꽁무니에 섰다. 피카소의 명성과 일요일이 겹쳐 그날은 그렇게 사람이 많았다. 줄을 서서 미전을 구경하기도 처음이고 또 구경꾼이 대부분 중고등학생부터 대학생의 젊은 층이어서 나는 내가 지금 미전이 아니라 알랭 들롱이 나오는 영화를 보러 늘어서 있는 게 아닌가 하는 생각을 했다.

드디어 장내에 들어서니 실망은 더 컸다. 〈게르니카〉 같은 대작을 기대했던 건 아니지만 한국 초유의 피카소전이라고 요란하게 떠들어댄 데 비해 알맹이가 너무 없었다. 부와 명성을 갖춘 쾌락적인 노년에 제작한 다분히 쾌락적 판화 및 데생이 대부분, 유화는 한두 점이나 됐을까. 그리고 대단찮은 도자기들.

더 참을 수 없는 건 나를 포함한 수많은 구경꾼들—일개 신문사의 상업주의에 조종당하고 있는 꼭두각시들의 꼴이었다.

"저게 피카소야?"

"응 저게 바로 피카소야."

"별로 좋은 줄도 모르겠는데."

"그러니까 피카소지."

"참 그런가."

비싼 입장료 내고 줄 서서 구경하고 나가면서 주고받는 말들이다.

줄 사이에 끼어서 더 느리게 걸을 수도 더 빠르게 걸을 수도 없는 부자유 속에서 피카소 특별전을 보고 나오니 숨통이 다 트이는 것 같았다. 덕수궁에 들어온 김에 아주 현대미술관에 들러 우리나라 화가들의 그림을 보니 더 기분이 좋았다. 우리의 가난하고 불우했던 화가들이 남긴 사랑스러운 그림 앞에 웬일인지 사람들이 별로 없었다. 피카소의 명성이 그렇게 대단했던가. 순수한 아마추어의 입장에서 미美와 사귀고자 할 때 왜 꼭 명성과 권위를 중개로 하려드는 것일까. 왜 직접 매혹당하고 사랑할 수 있는 대상을 찾으려들지 않는 것일까. 좀 쓸쓸한 생각이 났다. 그러나 피카소도 그 밖의 어떤 천재도 예술에 있어서만은 미다스 왕일 수 없다는 확신을 숙연하게 할 수 있었던 게 피카소전의 덕이라면 덕이었다.

피카소전이 열리고 있는 바로 앞 건물에선 돌 전시회가 열리고 있었다. 거기도 피카소전만큼이나 사람이 붐비고 있었다. 나는 진귀한 돌을 모으는 취미에 호감 비슷한 건 가지고 있었지만 전시회를 보기는 처음이었다. 그리고 그렇게 돌 애호가가 많은 것도 처음 알았다. 어쩌면 그 많은 사람이 돌 애호가리기보다는 피카소전의 여파였는지도 모르지만.

전시장의 돌 훔쳐 던지고파

나는 무심히 다시 돌 감상자들의 줄에 끼어서 서서히 움직였다. 진귀한 돌들을 진귀하게 바라보면서. 진귀한 돌도 하도 많이 한자리에 모아놓으니 조금 덜 진귀하고, 점점 싫증이 났다. 도대체 어쩌자는 이 많은 돌들일까.

나는 문득 그 많은 돌 중 꼭 하나만 훔치고 싶었다. 절대로 갖고 싶었던 건 아니다. 그냥 훔치고 싶었다. 전신이 짜릿짜릿하게 그 일이 하고 싶었다. 나는 자세히 보는 척하면서 어떤 돌 하나를 만져보다가 놓고, 만져보다가 놓고 그 짓을 되풀이했다. 좀처럼 주먹 속에 쏙 들어오는 작은 돌이 없었다. 아무리 작아 뵈도 손아귀에 넣고 주먹을 쥐면 조금씩 비껴나

왔다. 결국 그날 나는 돌을 못 훔치고 말았다. 지금 생각해도 후회가 된다.

설사 훔치다 주인에게 들켰어도 어떠랴. 내 손에 쥐어진 돌을 무슨 수로 자기 거라 주장할 수 있으랴.

그 또한 자연에서 훔쳤거늘 그는 필시 자연의 수많은 돌 중에서 그 돌이 지닌 미를 발견해서 발탁한 공로로 그 돌의 소유권을 주장하리라. 그러면 나 또한 전시장의 수많은 돌중에서 그 돌의 미에 도심盜心이 동할 만큼 매혹당한 걸로 소유권을 주장할 수 있으리라. 만일 내 훔치는 행위가 성공하면 그땐 어쩔 것인가. 그 돌을 훔칠 수 있었다손 치더라도 내 것으로 삼지는 않았을 것이다. 실상 조금도 갖고 싶진 않았으니까.

그냥 어느만치 가다가 공중으로 휙 던져버렸을 것이다. 그리하여 그 돌을 중우衆愚의 시선으로부터 해방시켜 자연으로 돌려줬을 것이다. 그 돌이 내 손을 떠나 공중에 멋있는 호를 그리고 어느만치 가서 떨어지는 것을 보면서, 나 자신이 온갖 속박으로부터 자유로워지는 듯한 신선한 기쁨을 느꼈을지도 모른다. 그러나 그 짓의 쾌감을 관념적으로 즐겼을 뿐 실지로 해보지는 못하고 만 것이다.

세모歲暮의 감회에 젖어

해마다 십일월 초하룻날이면은 잠깐이나마 미리 세모의 감회 같은 것에 젖는 시간을 갖게 된다. 바로 달력을 넘길 때다. 달력은 대개 계절적인 그림과 함께 두 달씩으로 되어 있어 구월, 시월의 달력 장을 넘기다보면 마지막 한 장이 남게 되고 "아차, 어느 틈에 또 1년이 다 가버렸구나!" 하고 마치 무슨 실수로 순식간에 1년을 몽땅 손가락 사이로 빠뜨려버린 것처럼 허전하고 섭섭해진다.

특히 나는 달력을 차근차근 넘기는 성미가 아니고 찢어버리는 성미여서, 그야말로 마지막 한 장이 되어 낡은 극장 광고지처럼 가장자리가 돌돌 말린 채 남아 있는 달력 장을 보면서 처량해한 게 바로 엊그제였는데 이렇게 연하장이란 글 제목을 받고 보니 곧장 내년으로 뛰어든 느낌까지 든다. 나이가 먹을수록 실감하느니 세월의 고속화라고나 할까.

그렇지만 난 크리스마스를 전후한 시기로부터 섣달그믐날까지, 이른바 세모의 시기를 무척 좋아하는 편이다.

세모의 상가, 세모의 과물점, 세모의 건물들, 세모의 포목점, 세모의 명동, 세모의 백화점이 나는 그렇게 좋을 수가 없다. 세모의 동대문 시장, 세모의 남대문 시장, 세모의 서울역, 세모의 고속버스 터미널, 그런 곳도 나는 아주 좋다.

맛있는 것, 예쁜 것, 반짝거리는 게 많고, 이런 것을 사는 사람이 많고, 사되 자기를 위한 것보다 남을 위한 것을 사게 되고, 실용품보다는 조금 사치품을 사게 되고, 1년 내내 구두쇠가 아차 하는 순간 낭비를 하게 되고, 그러는 것이 그렇게 유쾌할 수가 없다.

그래서 나는 세모의 장바닥을, 세모의 번화가를 싸다니기 좋아한다.

풍요한 상품을 구경도 하고 흥정도 하고 그런 것을 주고 싶은 여러 사람들을 생각한다. 돈만 있다면 이것은 누구를 사 드리고 싶다든가, 저것은 누구에게 보냈으면 좋겠다든가 하고 평소에 신세를 진 분, 정情을 진 사람, 그냥 생각나는 사람들을 생각한다.

그리고 뭔가 조바심을 한다. 그러다가 연하장이나 크리스마스카드를 파는 곳을 만나게 되면 구원받은 듯이 마음이 놓인다. 별로 돈도 많이 안 들이고 얼마든지 풍성한 마음을 담을 수 있는 것을 발견한 것 같기 때문이다.

연하장이나 크리스마스카드의 디자인도 딴 상품의 디자인처럼 해마다 새로워져서 그것을 고르며 감상하는 재미도 여간이 아니다. 고르면서 보낼 곳이나 쓰고 싶은 사연을 요모조모 생각하는 것도 세모가 아니면 맛볼 수 없는 기쁨이다. 1년 내내 한 번도 생각 안 했던 사람을 연하장을 고르면서 불쑥 생각해내는 수도 있다. 연하장을 고르면서 실로 여러 사람과 만나게 되는 셈이다. 그래서 여러 장의 연하장을 사게 된다.

그런데 나는 실제로는 연하장을 우송까지 해본 일이 거의 없는 것이다. 왜 사기만 하고 못 보내느냐면 참 공개하기에는 너무도 부끄럽고 치사한 얘기가 되고 만다.

막상 사온 연하장을 펴놓으면 미리 인쇄된 그림이나 '근하신년謹賀新年'이니 '공하신년恭賀新年'이니 하는 판에 박힌 말이 싫어진다. 그래서 뭔가 좀 정성스럽고도 상서로운 말을 쓰려고 끙끙대다보면 난데없이 엉뚱한 허영심이 발동한다.

이왕이면 먹을 갈아 모필毛筆로 썼으면, 그림도 내가 그렸으면 하고. 그림이나 붓글씨를 따로 배운 일도 없거니와 타고

난 재주도 전연 없는 주제에 말이다. 그러고도 그냥 손수 쓰고 싶다 정도가 아니라 받는 사람이, "이 사람이 이렇게 훌륭한 숨은 재주가 있었나?" 하고 깜짝 놀라게 쓰고 싶으니 그래 그게 될 뻔이나 한 소린가?

결국 나는 내년엔 서예도 배우고 그림까지도 좀 배우리라, 그때까지 연하장 보내길 미루리라 마음먹게 된다. 별 시시한 허영으로 아주 중요한 것을 놓치고 마는 나야말로 속물 중에도 제일 시시한 속물일 게다.

올해는 그러지 말아야겠다. 비록 악필이나마 또박또박 정성스레 새해의 축복을 생각나는 이들에게 보내야겠다.

생활정도라는 것

아이들이 여럿 있고 보니 무슨 조사서니 앙케트니 하는 용지를 자주 받아보게 된다. 그런 데는 으레 생활정도를 기입하는 난이 있고 '상·중·하'로 나뉘어져 있다. 나는 늘 아무 생각 없이 '중'에다 ○표를 쳐왔었고, 또 아무리 곰곰이 생각해본다 한들 우리 생활이 중쯤은 되겠거니 하는 데 별 의문이 없었다. 그리고 '중'에다 ○표를 할 수 있을 만한 생활정도에 내 나름대로 만족하고 있다.

우리 사회에서 열심히 성실하게 일해서 겨우 우리만큼 사는 게 가장 떳떳하고 마땅한 중용의 도리가 아닐까 하는 생활철학 비슷한 것도 갖고 있다.

그런데 요즈음 자꾸 이 중 정도의 생활이 갈팡질팡 흔들리고 있다. 사는 건 만날 똑같은데도 말이다. 바로 10년이 여일하게 똑같다는 게 문제다.

우리나라 경제 발전만큼은 우리집도 경제 발전을 이룩했어야 하는데 그걸 못하고 10년 전과 똑같은 생활정도와 생활양식을 유지하고 있으니, 상대적으론 생활정도가 떨어진 셈이 아닌가 하는 불안한 생각도 든다. 집만 해도 그렇다. 10년 전엔 누가 우리집을 찾아온대도 별로 남부끄러운 집이 아니었는데 요새는 사정이 달라졌다. 우리 이웃의 우리집 같은 한옥은 모조리 양옥으로 신축되고 우리집만 구태의연한 한옥으로 남아 있으니 우선 외모부터 초라하다.

들어와봐야 요즈음 장만한 신식 세간이라곤 하나도 없다. 겨우 1년에 한 번 지붕을 손볼 정도의 수리밖에 안 하고 산 우리집은 구질구질할밖에 없다.

그래서 아이들은 자꾸 우리도 양옥집이나 아파트로 이사를 가자고 조른다. 우리보다 못사는 사람도 다 우리보다 좋은 집에 산다고, 마치 엄마 아빠가 낡은 한옥에 특별한 취미라도 있어서 안 떠나는 것처럼 철없이 졸라댄다.

이런 경우 아이들이 말하는 '우리보다 못사는 사람'이란 기준은 무엇인지 그것도 나는 잘 모르겠다. 아무튼 아이들도 나처럼 우리가 '중' 정도는 살고 있다고 믿고는 싶은데 사는 집이 암만해도 그 '중' 정도와는 안 어울린다고 생각하기에 이르는 모양이다. 난처한 노릇이다.

그래서 나는 우리 가족의 환상인 그 '중' 정도에 조만간 파탄이 오리란 걸 예상하고 있다. 그리고 그 파탄의 징후는 벌써 몇 번 나타나고 있다.

여자중학교에 다니는 막내딸이 어느 날 뾰로통해가지고 왔다. 학교에서 무슨 기분 나쁜 일이 있었느냐고 물어보니까 굉장히 기분 나쁜 일이 있었다고 한다. 무슨 앙케트 용지에 생활정도를 써내는 난이 있는데 아이들이 대개 '중'이라고 써낸 모양이다.

선생님이 보시더니 이번 앙케트는 생활정도와 밀접한 관계가 있느니만큼 그렇게 엉터리로 써내면 안 된다고 하시면서 생활정도의 상, 중, 하의 구별법을 구체적으로 가르쳐주셨다는 것이다.

선생님께서 가르쳐주신 구별법에 의하면 자가용이 있으면 상, 집에 수세식 변소를 갖췄으면 중, 그도 저도 없으면 하라는 것이었다. 그 소리를 들은 내 딸은 부끄러움을 무릅쓰고 앙케트지를 도로 받아다가 '중'을 '하'로 고쳐서 써낸 모양이다. 나는 그래서 우리가 하지상下之上은 될 거라고 내 딸을 위로했다.

꼭 그 일 때문만은 아니지만 재래식 변소란 불편하고 불결해 올핸 어떡하든 고치려고 제법 저축도 했었는데, 더 급한 쓸 일이 들이닥쳐 못하고 말았다. 내년으로 미루고 다시 저축을 하겠지만, 글쎄, 내년이라고 급하게 쓸 일이 앞질러 기다리고 있지 말란 법이 있을까?

아무튼 수세식 변소를 가질 때까지 우린 하지상에나마 만족해야 할 것 같다. 그런데 이 하지상조차 흔들리는 일이 생겼다.

어느 날 몹시 구차하게 사는 친척의 방문을 받았다. 동서뻘 되는 친척인데 남편이 몇 년째 실직을 하고 있다가 요새 겨우 운전면허를 따긴 땄는데 마땅한 일자리가 없어 '스페어' 노릇을 한다고 했다.

살기 어려운 이런저런 넋두리 끝에 그 여자는 맏딸이 곧 중학교에 가게 되는데 입학금 마련도 어려운데 교복이랑 다 어떻게 할지 모르겠다고 걱정을 했다. 나는 그 여자를 도와주고 싶다고 생각한 나머지 지금 중학교 졸업반인 우리 막내딸 교복을 갖다 입히라고 했다. 내가 그때 가서 드라이클리닝해서 말짱하게 손봐서 줄 테지만, 원체 곱게 입었으니까 그렇잖아도 새것 같을 거란 소리도 했다.

그러고 나서 나는 그 여자가 교복에 대해선 한시름 놓았다

고 좋아할 줄 알았다. 그런데 그게 아니었다. 좋아하기는커녕
발칵 화를 내면서 아무리 없는 사람이라도 너무 무시하지 말
라고, 어떻게 새로 중학교에 들어간 애에게 헌 교복을 입힐
수가 있겠느냐고 했다. 나는 여러모로 알아들을 만치 얘기했
지만 끝내 그 여자는 화를 못 풀고 돌아갔다. 그게 그렇게 화
를 낼 만한 일인지 나는 아직도 잘 모르겠다.

나는 내리 딸을 여럿 둔 탓인지 교복도 내리 물려 입도록
했었다. 다행히 위로 세 딸이 같은 고등학교라 그 일이 쉬웠
다. 입학할 때는 입학금이니 뭐니 해서 목돈이 드니까 우선
졸업한 언니 교복을 입혔다가 그게 아주 못 입게 해어진 후
맞춰주면 새로 맞춘 지 얼마 안 있어 졸업을 하게 되어 도리
어 불경제적인 것 같지만, 그것을 다시 다음 동생에게 물려주
면 다음 동생은 아예 중간에 맞출 필요도 없이 언니 교복만으
로 졸업을 하게 된다.

즉 교복 두 벌로 세 아이를 입힐 수 있게 된다. 운동복이나
오버는 한 벌만 가지고도 넉넉히 세 아이를 내리 물려 입힐
수 있게 된다.

다만 넷째 딸만이 추첨제로 중학교에 들어가 새로 교복을
맞춰 입고 그것이 다 떨어지기 전에 졸업을 하게 되어 그것을
그 여자네 아이에게 물려주려다가 망신만 당하고 만 것이다.

나는 내 아이에게 하듯 남의 아이에게도 하려 했을 뿐 추호도 없는 사람 무시한다는 생각이 있었을 리 없다. 무시는커녕, 가난한 중에서도 자식만은 어떻게든 부자스럽게 키우려는 그 배짱을 차라리 존경한다. 그런 사람에 비하면 나는 자식을 얼마나 구질구질하고 가난스럽게 키운 것일까.

자식 기르기로 미루어볼 때의 우리집 생활정도란 하지상은커녕 하지하下之下에도 못 미칠 것 같다. 그런데도 우리집의 수입은 우리나라 전체 봉급자의 2퍼센트 미만에 해당한다는 월 10만 원 이상에 속한다. 통계상의 수입 면으로는 어엿한 상류층이다. 그런데도 실제론 우린 이렇게 못산다. 실로 무엇을 기준으로 생활정도의 상, 중, 하를 매겨야 할지 점점 더 어려워진다.

어떻든 나는 내 생활정도를 여전히 '중'이라고 생각하고 싶다. 나는 너무 잘사는 것도 너무 못사는 것도 다 같이 부끄러운 일이라고 생각하고 있기 때문에 '중' 정도의 생활을 제일 좋아한다. 그리고 중류층이야말로 가장 양식에 입각한 사고를 할 수 있는 층이라고 생각하기 때문에 더욱 좋아한다.

칠전팔기의 참뜻

입시철이 되면 학교에 붙고 떨어지는 것에 인생의 모든 것이 달린 것 같은 생각이 들게 된다.

자기 집에 수험생이 없더라도 매년 가까운 친척이나 친지 중에 수험생이 적어도 서너 명 이상 있게 마련이고 자연히 합격을 축하하는 말, 불합격을 위로하는 말을 직접이든 전화로든 하게 된다.

다행히 합격이 된 댁엔 참 말하기도 좋고 방문하기도 좋고, 한턱내라고 조르기까지 해도 되고 정말 한턱을 얻어먹는 일도 있지만 불합격이 되는 경우는 일이 난처하게 된다.

우리는 부모상을 당한 친지에게도 당장 한달음에 달려가 조문을 하고 같이 울어줄 수도 있다. 그러나 자녀가 불합격된 댁엔 방문은커녕 위로의 전화 걸기도 망설여진다.

불합격의 슬픔과 충격에는 타인의 위로 따위가 먹혀들 수 없을 만큼 절박한 무엇이 있기 때문이다. 숫제 하루이틀 모른 척하고 있다가 어느만큼 충격이 가라앉은 후 위로의 말을 하는 쪽이 낫다.

사람이 죽는 것과 불합격을 비교하는 것은 말도 안 되지만 불합격됐을 그 당시의 부모들의 심정이란 부모의 상을 당한 것 이상의 것이 있음을 겪어본 사람은 부정하지 못한다.

아무의 위로도 거부하고 침식을 잃고 싸고 드러누워 있는 불합격된 집안은 확실히 상가喪家의 분위기보다 더 침통하고 절망적이다.

실제로 외아들의 불합격을 땅을 치며 통곡하는 어느 어머니가 "여러 자식 두었다가 그중 하나가 죽었기로서니 이보다 더 원통할까?" 하는 소리를 들은 일이 있다.

무심히 들어 넘길 수도 있지만 곰곰이 생각해보면 얼마나 끔찍한 소리인가? 부모로서 차마 자식에게 못할 소리다 싶었다.

지나놓고 보면 불합격도 살아가면서 수도 없이 부딪치게 될 크고 작은 좌절 중의 하나에 불과한 것인데 그 당시엔 마치 그것으로 인생이 끝장나버린 것 같은 극단적인 비탄과 절망을 맛보게 된다. 그리고 이런 비탄은 당사자인 수험생보다 부모 쪽이 훨씬 더하다. 나잇값도 못하는 셈이다.

그러나 학벌이 곧 고용의 문을 여는 열쇠가 되는 우리의 사회 풍토에선 이런 부모들의 태도를 나무랄 수만도 없을 것 같다. 낳아놓은 책임으로 제 밥벌이 할 만큼 길러내놓자니 대학은 마쳐놓고 봐야지 않겠느냐는 정도가 무슨 그리 대단한 부모들의 허영이겠는가. 차라리 소박한 안간힘에 속한다 하겠다.

여기서 거의 광기에 가까운 대학에의 줄기찬 집념이 생기고 해마다 늘어나는 재수생 문제가 커다란 사회문제로 대두되고 있는 것 같다.

재수생이란 낙방의 고배를 마시고 다시 내년을 기약하고 입시를 위한 학업을 되풀이하고 있는 학생을 의미한다. 그리고 이 시기는 학생도 아닌 사회인도 아닌, 가장 자유스러운 것 같으면서 가장 무거운 억압에 짓눌린 애매한 시기이다.

그러나 이 애매한 시기야말로 이미 겪은 좌절로 사람이 더욱 다져지느냐 아주 허물어지느냐를 판가름하는 가장 중요한 시기라는 걸 부모님들은 알아야 할 것이다.

떨어졌다고 한바탕 비탄을 하고 나서 생각난 듯이 낙방생을 구박하고 그러고는 서둘러 학원에 등록을 시키고 아침이면 학원으로 쫓고, 저녁에 돌아오면 "공부해라 공부해" 소리나 반복하고, 어쩌다 기타라도 튕기고 앉았는 걸 보면 "아직도 정신을 못 차리고, 너 정말 이럴래? 에미 죽는 꼴을 봐야 정신을 차리겠니?" 어쩌구 하며 기타를 분질러 박살을 내버리고 안심하는 부모가 돼서는 안 되겠다.

그 시기에 부모는 자기도 모르게 조금씩 조금씩 기타가 아닌 자식을 망가뜨리고 있을지도 모른다.

학원은 학교하곤 다르다. 교육을 목적으로 하는 곳이 아니라 영리를 목적으로 하는 곳이다.

정원도 학칙도 있는 것 같으나 실상은 있으나 마나고, 선생님은 학생에게 지식 전달 이상의 책임도 애정도 없다. 입시 준비에 있어서만은 학교 선생님보다 유능한 기능인일지 모르지만 지식 이상의 것, 즉 덕성으로 학생의 인격에 어떤 영향을 줄 진정한 의미의 교육자는 아니다.

학원가의 주위 환경 또한 말이 아니다. 오락장 극장 다방 술집 맥줏집 음식점 빵집 들이 아무런 제약도 안 받고 재수생을 상대로 성업을 하고 있다.

부모들은 재수 기간 동안의 자녀의 몸의 건강도 건강이거니와 일단은 정신의 황폐화를 우려하지 않으면 안 된다.

작년 여름 낙원동 어느 통닭집에 통닭을 한 마리 사러 들어가 튀겨지기를 기다리며 본 일이다.

한눈에 재수생인 듯한 남학생과 여학생이 들어오더니 테이블 위에 책가방을 태질하듯이 메다꽂았다. 그 소리가 너무 대단해 사람들이 다 눈살을 찌푸리며 그쪽을 봤다.

남들이야 그러든 말든 둘은 반항적인 몸짓으로 어깨를 추스르더니 마주앉아 주머니를 털어 돈을 있는 대로 테이블 위에 꺼내놓고는 합해서 셈을 했다. 어지간한 액수가 되는지 통닭과 맥주를 시켰다. 둘은 도무지 말이 없이 맥주를 마시고 통닭을 뜯었다. 그 폼이 너무 이상해 저절로 가슴이 찡하며 안됐다는 생각이 들었다.

둘 다 앳된 나이였지만 나는 그 나이에 맥주쯤 마시는 걸 뭐 그리 대단한 일이라곤 생각지 않는다.

문제는 그 수습할 수 없이 허물어뜨린 태도였다. 만사가 귀찮다는 듯이 될 대로 되라는 듯이 자기를 완전히 방기해버린 태도가 문제였다.

남학생이 담배를 권하자 여학생이 묵묵히 받아서 유유히 연기를 내뿜었다.

"쳇, 너도 다됐구나."

"그래 나 다된 것 인제 알았어."

이것이 그들이 주고받은 대화의 전부였다.

그리고 둘은 정말 다된 사람처럼 걸음까지 이상하게 걸으며 괜히 사람을 째려보며 통닭집을 나갔다.

물론 재수생이 다 그렇다는 소리는 아니다. 다만 재수 기간 동안은 부모나 가족들의 더욱 따뜻한, 더욱 섬세한 보살핌이 있어야겠다는 소리를 하고 싶었을 뿐이다. 공부도 중요하지만 공부 말고 마음 붙일 곳은 더욱 중요하다.

그리고 재수를 거듭하는 학생에게 듣기 좋은 말로 칠전팔기라는 격려의 말을 쓰는데 꼭 대학에 합격하는 것만이 그 칠전팔기의 길인지도 한번 진지하게 생각해볼 문제다.

넘어졌으면 넘어진 사태를 일단 받아들이고 그리고 일어나야 하겠지만 일어나서 다시 1년 동안을 자기를 넘어뜨린 돌부리 앞에서 침체할 수밖에 없나, 딴 길로 대담하게 바꾸어 들어 활발하게 살 수는 없나 하는 문제는 당사자나 학부모는 물론 우리 사회가 공동으로 참여해서 연구하고 해결해야 할 문제인 줄 안다.

실상 대학졸업장 없이 열려 있는 길이 너무도 험난하고 초라하다는 데 모든 문제는 있는 거니까.

오늘 아침 신문을 보니 다행히 대통령까지 이 재수생 문제에 지대한 관심을 가진 듯하다. 반가운 일이나 대책을 지시받은 실무자가 이 문제를 졸속하게 다룰까봐 겁부터 난다.

문교행정文敎行政의 졸속으로 골탕을 먹고 갈팡질팡했던 일을 우린 너무도 여러 번 겪었었다.

재수 학원의 비대화도 견제해야 되겠지만 재수나마 안심하고 할 수 없이 불안한 상태로 재수생을 몰아넣어도 안 될 것이다.

아무튼 재수생 문제는 자기 자식 문제같이 각별한 애정을 가지고 다루어주기만을 부탁드리고 싶다.

게으름뱅이의 변辯

얼마 전 집에 놀러온 친구가 시들시들 말라가는 프리지아가 꽂혀 있는 꽃병을 보고 깜짝 놀라며 꽃을 저렇게 말려 죽이고도 꽃을 사랑한다고 할 수 있느냐며, 그러려면 아예 꽃을 꽂아놓지 말라고 나한테 지독한 비난을 퍼붓는다. 난 시들어가도 향기는 아직 좋다고 대꾸했지만 친구는 꽃을 오랫동안 살리는 방법을 장황히 설명해준다. 끝을 불에 지지기도 하고 여러 약품에 담그기도 하고 여러 가지 설명을 해주는데도 난 어쩐지 귀담아들어지질 않는다.

나도 신문이나 잡지 귀퉁이의 살림 상식란에서 그런 방법을 많이 보아왔지만 눈여겨 익혀둔 적도 없었고 실제로 해본 적도 없었다. 그래도 나는 내 나름대로 꽃을 사랑하고 좋아한다고 생각하고 어쩌다 꽃시장에 가게 되면 여러 가지 꽃에서 섞여서 나오는 향기와 그 화려함에 언제나 매혹되어버린다. 그러나 그뿐이지 한 다발 사가지고 집에 오면 밑둥이나 잘라 질항아리에 푹 꽂아버리면 그만이다. 남들같이 꽃을 수반에 꽂아보든가, 다른 재료를 써서 재주를 부려본 적도, 꽃꽂이라는 걸 따로 배워본 적도 없다. 그렇지만 그런 재주는 못 부린다 하더라도 물도 제대로 안 갈아주고 어떤 때는 물을 다 빨아버려서 시드는 것이 아니라 말려 죽일 때도 있으니 그건 내가 생각해도 좀 너무하긴 한 것 같다.

얼마 전 우리집엔 부리가 붉은 조그만 새가 날아들어온 적이 있다. 야생조는 아닌 것 같고 어느 집에서 기르던 새가 아마 도망을 나온 모양이었다. 집의 아이들이 좋은 징조라며 소리를 지르고 좋아하길래 새장을 사다가 넣어주고 둥우리까지 넣어주었다. 며칠은 쨱쨱거리는 것이 귀엽고 파다닥거리는 것이 신기해서 집안 식구들이 모두 새장 옆에 붙어 저마다 새를 사랑하는 척하더니 한참 있으니까 모두 시들해졌다.

이 조그만 새가 시중을 많이 시키니 웬만한 마음을 가지지 않고서는 좋아할 수가 없다. 물을 갈아줘야 하고 조粟도 사다 넣어주고, 채소도 넣어줘야 하고, 청소도 해줘야 되고, 여간 시중이 아니다. 식구끼리 서로 미루고 나도 귀찮고 해서 동네의 새 기르는 집에 새장까지 몽땅 줘버렸다. 괜히 잘못해서 새의 죽음을 보게 되지나 않을까 은근히 두려웠기 때문이다.

가끔 잡지에 보면 난초를 기르거나 정원을 가꾸는 명사들의 사진을 볼 수 있다. 이런 사진을 보면 난 부끄럽기도 하고 나 자신에 대해 죄책감을 느끼기도 한다. 난초는 굉장히 기르기도 힘들고 손이 많이 간다는데 꽃물도 제대로 못 갈아주고 새 한 마리 제대로 못 기르는 자신의 게으름에 대한 반성 때문이다.

그러나 어쩐지 내가 꽃을 사랑하지 않는다고는 생각되지 않는다. 게으름뱅이의 변명일지는 몰라도 그런 분들은 어려운 시중을 들어준 후에야 사랑이 생기겠지만, 나는 시중을 들어줄 필요 없이 그냥 보기 좋기 때문에 꽃이 더욱더 좋다. 그러나 가짜 꽃은 질색이다. 시들지 않으니까.

2부
따습고 부드러운 약손이 되어

따습고 부드러운 약손이 되어

여자란 아무리 연구해도 항상 새로운 존재라고 누군가가 말했던 게 기억된다. 그러고 보면, 여자에 대해 아무리 기발한 소리를 한들 과히 틀린 소리랄 것도 없겠고, 아무리 보편적인 소리를 해도 거기 여자라는 것을 완전히 수용할 수는 없는가보다.

하긴 내가 여자이면서도 남자들이 여자란 어쩌고저쩌고하며 자신 있게 지껄이는 소리를 듣는다거나, 점잖게 어려운 말을 써가며 글로 쓴 것을 본다거나 할 때는 좀 우습고, 좀 면구스럽고, 그저 그럴 뿐이지 "그 사람 참 족집게처럼 여자의 마음을 쏙 집어냈군" 하며 감탄해본 적이란 전연 없다.

아마 실오라기 하나 걸치지 않은 여자의 맨몸을 본 사람은 얼마든지 있을 수 있어도 실오라기만한 가식도 걸치지 않은 여자의 마음에 접해본 사람은 아무도 없을 것이다. 경우에 따라, 또는 상대에 따라 여자는 육신의 나신은 스스럼없이 드러낼지언정 결코 본심을 거짓 없이 드러내는 법은 없다. 이런 점이 바로 달의 신비까지 벗겨진 오늘날까지도 여자가 스스로의 신비성을 유지할 수 있는 비결인지도 모르겠다.

여자에 대해선 자못 도통한 듯한, 그래서 여자를 우습게 볼 수밖에 없다는 남자일수록 여자란 이러이러한 것이니라 하고 여자에 대한 정의를 남발하기를 좋아하는데, 일생 동안 정의를 남발해봤댔자 여자에 대해서는 딱히 들어맞는 정의도 아주 안 들어맞는 정의도 없다는 걸 깨닫는 날이 있으면, 아마 조금쯤은 아연할 테고, 그것을 깨달은 날, 여자를 좀 알았다고 할 수 있을 것이다.

여기까지 내가 한 소리는 혹시 이런 글을 읽는 남자가 있다면 그 남자를 겁주기 위한 것이니 이를테면 공갈이다. 요즈막엔 여자들도 이 정도의 공갈은 애교 삼아 하길래 나도 한번 흉내내본 건데, 글쎄 잘 먹혀들었는지는 의문이다.

실은 사람의 속성이라는 게 복잡 미묘한 것이고, 여자도 사람인 이상 어떻게 사람의 일반적인 속성에서 크게 벗어날 수 있겠는가. 억지로 구별을 짓자면 남자는 보다 논리적이고, 여자는 보다 직감적이라든가, 남자가 이성적이라면 여자는 감정적이라든가, 이렇게 남녀를 대립시켜보는 방법도 있을 것이다. 그러나 나는 그런 걸 가지고 따질 생각은 전연 없고, 이 기회에 꼭 하나 여자에 대한 큰 오해 한 가지를 시정해두고 싶다.

여자는 흔히 옹졸하다든가, 얕다든가 하는 말로 일컬어지고 이에 대해 추호의 의심도 없는 것 같다. 심지어는 여자 스스로가 겸양하는 말 중에 "얕은 아녀자의 소견으로……"라든가 "제가 옹졸하였던 탓으로……"라든가 하는 말을 아무런 저항 없이 쓸 만큼 여자의 옹졸함, 얕음은 일반적인 통념이 되고 있다.

여자 스스로도 그렇고, 남자도 그렇고, 여자의 본질의 하나인 '관대함'에 대해 그렇게 모를 수가 없다. 우리가 자라고, 부대끼고, 고민하고, 지치고 하며 사는 사이에 여자의 관대함에 얼마나 자주 의지하고 휴식하고 위로받고 했던가를 잊고 있다.

여자란 얼핏 보면 옹졸하기가 대통 구멍 같고, 속이 얕기가 접시굽이 무색할 때가 많다.

남편 호주머니에서 나온 찌그러진 성냥갑이나, 루주 자국이랄 것도 없는 와이셔츠의 얼룩에까지 신경을 곤두세우고 꼬치꼬치 따지고 달달 볶고 야단이다. 연인들 사이에도 마찬가지다. 자기 애인만 너무 빤히 쳐다봐도 핀잔을 주고, 그렇다고 두리번두리번 한눈이라도 팔면 금세 고약한 의심을 받고, 이래도 들볶이고 저래도 들볶이고, 도대체 여자 성미 맞추기가 치사하고 더러워 결혼이고 뭐고 포기해버리고 싶었던 경험을 안 겪었던 총각은 별로 없으리라.

또 어머니들의 잔소리도 알아줘야 한다. 귓바퀴의 때로부터 이 닦는 일, 들어오는 시간, 나가는 시간, 보이 프렌드, 걸 프렌드, 미팅 등 올올 샅샅이 어머니들이 참견 안 하는 게 없다. 그러고 보니 사람들은 여자들에게 들들 볶이면서 잔뼈가 굵고 어른이 되고 늙어가고 한대도 과언이 아닐 게다. 그러나 그건 다 무사태평하고 행복에 겨웠을 때 여자들이 심심해서 한번 해보는 것이다. 난세가 영웅을 낳듯이, 어떤 파국이나 위기가 여자의 숨은 본질을 드러낸다.

일단 남자에게 큰 고민이나 치명적인 상처가 생겼다고 하자. 혹은 절대로 용서받을 수 없을 것 같은 과오를 저질렀다고 치자. 그럴 때 여자는 재빨리 변신하여 거짓말같이 관대해진다. 늘 눈을 곤두세우고 묻고 따지고 하던 여자가 따지려들지도 않고 의심하려들지도 않고 그냥 용서하고 어루만진다. 그지없이 따습고 부드러운 약손이 되어 어루만진다. 여자는 직감적으로 남자의 상처의 깊이, 허물의 무게를 알아내, 꼬치꼬치 따지고 밝혀낼 것인가, 관대하게 용서하고 치료하고 포섭할 것인가를 결정한다. 여자의 이런 결정은 빠르고 정확하다. 그래서 일단 관대하기로 결정되면 치유 못할 상처가 없고, 용서 못할 허물이 없게 된다.

이런 관대함의 싹은 어린 계집애 적부터 보이기 시작해 나이 먹고 늙을수록 그 관대의 방은 넓고 편안해진다. 그 방은 모든 상처의 회복실이요, 삶의 여독의 휴식처다.

우리는 늙은 여자분들 중에서도 깜짝 놀라게 아름다운 분을 발견할 때가 있다. 물론 관능을 자극해오는 아름다움일 수는 없으나, 좀더 깊숙한 곳에 와 닿는 잊을 수 없는 아름다움으로 은은히 빛나는 분이 있다. 그런 분을 보면 인생의 끝에 늙음이 있다는 게 조금도 슬프거나 욕되게 느껴지지 않고 크나큰 은총으로 여겨지기까지 한다.

그런 분일수록 내면 깊숙이 넓고도 흐뭇한 관대의 방을 가진 분이다. 남편의, 자식의, 형제의 과오와 고뇌와 상처를 말없이 받아들여 용서하고 치료한 경험이 풍부한 분이다.

한 번이라도 여자의 관대함에 안겨본 적이 있는 사람이면 세상을 삭막하다고만은 하지 못할 것이다.

인간적인 너무나 인간적인

선택된 남자의 오만함

어렸을 때 서울 와서 처음 극장이란 데를 가보았을 때의 생각이 잊히지 않는다. 아마 서대문에 있는 동양극장이었을 것이다. 연극하고 노래하고 같이 하는 건데 어느 대목에 가서 장내가 일제히 울음바다가 되는 통에 나도 덩달아 서럽게 울었었다.

누이가 갖은 고생을 다 하여 사각모 쓰고 전문학교 다니는 오빠의 뒷바라지를 하다가 나중에 시집가서까지 오빠를 위해 시집에서 받은 금반지를 빼준 것이 시집 식구한테 들켜 오해를 받고 불행하게 되고…… 뭐 이런 얘기였는데 지금 생각하니 〈홍도야 울지 마라〉가 아니었나 싶다. 이른바 신파조라는 거다.

이런 케케묵은 1930년대의 신파조는 이미 우리 연극계에서 인기를 잃은 지 오래다. 그러나 우리의 생활 속에는 아직도 확고하게 남아 있고, 남아 있기만 한 게 아니라 면면히 인기를 유지하고 있다.

즉 식모살이 하면서 오빠를 공부시킨 얘기, 버스 차장 하며 오빠를 일류 대학에 합격시킨 얘기는 해마다 들어도 새롭게 우리를 감동시키고 우리를 울린다. 특히 입시철만 되면 이런 미담이 때를 만난 듯이 만발한다.

만일 자녀는 여럿인데 하나밖에 공부시킬 능력이 없는 어떤 가정이 있다고 치자. 이때 그 하나로 선택되는 건 우선 남아男兒다. 남아가 또 여럿일 경우는 그 남아 중에서 건강이나 능력을 따지겠지만 여아는 건강이나 능력 이전에 우선 여아라는 걸로 그 선택권에서 제외를 당한다. 제외당할뿐더러 남아의 공부의 뒷바라지를 위해 희생된다. 단지 여자라는 것으로 본인은 그 희생을 감수하고 주위의 사람은 여자의 그런 희생을 칭송하고 감동하고 아름답게 보아준다.

이래서 여자의 아름다움과 희생의 미학은 불가분의 관계에 놓인다.

이때 선택된 남아는 자기의 선택된 입장에 대해 가책은커녕 일말의 회의조차 품는 일이 없다. 만일 같은 남자 형제 중에서 선택된 거라면 그럴 수는 없었던 것이다.

남자에겐 이렇게 여자의 희생을 당연히 받아들이려는 뻔뻔스러움이 있다. 약간 양심적인 남자라도 여자의 희생은 후에 물질적인 것으로 능히 보상할 수 있는 걸로 안다. 물질적인 보상에도 인색하지 않으면 숫제 건망증적인 남자가 대부분이지만.

설사 물질적인 보상이 후하다 한들 어찌 희생당한 젊음, 희생당한 온갖 가능성을 보상할 수 있으랴.

이런 예는 극단적인 예 같지만 우리 사회의 남자와 여자와의 관계를 조금만 세심하게 관찰해보면 지극히 보편적인 풍습이라는 걸 알 수 있다. 풍습 중에도 우리 모두가 소위 미풍양속으로 떠받드는 신성불가침의 풍습이라는 것을.

소위 부덕이니 미풍양속이니 하는 것은 거의가 다 여자의 이런 희생을 합리화시키고 미화시키기 위한 것이다. 희생의 뜻을 자기 외의 사람이나 사물의 가치를 위해 자기의 가치를 무화시키는 것이라고 볼 때 이것은 더욱 명백해진다.

또 하나의 예를 들자. 남보다 혜택받은 환경에서 훌륭한 가정교육을 받고 평탄한 출세가도를 달리는 유능한 청년이 결혼을 했다. 남자의 집에 지지 않게 부유하고 교양 있는 가정의 재색을 겸비한 규수를 아내로 맞았다. 신부가 하도 출중하다보니 신랑이 약간 처지는 것처럼 보였다. 외모뿐 아니라 신부는 고도의 학문과 지적인 연마를 거친 후에나 취득할 수 있는 전문직에 종사하고 있었고, 그 방면에서 인정받고 있는 학자였다.

짓궂은 신랑의 친구들이 놀렸다.

"자네 어느 모로 보나 마누라한테 꿀리겠던데, 엄처 현처 시하 맛이 어떤가?"

신랑은 기고만장해서 대답했다.

"꿀리긴. 난 첫날부터 아내의 야코를 팍 죽여놨네. 여잔 그저 남자가 길들이기에 달렸다구."

"어떻게?"

"아내도 나처럼 월급을 타지 않나? 우선 그 월급봉투를 고스란히 시어머니한테 갖다바치고 용돈은 조금씩 타다 쓰라고 했거든."

"그래 거기 순순히 복종하던가?"

"제까짓 게 복종 안 하면. 아내는 적어도 막돼먹은 집 딸은 아니거든. 가정교육을 제대로 받은 양갓집 딸이야."

친구들은 모두 그 신랑의 처사에 감탄했고 정말 장가 하나는 잘 들었다고 솔직한 선망을 아끼지 않았다.

실상 월급봉투를 누가 차지하건 종당엔 두 부부를 위해 쓰이겠거니 대범하게 생각하면 아무것도 아닌 일이다. 그러나 신랑은 결코 아무것도 아닌 일을 위해 아내의 월급봉투를 차압한 건 아니다. 그는 분명히 말했다. 야코를 죽이기 위해서라고.

그가 꾀한 것은 너무도 명백하다. 그는 아내의 능력과 경제적 자립이 아니꼬웠던 것이다. 그래서 남편과 경제력에 실질적으로 예속하지 않은 아내의 삶의 형태를 형식적으로라도 예속시키려들었던 것이다. 그 밑바닥에는 여자의 인격, 능력, 업적을 경시하고 끝내는 무화시키려는 남자의 악랄한 음모가 숨어 있다.

여자를 무화시키는 남자

이런 남자들의 음모는 각 가정이나 개개의 남녀 관계 속에만 숨어 있는 게 아니라 사회적으로 거의 제도화돼 있다.

올해 졸업을 앞두고 미리 대기업의 입사 시험에 합격한 K양의 경우를 보자. K양은 소위 일류 대학의 영문과 출신의 재원이다. 남자와 동등한 자격으로 동등한 조건하에서 입사 시험을 치렀고 여자라고 봐줘서 된 게 아닌, 이른바 당당한 합격을 했다.

K양이 그 기업을 택해 시험을 친 것은 대우가 후할뿐더러 능력에 따라 공정하게 승진의 기회가 주어진다는 데 있었다.

K양에게 맡겨진 직책은 비서직이었다. 그러나 그녀에게 비서로서의 직책은 좀체 주어지지 않고 하는 일이라곤 꽃 꽂고, 찻잔 나르는 일이었다. 그 밖에 할 일이 없었다. 할 일이 없다는 게 차라리 과로보다 더 괴롭다는 걸 K양은 곧 깨닫게 되었다. 그녀는 간부에게 항의했다. 비서로서의 일을 달라고. 간부는 태연하게 대답했다.

"비서 일은 남자 비서가 다 하고 있으니 K양은 차 심부름이나 하시오."

"차 심부름은 제가 받은 교육 없이도 능히 할 수 있습니다. 특히 입사를 위해 제가 거쳐야 했던 어려운 테스트는 결코 차 심부름을 위한 게 아니었습니다."

K양의 정당한 답변을 간부는 일소해버렸다.

"누가 그걸 모르나. 그래서 작년까지만 해도 고등학교 졸업생을 채용했었지만, 이제 우리 회사도 대기업 랭킹에서 열 손가락 안에 드는 큰 회사로 자랐어."

결국 큰 회사 간부다운 위신과 체통을 위해선 여대 졸업생에게 차 심부름을 시켜야 한다는 거였다. 여자의 인격과 능력을 무화시킴으로써 대기업의 권위를 세우고 우월감을 충족시키려들었던 것이다.

K양은 분연히 사표를 냈다. 간부는 일만 잘하면 차차 월급도 올려주고 할 텐데 왜 성급하게 벌써 그만두느냐고 능글댔지만, 차 시중을 잘하면 얼마나 잘하겠는가. 앞으로 다방을 내거나 마담으로 취직할 것이 아닌 바에야.

그렇게 해서 졸업하기 전에 한 취직, 졸업하기 전에 그만두었다.

그러나 아무도 감히 K양의 이런 처사에 갈채를 보낼 수도 비난을 퍼부을 수도 없겠다. K양은 여지껏 새로운 취직 자리를 못 구했다. 앞으로도 아마 어려울 것이다. 그녀가 그녀의 학력과 능력을 무화시킬 각오가 없는 한.

그러나 그녀와 같이 졸업할 예정인 남자들은 거의 다 자기의 전공과목과 관계있는 직업을 구한 지 오래다. K양을 아들과 똑같은 교육비와 아들과 똑같은 정성을 들여 키운 K양의 부모인들 어찌 한 가닥의 서글픔과 허망감이 없겠는가. 이런 사회에서 어떻게 아들딸 가리지 말고 둘만 낳자가 먹혀들 수가 있겠는가.

남자들은 이렇게 개인적으로나 집단적으로나 끊임없이 여자의 교육, 여자의 능력을 무화시키려든다. 여자의 가치를 될 수 있는 대로 참담하게 무화시킨 남자일수록 남자다워 보이기까지 한다.

　성공을 위해, 야망을 위해, 여자의 희생을 딛고 선 남자는 그것을 달성하고 난 후에도 다시 성공한 남자로서의 위신과 권세를 돋보이기 위해 계속해서 여자의 희생을 딛고 선다. 마치 여자가 만만한 발판인 줄 안다.

남성화된 여성의 벽

　자기의 힘으로 딛고 설 수 없을 만큼 자아가 강하거나 능력이 뛰어난 여자를 만난 남자는 우리 고유의 미풍양속, 부덕, 그런 것과 결합해서라도 여자를 자기가 딛고 설 수 있도록 만만하게 길들이고야 만다. 높은 교육을 받은 여자일수록 우리의 전통적인 미덕에 약하다. 그것은 높은 교육을 받은 여자일수록 대개 좋은 가정 출신이고, 좋은 가정의 딸을 위한 가정교육이라는 게 결코 보수적인 부덕의 한계를 벗어나지 못하기 때문이다. 딸에게 높은 교육을 시킨 부모일수록 긍지

보다는 행여 딸이 시집을 잘 못 가는 팔자 센 여자가 될까 두려워하는 심리가 있고, 그런 우려가 알게 모르게 딸의 심리에 투사되어 있기 때문이다.

물론 이런 재래의 미풍양속과 남자의 횡포에 정면으로 과감하게 저항하는 여자가 있긴 있지만 이런 급진적인 여성해방운농가가 남자뿐 아니라, 같은 여자한테도 백안시당하는 가장 큰 이유는 이런 여성의 남성화 경향이다. 또 이런 여성의 남성화는 남녀평등을 곧 여성의 남성화로 일반에게 인식시키는 과오까지 범했다.

그러나 이런 남성화한 여성에 대해서도 우린 이해할 필요가 있다. 여자를 억압하는 힘이 하도 세니까 그것을 저항하다 보니 어쩔 수 없이 남성화됐을 뿐이다. 남자가 남자답게 구는 게 가장 편한 것처럼 여자도 여자답게 구는 게 가장 편안하다. 그러니까 남성화된 여성의 삶은 그만큼 고되고 고독한 것일 수밖에 없을 테고, 여자가 유구한 세월 감수해온 억압을 부당한 것으로 인식시키기 위해서 어차피 그런 저항하는 여성을 우리의 제물로 가질 수밖에 없는 것이 아닐까.

남자들이 생각하는 대로 여자는 모든 면에서—체력, 창조적 능력, 영도력, 지성—남자만 못한 게 사실인지도 모른다. 그러나 낫고 못하다는 게 비교에서 나온 말인 바에야 우선 같은 수평면에서 비교를 해보아야 할 게 아닌가.

두 사람이 키를 대볼 때의 절대적인 전제 조건이 같은 수평면에 서는 것인 것처럼. 이 같은 수평면을 남녀의 경우 인권으로 바꿔 부를 수도 있을 것이다.

남자들이여, 부디 딛고 선 여자로부터 그대의 억센 발을 거두라. 그리고 여자가 일어날 수 있도록 도와주라. 그 여잔 혼자 일어나기엔 너무 오래 짓눌려 있었다. 그리하여 여자를 억누르는 쾌감보다 여자와 손잡는 즐거움에 눈뜨라. 여자와 더불어 같은 수평면에 손잡고 서는 것을 두려워하지 않을 때, 남자는 비로소 남자다워질 테고, 남자가 남자다워질 때 여자 역시 진정한 의미의 여자다움을 회복할 것이다.

와우아파트식 남성

　지금은 택시에 미터기가 달려 있어 그대로 요금을 내면 되지만 10여 년 전만 해도 미터기라는 게 없어서 적당히 어림해서 약간 후하게도 주고 약간 박하게도 주는가 하면 미리 운전수에게 물어서 그대로 내기도 했다. 그래서 운전수를 잘못 만나면 바가지요금을 물어야 하는가 하면 운전수는 손님을 잘못 만나면 너무 싼 요금을 감수하기도 했고 요금 때문에 운전수와 손님 사이에 시비가 붙는 일도 많았다.

　이럴 때 연애를 하고 결혼을 한 한 친구의 말이, 연애 시절에 남자와 택시를 타면 하도 후한 요금을 운전수에게 주어 운전수가 화들짝 놀라 황급히 먼저 내려서 문을 열어주며 90도 각도의 인사까지 하는 일이 있었다는 것이다. 그런데 막상 결혼을 하고 부부 동반해서 친정에 첫 나들이를 가는데 택시도 탈 둥 말 둥 하더니 겨우 고르고 골라 '시발택시'라는 걸 타더란다(그때는 지프차 비슷한 시발택시라는 것과 새나라 택시라는 두 종류의 택시가 있어 요금도 시발택시 쪽이 좀 쌌다). 그래도 거기까지는 못 본 척 참아줄 수도 있겠는데 내릴 때 요금을 어찌나 다랍게 깎는지 운전수와 싸우게 되고 몇 푼 상관으로 운전수한테 갖은 악담까지 들어가면서도 끝내 그 몇 푼을 양보 안 하고 버티더란다. 어쩌면 사람이 그렇게 돌변할 수도 있겠느냐면서 그 친구는 그 얘기를 할 때마다 기가 막혀하고 신기해했다. 그래 그런 남편의 변모를 보는 기분이 어떠냐고 물었더니 그 순간부터 남자가 그렇게 매력 없어 보일 수가 없었지만 이상스럽게도 마음이 턱 놓이더라고 했다. 그 남자와 장차 시작하려는 게 연애가 아니고 생활인 바에야 그까짓 매력보다는 이 안심스럽다는 것이 더 중요하지 않겠느냐는 게 이 친구의 대답이고 보니 이 친구가 도대체 남편 자랑을 한 건지 흉을 본 건지조차 알 수가 없어지고 말았다.

그러나 남자의 허세가 어느만큼은 불안한 채로 어느만큼은 매력으로 비친다는 것은 알 것 같았다.

요새 남자가 점점 여성화해지면서 매력이 없어진다는 소리를 많이 듣는다. 남자의 독특한 속성이 눈에 띄게 흐려져가고 있다. 남자다운 확고한 이념, 굳은 의지, 옳은 일을 위한 용기 같은 걸 제대로 지닌 남자가 거의 없다. 뿐만 아니라 어떻게 된 게 동물 본연의 타고난 수컷다움조차 거세되어 연해지고 헬렐레해진 남자 천지다. 오죽 스스로의 남성에 자신이 없으면 여자 흉내나 열심히 내고 다니겠는가.

그러다가도 문득 남자라는 걸 자각하게 되고 남자 체면이라는 것도 좀 생각하게 되는 모양이다. 그래서 갑자기 생각난 듯이 폼을 잡기 시작한다. 그것도 주로 여자 앞에서 말이다.

요새 남자들 큰맘 한번 먹고 폼 잡고 나서야 겨우 남자라는 걸 알아볼 만큼 본질적인 남자다움은 비어 있다. 그야말로 속 빈 강정이다. 그러나 폼은 어디까지나 폼일 따름이다. 모든 허위가 다 그렇듯이 허세도 결코 오래 유지되는 게 아니다. 곧 파탄이 나 본색이 드러나게 마련이다. 허세가 탄로난 남자는 그야말로 코미디감이다.

남자가 여자 앞에서 제일 많이 부리는 허세는 아마 돈을 낭비해서 재벌까지는 못 가도 부자 흉내를 내는 게 아닌가 싶다. 이런 남자의 또다른 특색은 커피나 음식 맛에 도통한 듯한 체하는 것이다. 그래서 커피는 일류 호텔 커피숍 것이 아니면 도저히 못 마셔줄 것처럼 엄살을 떠는가 하면 음식 하면 어느 레스토랑이 제일 잘하고, 제일 비싸고, 제일 무드가 나는가에 대해 확고부동한 일가견을 가지고 있어, 값 같은 건 염두에도 없고 오로지 맛과 무드만이 문제라는 얼굴을 하고, 그리로 여자를 안내해가지고는 아침에 콩나물국밖에 못 먹는 주제에 기름지고 두툼한 스테이크를 3분의 2나 남기고, 웨이터를 불러가지고는 너희 집 음식맛이 왜 이렇게 형편없이 타락했느냐, 어디 입이 고급인 점잖은 손님 모시고 올 수 있겠느냐고 자못 위엄 있게 공갈을 치기도 한다.

이런 남자는 또 별안간 신선한 전복이 먹고 싶어 비행기를 타고 부산까지 가서 먹고 왔다는 거짓말을 외눈 하나 까딱 안 하고 시키기도 한다. 이런 남자는 어쩌다 만 원짜리라도 한 장 주머니에 넣고 있게 되면 진득하니 가만히 있지를 못한다. 구두 닦고 나서도, 껌 한 통 사고 나서도 만 원짜리를 내밀어 보이고 구두닦이나 껌팔이 할머니가 거스름돈이 없어 쩔쩔매는 걸 보고 즐거워하기도 한다.

이런 남자, 집에 있는 아내 고생시키기는 꼭 알맞겠는데, 아까 말한 어느 친구의 남편처럼 결혼하고 나서 돌변하면 또 별문제다. 그러나 밖에서 아내 외의 여자에게는 계속 이런 허세를 부리지 않는다고 누가 장담하겠는가. 이런 남자일수록 속은 빈털터리기 마련이고 평생소원은 한밑천 잡아 부자 소리 한번 듣고 사는 건데 그게 될 듯하면서도 안 되는 남자이기가 일쑤다.

돈이 있는 척하는 허세보다 더 꼴불견은 기회만 있으면 명사나 고관과 절친한 척하는 허세다. 하다못해 신문에서 정부 부처의 인사란을 보고도 가만히 있지를 못한다. "얘, 이거 내가 데리고 있던 앤데" 하는 식으로 알은척을 하기 시작하면 한이 없다. 사돈의 팔촌을 끌어다 대던 것은 차라리 고선적인 허세라 하겠다. 시체 허세는 좀더 악랄하다. 모모 하는 누구는 한때 자기 집에서 기식하던 식객이었다든가, 모모 하는 누구는 자기가 차버린 여자를 데리고 산다든가 하는 식으로 모모 하는 누구와 친할뿐더러 그들의 약점이나 과거가 마치 자기 손아귀에 있는 듯이 남에게 과시하기를 좋아한다.

이런 남자일수록 오지랖이 넓다. 누가 전화 신청을 했는데 1년이 지나도록 소식이 없다는 소리만 해도 반색을 하며 나선다. "옹, 어느 전화국 관내야? 뭐 을지 전화국? 저런. 성북 전화국만 해도 내 명함 한 장이면 제꺼덕 나오게 해줄 수가 있는 건데 하필 을지 전화국이야. 거 안됐다. 그 길수 있잖아. 걔 이번에 돈암동으로 이사 갔잖아. 이사 간 지 사흘 만에 제꺼덕 전화 놓게 해주었다구. 누군 누구야, 내가 해주었지. 거기 전화국장하고 나하고 이만저만한 사이가 아니거든. 동대문 전화국도 나하곤 통하지. 중앙 전화국만 해도 길이 있는데 거 자네 하필 을지 전화국 관내에 살 게 뭐야." 이런 식이다. 이런 남잘수록 법대로 고지식하게 사는 사람을 못난이 취급하려들고, 고관하고 손톱만큼이라도 인연이 닿으면 거기 관계되는 법은 무시해도 되는 걸로 알고 있는 게 고작이다. 이런 남자는 권세에 연연하는 남자다. 그러나 이런 남자가 권세를 쥘 리도 없지만 쥐게 되었다간 그야말로 큰일이다.

이런 남자보다 더 꼴불견인 남자는 여자 경험이 많은 척, 그 방면에 허세를 부리는 남자다. 여자에 관해선 모조리 속속들이 알고 있다는 듯이, 여자란 여자를 모조리 자기가 씹어 뱉은 음식 찌꺼기 보듯이 느글느글하고 시큰둥하게 바라본다. 장안의 이름난 호스티스는 모조리 경험한 척하는가 하면 심지어는 이름난 영화배우나 탤런트를 자기가 오래 데리고 산 정부 얘기하듯이 얘기하기도 한다. 대개는 주간지에서 얻어들은 것에다 적당히 상상력을 가미한 거짓말을 보탠 것이다. 이런 남자는 평소에 열심히 연마하는 게 음담패설이고 최고로 되고 싶은 게 돈 후안이다. 여자에 대해 가장 도통한 척하지만 실상은 아무것도 알고 있지를 못하다. 생물학적인 지식이 고작이다. 자기 아내조차 이해하고 있지를 못하다. 나잇살이나 먹어가지고 이런 허세를 못 버리는 남자를 보면 딱하다못해 측은하고 추해 보인다. 허세 중에서도 제일 추한 허세가 이런 종류의 허세다.

그러나 이런 남자보다 한층 꼴불견인 건 자기가 얼마나 가정에서 공처가가 아닌 당당한 남편인가, 경우에 따라서는 얼마나 폭군인가 하는 것을 뽐내지 못해 하는 남자다. 이런 남자는 남에게 자기 아내를 말할 때 우리집 식모니, 우리집 밥데기, 솥뚜껑 운전수 등으로 얕잡아 부르기를 좋아한다. 이런 남잘수록 술좌석에 끝까지 눌어붙어 앉아서 먼저 일어서는 친구는 덮어놓고 공처가니 팔불출이니 하고 경멸하는가 하면, 누가 사모님한테 혼나지 말고 일찍 들어가라고 충고라도 하면 천부당만부당하다는 듯이 길길이 뛴다.

제까짓 밥데기 주제에 하늘 같은 남편이 며칠 밤을 자고 들어간들 감히 어디라고 나서겠느냐 괜히 뽐낸다. 그리고 여자는 사흘에 한 번씩 몽둥이로 길들여야 한다는 둥 극언까지도 서슴지 않고 한다. 그러나 이런 남잘수록 십중팔구는 공처가이고, 엄처시하의 욕구불만을 이런 방법으로 발산하고 있다고 보면 틀림이 없다. 공처가가 많은 것만큼이나 이런 남자도 의외로 많다.

또 이런 남자와는 정반대 경우의 허세도 있다. 동대문에서 뺨 맞고 서대문에 가서 눈 흘긴다는 식의 분풀이를 집에 와서 하는 경우 말이다. 밖에선 매사에 자신이 없고, 야심도 없고 의욕도 없이 그저 어제의 타성으로 일하고, 실력이 없는 걸 눈치와 비굴과 아첨으로 대강대강 미봉하고 굽실굽실 조심조심 살얼음판을 걷듯 하루를 잔뜩 위축돼서 살다가, 집이라고 들어오면 내 세상인 것 같고 그래서 기죽을 편다는 게 지나쳐 고만 쓸데없는 허세를 부리며 처자식을 강압적으로 들볶는다. 대문간서부터 큰기침하고 들어서면 구두 벗고, 손 씻고 발 씻는 것까지 아내에게 시키는가 하면, 나도 곧 큰돈을 벌 거라느니 진급을 할 거라느니 큰소리를 땅땅 치고, 젊은 타이피스트가 자기에게 반하고 예쁜 다방 레지도 자기에게 반했다고 떠벌리기도 한다.

이런 허세는 아내로선 제일 못 참아주겠는 남자의 허세지만, 곰곰이 생각하면 제일 이해할 수 있고, 한편 측은하기도 한 남자의 허세라 하겠다. 밖에서 부리는 게 아니고 집안에서 부리는 거니 남 보기 창피하지 않은 것만도 어디랴. 마음껏 허센지 객긴지 부리도록 내버려두고 가끔가다 부추겨도 줄 일이다. 멀쩡한 다리도 허구한 날 오그리고 있으면 종당에는 그대로 굳어버리고 만다지 않는가. 밖에서 기죽을 못 펴고 산다고 집에서까지 기죽을 못 펴게 하면 남자 하나 아주 버리고 만다. 집에서 부리는 속 빤히 들여다보이는 서투른 허세는 아내가 적당히 속아주는 게 현명하겠다. 남자에게 이런 허세를 통해서나마 스스로가 남자임을 확인하고, 스스로 남자다움을 연습할 기회를 주어야겠다.

그러나 이것은 어디까지나 사라져가는 남자다움에 대한 아쉬움에서 나온 일종의 궁여지책일 뿐, 허세는 허세일 뿐이지 진정한 의미의 남자다움과는 다른 걸 어쩌겠는가. '빈 그릇은 소리를 낸다'느니 '크게 짖는 개는 물지 않는다'느니 '먹지 않는 씨아에서 소리만 난다'느니 하는 허세를 비유한 속담을 구태여 들추지 않더라도 사람이 허세를 부린다는 건 그만큼 내용이 충실치 못한 증거다.

결코 좋은 현상이 아닌데도 점점 이런 허세가 판을 치는 건 말없는 내실보다 떠들썩하고 요란한 외화치레를 더 쳐주는 우리 사회풍조에도 그 책임이 있겠다. 기초는 엉망으로 하고 벽속은 약하디약한 시멘트 벽돌로 쌓고 겉만 번들번들한 대리석을 붙이고 서 있는 집이나, 속은 텅텅 빈 채 허세나 부리는 남자와 무엇이 다르랴.

비록 외부에 값비싼 대리석이나 타일을 못 붙이더라도 기초가 든든하고 내부 골조가 탄탄한 집이 아무쪼록 많이 서야 사람이 안심하고 살 수 있고 건전한 마을을 이룩할 수 있듯이 남자들도 성실한 남성 본연의 의연함과 자신을 회복해서 실속 없는 허세를 안 부려도 충분히 남자답고 믿음직스러워진다면 그 사회는 충분히 희망적인 사회라고 봐도 좋지 않을까.

건물에만 와우아파트가 있는 게 아니라 사람 됨됨이에도 와우아파트는 얼마든지 있을 수 있을 것이다. 올해는 와우아파트식 위험 건물이 대폭 정비될 모양이다. 다행한 일이다. 차제에 남자들도 허세라는 바람을 넣고 풍선처럼 붕 떠 있는 상태에서 실속을 차리고 땅에 다 착실히 뿌리를 내렸으면 좋겠다.

여성의 적은 여성인가

실은 이 글의 제목은 내가 붙인 제목이 아니다. 미리 붙여
진 제목으로 청탁을 받은 것뿐이다. 그러니까 청탁서에서 '여
성의 적은 여성인가'라는 제목을 보고 나서 비로소 여성의 적
은 여성인가? 아닌가? 그렇게 갖다붙일 수도 있겠군…… 어
쩌구 하며 슬슬 생각을 굴려봤다. 그러나 그 이상은 좀처럼
생각이 불어나주지를 않았다.

나는 평소 여성문제를 그렇게 흥미 있어 하는 편이 아니
다. 그냥 사람 사는 문제—그러니까 남자, 여자, 어른, 아이
할 것 없이 함께 어울려 사는 문제를 놓고 재미나 하기도 하
고 괴로워하기도 했다 할까.

그래서 나는 평범한 여자 친구들이 몇 명 모인 자리에서

지나가는 말처럼 슬쩍 여성의 적은 여성인가?라는 당돌한 질문을 누가 이 자리에 던져온다면 뭐라고 대답하겠느냐고 물었다.

그런데 다섯 명이나 되는 여자들이 두 말 않고 대번 그렇다고 긍정을 하지 않는가. 그것도 조금도 망설이거나 어정쩡해하지 않고 즉각 명쾌하고도 산뜻하게 "그럼 여성의 적은 여성이고말고"라고.

나는 뜻밖이기도 했지만 너무 재미가 나서 왜 그렇게 생각하느냐고 물었다.

그러나 그다음 대답은 처음 대답처럼 그렇게 쉽게 얻을 수는 없었다. 그렇다고 여성의 적이 여성이란 그녀들의 당초의 단정을 조금이라도 양보하려들었던 건 아니다.

다만 여자는 내남 할 것 없이 논리적이 못 되기 때문에 다음 대답을 좀 서툴게 얼버무렸다뿐이었다. 그런대로 그녀들이 말한 '왜?'의 해답을 간추려보면 대강 다음과 같다.

A부인은 좀 겸연쩍은 듯이 말했다.

"여자들이 아무리 남자를 적으로 삼으려들어도 남자들이 우릴 적으로 상대를 안 해주는 걸 어떻게 하니. 못난 남잴수록 여자를 전적으로 무시하는 걸로 제 알량한 우월감을 충족시키려들고, 요새 남자들은 하나같이 못난 남자고…… 뭐, 그런 거지."

B부인 왈,

"여성의 적이 여성이고, 그러니까 또 여성의 친구는 남성이고—다 그렇고 그런 거지. 거기 무슨 이유가 있니? 자연이지, 원형이정 元亨利貞이야. 거 있잖아? 자석도 양극끼리나 음극끼리는 서로 원수처럼 거부하고 음양은 서로 따르는 그런 이치지. 이치랄 것도 없어. 사람이 그렇게 만들어졌을걸 뭐."

다음은 C부인 차례다.

"나는 화장하고 나들이옷 차려입고 귀걸이 주렁주렁 달 때 꼭 무장을 하는 기분이라구. 누군 누구 때문이야. 거리에서 만나는 전 여성을 상대로 무장을 하는 거지. 남자들은 여자들이 뭐 즈네들한테 곱게 보일려고 화장을 하고 그 비싼 옷 맞춰 입는 줄 알고 좋아하지만 천만의 말씀이라고. 여자들 때문에, 여자들한테 질 수 없어서 그렇게 하는 거라구."

D부인이 즉각 맞장구를 쳤다.

"그래 그래 C, 네 말이 맞다. 나는 화장이나 옷뿐 아니라 가구를 들여놓고 전기용품을 사들일 때라도 그것 때문에 나나 내 가족이 어느만큼 편리해지고 행복해질 수 있나 하는 생각을 한 적은 거의 없다. 누구네 집에 가니까 걘 학교 때 나보다 훨씬 공부를 못하던 앤데도 우리보다 잘해놓고 살길래 샘이

나서 당장 월부로 가구를 바꾸고, 누구네 남편은 내 남편보다 못한 것 같은데도 냉장고는 우리 것보다 크길래 분통이 터져서 난 더 큰 걸로 개비를 하고…… 뭐 이런 식으로 살림 장만을 했거든. 참 가구뿐인 줄 아니? 집도 그런 이치로 3년이 멀다 하고 옮겨 다녔다니까. 친구네 집들이 잔치에 가보면 나도 적의敵意가 무럭무럭 치밀어 당장 복덕방에 집을 내놓고…… 이런 내 등쌀에 녹아난 건 우리 남편뿐이었지만 말야."

마지막으로 E부인의 말,

"나도 말야, 우리집 식구 중에 내 편은 모두 남자거든. 남편, 시아버지, 시동생, 아들, 이렇게 말야. 그리고 사사건건 말썽을 부리고 맞서는 건 여자라니까. 시어머니, 시누이, 딸 등등……"

이상 다섯 여성은 물론 여성 지도자도 아니고 여류 명사도 아니다. 그냥 한길이나 골목 아무데서나 마주칠 수 있는 대한민국 여성 중의 일부 극소수 몰지각한 여성들일 뿐이다. 그러니까 이 다섯 여성의 말을 증언으로 여성의 적은 여성이란 경솔한 판결을 내릴 생각은 없다.

다만 그녀들의 이야기를 들으며 같이 킬킬대다보니 나도 여성의 적은 여성인가 하는 문제에 조금씩 흥미가 나기 시작했다. 그리고 나도 같은 여성에게 맹렬한 적의를 품었던 이런 일을 회상했다.

2년 전쯤이던가, 세계적인 에너지 파동으로 우리 모두가 온통 정신을 못 차리고 갈팡거릴 때였다. 특히 엄동을 앞둔 서민생활은 생필품가의 대폭 인상과 품귀현상으로 궁핍하고 암담했다. 매일매일의 톱뉴스는 그저 물가인상이었고 인상 폭도 몇십 퍼센트에서 몇백 퍼센트라는 대도약大跳躍이었다. 대기업들이 다투어 이 눈부신 도약에 앞장을 서 막대한 이윤을 추구했지만 그 이윤을 종업원에게 분배하는 데는 아주 인색했다.

나는 그때 처음으로 우리의 생활필수품이라는 게 그 석유라는 것과 얼마나 깊은 관계를 맺고 있나를 알았다. 전연 관계가 없어 뵈는 것도 따져들어가면 사돈의 팔촌만한 관계라도 있었다. 이래서 모든 게 오르고 아무거나 그저 사놓으면 이익을 볼 것 같은 때였다.

나는 시내에 나갔던 길에 코스모스 백화점 지하의 슈퍼마켓에 들렀으나 오후라 설탕도 치약도 휴지까지도 깨끗이 매진돼 있었다. 연탄도 귀해서 나는 그날 연탄가게 아저씨에게 없는 애교를 다 떨어가며 연탄을 부탁하고 나오던 길이라 한층 더 우울했다. 사는 게 겁이 나고 자신이 없어지면서 한숨이 절로 났다.

이런 우울한 기분으로 지하에서 거리로 솟아오르자마자 대뜸 내 앞에 금테 안경의 비대한 여인이 가슴에 "주부들은 매점행위 삼가서 물가안정 이룩하자"는 띠를 두르고 같은 내용의 전단을 건네주는 것이었다. 그 부인뿐 아니었다. 명동 일대엔 "사치풍조 일소해서 물가안정 이룩하자" "매점매석 삼가서 물가안정 이룩하자" 등등 피켓을 든 부인들이 위세도 당당하게 설치고 있었다.

어떤 여성단체의 회원들이었다. 그 여성단체의 구호는 그때의 물가고의 원인을 순전히 여성들의 사치행위와 매점행위에 두고 있는 것 같았다. 나는 맹렬한 분노를 느꼈다.

그때의 그 분통 터지는 내 소견머리로는 그 부인들이야말로 비싼 기름으로 난방을 할 만큼은 부유해 보였고, 구공탄을 때더라도 적어도 식모에게 그 일을 시킬 만큼은 여유가 있어 보였고, 남편의 회사 차나 관용 차로 나들이도 가고 계모임에도 나갈 만큼 뻔뻔스럽게 보였고, 지금 무엇을 살 필요가 없을 만큼 미리 충분히 사놓았음직하게 음흉하고 여유만만해 보였다. 나는 붉은 손톱이 요염하게 다듬어진 부인이 내민 전단을 받기를 냉랭하게 거부했다.

그때 나는 여성단체에서 벌이고 있는 그따위 물가안정책과 거기 동원된 유한부인 타입의 부인들에게 좀 심한 분노와

적의를 느낀 건 사실이지만, 그런 여성단체의 그런 행동이야 말로 그때의 그 오일 쇼크의 엄청난 여파를 마치 여성의 책임처럼 착각하게 하는, 누워서 침 뱉기 식의 여성 스스로에 대한 적대행위가 아니었을까.

이거 비슷한 예를 들자면 한이 없다. 현실을 보는 눈의 시야가 너무 좁다. 아무리 여자이지만 너무하다 싶게 말초적인 걸 붙들고 늘어져 뭘 하는 척하기를 좋아한다. 실제로 작은 일이라도 무슨 일을 하나 해놓으려는 의욕보다는 무슨 대단한 일을 하고 있는 것처럼 보이려는 전시효과적인 허세가 더 강해 뵌다.

또 아직은 여성운동에 관심을 갖고 참여하는 층이 대부분 부유층이나 유한층이라서 그런지 전체 여성의 공통의 문제, 공통의 고민이 무엇인가를 파악 못하고 있는 것 같다. 그것을 정확하게 파악해야 여성운동의 방향이 바르게 설정될 텐데 그렇지 못하기 때문에 여성단체에서 외치는 것이 광범위한 공감을 얻지 못하고 자칫하면 적의에 찬 야유를 받게 되는 수도 있다.

또 여성의 실질적인 참여를 얻지 못한 여성단체가 많기는 왜 그렇게 많은지 모르겠다. 거의 같은 인구 비율인데도 '남성' 자가 붙는 단체는 별로 없는데 '여성' 자가 붙는 단체는 부지기수다. 별로 목적의 차이도 뚜렷하지 않은 단체가 그렇게 많다는 건 그만큼 여성운동이 활발하다는 증거도 되겠지만 그만큼 여성사회의 어떤 적대관계의 단면을 보여주는 셈이 되는 거나 아닌지 모르겠다. 요즘 전개되고 있는 여성운동 중에서 그래도 제일 광범위한 지지를 얻고 있고, 또 실질적인 혜택을 주고 있는 게 소비자보호운동인데 그것도 아직은 너무 말초적인 데만 급급한 것 같다.

이를테면 군소업자나 무허가업자가 만든 불량상품의 적발 고발 등이 그것인데 물론 그런 불량품으로부터도 소비자는 보호돼야겠지만, 이런 불량품이란 대개의 소비자는 알아서 스스로 기피하는 일이 많다. 더 큰 피해는 소비자가 품질의 우수성을 철석같이 믿는 대기업 제품에서 받게 되는 수가 많다.

군소업자의 불량품보다 훨씬 당당하고 교묘하고 광범위하게 소비자를 우롱하는 대기업의 사기행위 — 레테르에 표시된 함량이나 품질과 실제의 내용이 다른 것 등 — 폭리행위, 유통과정에서의 폭리 등에는 왜 손을 안 대는가.

추석이 지난 며칠 후였다. 유명한 직영백화점엘 들렀는데 전기용품 매장이 대혼잡을 이루고 있었다. 몇만 원짜리 물건들이 그야말로 싸구려판에서 흔들어 파는 싸구려 양말짝보다도 더 쉽게 날개 돋친 듯이 팔리고 있었다. 현금 거래가 아니라 거의가 다 상품권 거래였다. 추석 후의 상품권의 이런 쇄도를 미리 예견해서인지 백화점 측에선 상품을 산적해놓고 있었다. 나는 전기 프라이팬이 하나 사고 싶었던 차라 살펴봤더니 2만 원의 정가가 붙어 있었다.

그런데 나는 방금 시중 상점에서 같은 물선을 1만 4천 원 부르는 걸 보고 온 뒤였다. 백화점이 1, 2천 원쯤 비싼 건 누구나 각오하고 있는 바지만 2만 원짜리에서 6천 원씩의 차이가 나는 건 너무한 것 같았다. 그리고 아무리 상품권 주고 사는 거지만 그렇게 비싼 걸 사람들이 저렇게 덤벼들어 살 리가 없지 않겠는가.

그래서 나는 물건을 잘못 본 게 아닌가 싶어 다시 시중 상점엘 가보았으나 똑같았다. 다시 백화점으로 되쳐 와서 점원에게 내가 의심스러워하는 경위를 얘기했더니 도무지 상대를 해주지 않았다. 싸면 싼 데 가서 사라는 거였다. 너 같은 게 안 사도 우린 이렇게 바빠죽겠다, 이 눈이 핑핑 도는 번창이 눈에 들어오지도 않느냐, 이런 투였다.

그래도 나는 대직영백화점의 신의를 믿고 싶었다. 그래서 다시 몇 번이나 시장과 백화점 사이를 오락가락하며 상품이 동일 상품인가를 비교하다못해 생산 메이커에 전화를 걸었다. 혹시 똑같은 물건을 두 가지로—겉은 같고 내용은 다르게 만들어 백화점과 시장에 각각 내놓느냐고 물어봤더니 그럴 리가 없다는 대답이었다.

나는 겨우 여기까지 파헤쳤을 뿐 아직도 미심쩍은 게 풀린 건 아니다. 백화점이 소비자를 속였든 메이커가 속였든 둘 중에 하나일 것이다.

내 개인적인 심증은 백화점 측의 과중한 폭리라는 쪽으로 굳어졌지만 그건 다만 심증일 뿐 진상이 아니다. 그리고 이런 일에 진상이란 일개인의 힘으로 쉽게 파헤쳐지는 게 아니다. 이런 것에야말로 여성단체의 날카로운 천착의 손길이 뻗쳐야지 않을까. 큰 생산업체나 판매업소일수록 권세를 업고 있는 수가 많아서 특히 권세에 약한 남자들은 속수무책이다. 비교적 이런 것으로부터 자유로울 수 있는 여성의 정당한 분노만이 이런 악덕과 정면으로 대결할 수 있을 것이다. 여성까지 악의 송사리만 잡는 남성 세계의 그 추악한 무능과 비겁을 흉내내어 대기업의 언저리는 빙빙 돌기만 하고 조그만 무명업자의 불량품이나 한두 개 잡아내는 걸로 큰일이나 하는 것처럼 날치지는 말아야겠다.

금년이 여성의 해라 그런지 여성해방이니 남녀평등이니 하는 문제가 금년 들어 다시 각광을 받고 활발히 논의되고 있는데 이 문제 역시 실제로는 일부 여성의 문제에 머물러 있는 인상이지, 전체 여성의 일로서 저변층 여성에게까지 깊이 뿌리를 내리고 있지는 못하다.

유엔에서 제정한 세계 여성의 해의 3대 목표에 깊이 공감할 만큼 한국 여성의 의식수준이 와 있지 않다는 것에 대해서도 그 많은 여성단체들은 한번 반성해볼 만한 문제다.

또 우리의 현실은 남녀의 평등문제나, 여권문제보다는 인간의 평등, 인원의 문제가 더 시급한데 여성운동이 잘 먹혀들지 않는 원인이 있을 것이다. 남녀의 평등한 사회적인 대우 문제만 해도 여자도 남자와 동등한 능력을 쌓고, 우리 사회가 사람을 능력에 의하여 등용하고 대우하는 올바른 사회가 된다면 자연히 해결될 문제로 낙관할 수도 있지만, 우리처럼 여성에 대한 편견이 뿌리깊은 사회에서 여성의 능력이 남자와 동등하게 인정받기 위해선 남자 이상의 실력을 쌓고도 인격적인 수양까지 쌓아야만 되고, 그건 실로 만만치 않은 고난의 길이다. 요즈음 안일에 길들여질 대로 길들여진 여성들이 과연 이런 곤란을 통한 평등의 자리를 원할는지…… 이런 의미로도 남녀평등의 적은 법이나 남성이기 이전에 여성 스스로일 수가 얼마든지 있다 하겠다.

또 학계나 예술계 같은 데서는 여자니까 봐주어서, 남자라면 결코 그런 실력 가지고는 오를 수 없는 지위에 오른다거나 대우를 받게 되는 수도 간혹 있는 모양인데 이것이야말로 모욕적인 불평등이지 결코 평등일 순 없을 것이다.

이런 혜택의 모욕적인 뜻을 깨닫지 못하고 넙죽넙죽 받아들이기만 하고 실력을 쌓는 일을 게을리 한다면 여자는 평생 평등의 환상에 사로잡혀 진짜 평등은 누려보지 못하고 말 것이다. 그러나 자기성장의 길은 고되다. 여자는 고된 길보다 쉬운 허영의 길을 택하기가 자칫 쉽다.

또 일부 여성 지도자들이 남녀의 평등을 여성이 남성화거나, 남성과 똑같은 일에 종사하는 데서만 구하려드는 것도 불만스럽다. 남자가 밖에서 돈 버는 일이 중요한 것만큼, 여자가 아이 기르고 간장 고추장 담그는 일도 똑같이 중요하고, 따라서 서로의 일이 똑같이 존중되어야 한다고 생각한다. 그러려면 우선 여성 스스로가 자기의 일에 긍지와 보람을 갖고 해야 할 것이다.

같은 일이라도 그 일을 긍지를 갖고 온 능력을 바쳐 하면 그 일이 저절로 존경받는 일이 되지만 마지못해 억지로 하면 그 일을 천역으로 타락시키고 말 것이다.

여지껏 여자가 주로 종사한 육아나 가사가 보잘것없는 대우를 받고, 따라서 거기 종사하는 여자까지 낮은 대우를 받은 데는 여성 스스로가 자기 일의 가치를 인식하고 긍지를 갖는 일에 등한했다는 여성 자신의 책임이 적지 않다 하겠다.

오늘날 상당한 지식 여성도 밥하고 아이 기르는 일은 천한 일이고, 될 수 있는 대로 그런 일을 안 해서 오른 군살을 빼기 위해 헬스클럽 같은 데 가서 갖은 요동을 다 하는 건 고상한 일로 알고 있는 일이 많다. 여성 심리 속에 도사린 이런 그릇된 가치관도 여성의 적이 아닐까 싶다.

끝으로 변명해두고 싶은 건 나의 여지껏의 말은 심히 두서가 없고 서툴렀지만 여성에 대한 적의는 추호도 없었음이다. 만약 적의를 느낀 분이 있더라도 가장 유력한 적은 가장 유력한 친구가 될 수도 있다고 눙쳐주시기를 바란다.

자유의 환상

진부한 소리, 여성의 자유

미혼의 아리따운 아가씨들이 몇 명 모인 공개석상이 있다고 치자. 여성잡지에서 마련한 좌담회라도 좋고 텔레비전의 쇼프로라도 좋다. 이런 석상에서 사회자는 공식적으로 장래 희망을 묻게 된다.

재미있는 대답을 들을 것 같지만 안 그렇다. 참 재미가 없다. 무난한 대답을 하려고 일부러 그러는지는 몰라도 하나같이 현모양처가 되겠다고 벼르는 경우가 대부분이다. 한다 하는 대학의 고고인류학과니 전자공학과니 정치외교과니 하는, 여성으로선 특이한 개성적인 과 출신들이 다소곳이 이런 대답을 하는 소리를 들으면 나는 그만 맥이 빠진다.

그렇다고 뭐 현모양처가 되려면 대학을 나오지 말든지 나오려거든 가정과나 나오든지 하라는 편협한 생각을 내가 갖고 있는 건 아니다.

오히려 어떤 학문이건 제대로 한 사람은 지식뿐 아니라 그 인간 됨됨이도 사언히 풍성하게 마련이고 인간이 제대로 돼먹었다는 건 무엇을 하기 위해서가 으뜸가는 바탕이라고 생각하고 있다.

그러나 또한 어떤 학문이건 제대로 한 사람은 그 학문의 연마를 통해 자기를 끝끝내 성장시켜보겠다는, 여성이기 이전에 한 인간으로서의 내적인 욕구를 절대로 버릴 수 없으리라는 소신도 확고하다.

현모양처란 어디까지나 가족관계에 있어서 어른이 된 여성이면 자연히 갖게 되는 호칭에 불과하다. 그야 '현賢'이니 '양良'에다가 무한한 뜻을 지니게 할 수도 있겠다. 그러나 '모母'와 '처妻'의 뜻을 돕는 형용사 이상이 되게 할 수는 없지 않은가.

그러니까 여자가 오늘날처럼 교육을 못 받았을 적, 여자가 제대로 한 인간으로서의 대접을 받을 수 없었던 때의 유일한 여자의 존재가치도 바로 이 현모양처였던 것이다.

만일 남자에게 같은 질문을 했을 때 '현부양부'가 되겠다고 하면 농으로 받아들여져 폭소를 자아냈을지도 모를 이런 대답이, 여자의 경우는 그런대로 과히 귀에 거슬리지 않게 들리는 걸 보면 여자가 남자의 갈빗대에서 만들어졌다는 성경 말씀이 진리는 진린가보다는 체념을 하게도 된다.

그렇다고 여자의 현모양처로서의 일을 우습게 넘보려는 건 절대로 아니다. 여자이기 전에 한 인간으로서의 존재가치를 살릴 각오가 없는 여자에게 투자되는 교육비란 결국 좀더 조건이 좋은 집안의 현모양처 감으로 선택받기 위한 겉치장에 불과한 것이구나 하는 생각이 들면서 슬그머니 아까운 생각이 나길래 한마디해본 거다.

여성의 권리니 자유니 하는 말이 처음 활발히 나돌기 시작한 것은 8·15 해방 후부터였다. 이게 웬 떡이냐. 실로 감지덕지 놀랍고 신선하고 고마운 말이었다. 그후 벌써 30년, 지금 여성해방이니 자유니 해봤자 그저 시큰둥하기가 언제 적 잠꼬대냐 하는 식이다.

그러나 이렇게 여성의 자유란 소리가 진부하게 들리는 건 어디까지나 이 사람 저 사람의 혀끝에서 닳고 닳았기 때문이지, 여성이 스스로의 생활에서 실제로 그만큼 자유를 누리고 있는지는 적이 의문스럽다.

또 스스로의 권리와 자유를 위해 여성 자신이 얼마만큼 수고를 했나도 반성해봄직하다. 법제도상으로 여성의 자유와 권리가 어느만큼 보장돼 있는지 자세히는 모르지만 설사 그것이 법으로 완전히 보장돼 있다 하더라도 수고를 하지 않고 얻는 것은 말짱 헛것이기가 일쑤다.

무엇인가를 위해 많은 수고를 한다는 것은 그 무엇이 그만큼 소중하고 필요한 것을 알기 때문이니 많은 수고 끝에 그것을 얻으면 그것을 아끼고 사랑하고 빼앗기지 않으려든다. 또 수고 그 자체도 값진 것이다.

사람은 수고하는 새에 줏대가 생긴다. 자유는 어지간한 줏대 없이는 결코 감당할 수 없는 벅찬 것이라고 생각한다. 여기서 줏대란 독립할 수 있는 능력, 올바른 가치관, 철학—이런 말들이 뭔가 좀 아니꼬운 것 같아 대신 써본 말이다.

누가 시부모를 모신담

그런 뜻에서 요새 여성은 과거의 여성을 속박하던 여러 제약으로부터 해방되었는지는 모르지만 자유로워진 것 같지는 않다. 해방되었다고 당장 자유를 누리게 되는 게 아니란 것은 여성의 경우건 노예의 경우건 마찬가지인 것 같다.

"현모양처가 되겠어요."

"네, 현모양처가 되겠다니까요."

"그럼요, 현모양처가 되고말고요."

대학을 졸업하고 이런 각오로 학문과 사회적 활동과는 담을 쌓고 들어앉는 얌전한 딸을 둔 부모는 걱정이 태산 같다.

어서어서 마땅한 데다 여의지 않으면 곧 파장의 생선처럼 물이 가버릴 것 같다. 사뭇 초조하다. 김치 하나 제대로 못 담그고 재봉틀로 뜯어진 원피스 솔기 하나 제 손으로 박아 입을 줄 모르는 딸을 볼 때마다 이왕 시집보내서 평범하게 살게 할 바에야 살림이나 진작 가르칠걸 괜히 비싼 대학공부를 허리가 휘게 시켰나보고고 억울한 생각이 든다. 그러나 비싼 대학공부가 결코 낭비만은 아니었다는 걸 곧 알게 된다.

웬만큼 구색을 갖춘 곳으로 시집을 보내려면 이쪽도 웬만큼은 구색을 갖춰놓고 볼 일인데 대학 졸업장도 바로 그 구색 중의 하나임을 깨닫게 되는 것이다. 그래서 대학 졸업장에, 자개장에, 냉장고에, 세탁기에, 전기밥솥에, 시집 식구에게 드릴 예물까지 한 트럭을 실어서 시집을 보낸다. 그래도 시집가는 당사자는 뭘 좀더 뜯어가지 못해 불만이다.

웬만큼 줏대 있는 여자도 이 혼수라는 것으로부터는 결코 자유로워지지 못한다. 자유로워지기는커녕 이 혼수의 구속력은 점점 더해지고 있다. 예전엔 딸 셋을 시집보내고 나면 대문 열어놓고 자도 된다는 말이 있는데 요새는 하나만 시집보내도 대문 광문 다 열어놓고 자도 된다. 그래서 불쌍한 친정부모는 한숨도 짓고 빚도 진다.

아파트에 신접살림을 차린다. 시부보는 모시지 않기로 이미 약조가 돼 있다. 시부모 쪽에서도 그쯤은 미리 알고 있다. 핵가족도 모르는 무식한 시부모가 있다면 더군다나 누가 모신담. 뭐 이런 식이다.

우선 결혼을 했으면 핵가족 덕분으로 시집살이로부터 자유롭다. 그러나 알고 보면 이 핵가족제도라는 것도 아내가 대가족제도하에서의 시집살이 수고를 하면서 그 불합리성에 저항해서 얻은 결과가 결코 아니다. 정작 심한 시집살이를 한 사람은 이미 죽었거나 아직도 하고 있을 뿐이다.

교육받은 아내가 시집살이를 하면서 사람대접 못 받는 생활에서 자기의 사람다움을 지키기 위해 꾸준히 구습에 저항하고 조금씩 새롭고 합리적인 풍습을 만들고, 자기 힘만으론 벅차 사회적인 여론을 환기시키고 그래서 얻어낸 게 지금의 핵가족제라면 우선 그 변화의 폭이 완만하였을 테니 부작용이 훨씬 적었을 테고, 또 반드시 노인네들에 대한 사회복지제도 등도 아울러 얻어낼 수 있었을 것이다. 그런데 그게 아니었다.

그냥 어느 날, 미국으로부터, 유럽으로부터, 미니스커트가 전파되듯이, 흰불나방이 옮겨 오듯이 그렇게 건너왔을 뿐이다. 아내들이 핵가족제도를 위해 한 일이란 그저 갑자기 시부모를 구박하는 일밖에 없었던 것이다.

수고하지 않고, 저항하지 않고 얻어진 거기 때문에 핵가족제의 자유로움을 제대로 누릴 줄을 모른다. 시어른을 모시고 받들기에 신경을 소모하고 시간을 바쳤던 그 노력을 자기의 가치와 능력을 살리고 개발하는 데로 돌릴 생각을 안 한다.

다만 만판 게으르고 만판 버르장머리 없을 수 있는 자유만을 누리려든다.

풍요가 가져다준 권태

핵가족 외에도 현대식 아파트나 편리한 구조의 신식 가옥이나 각종 전기기구만 해도 그렇다. 이것들은 실상 아주 좋은 거다. 이것들을 소유하는 걸 평생의 꿈으로 삼을 만하고 한번 이것들의 편리한 기능에 맛을 들이면 절대로 다시는 놓칠 수 없는 맛이고, 실제로 아내들을 그 복잡하고 불합리한 과거의 생활양식으로부터 완전히 해방시켜놓은 게 이들 덕이다.

편리하고 능률적이고 위생적인 부엌—얼마나 좋은가. 그러나 이것 역시 아내들이 과거의 부엌에서 일을 하면서 그 비위생성, 그 불합리성을 발견하고 하나씩 개량해서 오늘날의 부엌 형태에 이른 게 아니다.

즉 절실한 필요와 간망懇望 끝에 나온 창의의 소산이 아닌 것이다. 아파트업자나 집장수가 외국잡지를 보고 그 기능 면보다는 외모에 반해 그대로 옮겨다준 것을 웬 떡이냐 하는 식으로 받아들인 것뿐이다.

또 갖가지 전기기구가 생활을 편리하게 하고 살림하는 시간을 대폭 단축시켜준다. 스위치만 누르면 저절로 밥이 돼 어린이까지도 밥을 지을 수 있는 전기밥솥이 신기하구나 했더니 보온 기능까지 겸해서 끼니마다 지어 먹던 밥을 이틀에 한 번씩만 지어도 되는 전자자아라는 것까지 나왔다. 얼마나 좋은가.

바야흐로 아내는 그 지긋지긋하게 온종일 사람을 부려먹던 비능률적인 살림살이로부터 해방된 것이다. 그러나 덮어놓고 해방만 됐다고 해서 뭐가 해결되는 게 아니다. 쉬운 대로 전자자아의 예를 들자. 밥을 짓는 시간을 벌어주는 이 기계는, 살림살이 이상의 값어치 있는 일 때문에 밥 짓는 시간 조차 아까운 바쁘고 부지런한 아내의 간절한 필요에 의해 생 겨났어야 했을 것이다.

어디까지나 아내들의 바쁘고 소중한 시간이 먼저고 그다음에 전자자아의 출현이 있어야 했을 것이다. 닭이 먼저냐 달걀이 먼저냐는 그리 큰 문제가 아니라도 이건 아주 큰 문제다.

왜냐하면 가뜩이나 별 볼일 없는 시간이 많아서 죽겠는데, 바쁜 외국 여성들이 애용하던 전기기구까지 쏟아져들어와 시간을 더욱 주체할 수 없이 하니 말이다. 생활이 더욱 게을러지고 매가리가 풀리면서 권태로워질 수밖에 없다. 아내가 집안에서 할 일이 점점 없어지고 집안 외에서 할 일도 발견 못한다는 건 그만큼 쓸모가 없어져간다는 뜻도 된다면 어쩔 것인가.

남이 산다고 덮어놓고 전자자아를 먼저 살 게 아니라 전자자아로 인해서 남는 시간에 과연 자기가 무엇을 할 수 있을 것인가를 먼저 생각해야 될 것이고, 더 바람직한 것은 전자자아가 꼭 필요한 만큼 자기의 생활이 바쁘고 시간이 소중해지고 나서 전자자아를 샀어야 했을 것이다.

이렇게 소위 시집을 잘 가 행복한 아내가 된 여자는 핵가족과 편리한 가옥과 전기기구 덕택으로 살림살이로부터 해방된 대신 권태의 노예가 돼 있음을 발견하기가 일쑤다.

이건 일로부터 자유로워진 게 아니라 숫제 생활로부터 소외된 셈이다. 그래도 아이를 하나둘 낳을 때까진 그런대로 견딜 만한데 아이가 어느만큼 자라 잔손이 안 가게 되면 그 권태는 참을 수 없는 지경에까지 이른다.

이런 아내의 위기를 타고 실로 고혹적인 속삭임이 들린다. 맨날 그까짓 남편과 자식에게만 매어 살지 말고 아내도 아내 자신의 자유로운 생활을 갖자는 게 바로 그거다. 듣기에 그럴싸하다. 그때부터 바깥출입이 잦아진다. 바깥세상은 넓다. 그러나 아내가 참여할 수 있는 곳은 동창회 모임, 계모임, 관광 여행, 화투치기, 뭐 이 정도다.

그 밖의 아내들을 끼워줄 딴 고장도 없거니와 아내들 역시 가정 외에 사교적인 모임에 적극적으로 참여하는 대사회적 관심은 도무지 없다. 사회와 자기와의 관계에 무관심하고 따라서 사회를 자기 능력으로 개선하고 기여할 수 있는 마당이란 생각이 전연 없다. 그냥 몰려다니고 희희덕대고 줏대 없이 유행에 추종한다.

줏대 없는 자유의 환상

이 시기에 탈선을 안 하면—실상 보통 주부가 탈선하는 일이 그렇게 흔하게 있는 게 아니다. 그야말로 일부 극소수 다—착실한 아내가 눈뜨는 게 물욕이다. 소위 살림 재미라고도 한다.

이집 저집 몰려다니다보면 잘사는 집도 더러 보게 되고 자연히 눈이 높아지고 하나둘 흉내를 내기 시작하고 그러다가 아주 정신이 없어진다.

처음엔 몸차림과 장신구가 변하다가 세간살이까지 변화를 일으킨다. 필요해서 그게 있어야 하는 게 아니라 남도 있으니까 나도 있어야 하고 보기 좋으니까 있어야 하고 비싼 거니까 있어야 하고 이런 식이다.

가족의 행복과 직결된 식생활 같은 건 남이 보는 게 아니니까 형편없이 조악한 걸 감수하며 피아노계도 들고 자개장롱계도 들고 병풍계도 들고 전기오븐계도 든다. 그래서 한 방은 가구점처럼 차려놓고, 한 방은 전기기구상처럼 차려놓는다.

빵 한번 안 구워본 전기오븐이 장식품 노릇을 한다. 전기오븐 하나 지배하지 못한 채 생활이 온통 세간살이의 지배하에 놓인다.

이상이 해방은 되었으되 결코 자유로워졌다고는 볼 수 없는 '아내상'이라고 한다면 글쎄······ 너무 짓궂었던 게 아닌가도 싶다. 이왕 짓궂었던 김에 한마디 더 짓궂게 군다면, 아까 열거한 짓들을 아내들이 할 수 있는 것도 순전히 남편의 경제력 덕택이라는 거다.

자유 중에서 경제적 자유만큼 중요한 게 또 있을까. 그런데도 아내들은 전연 그것을 못 가지고 있고 또 가지려고도 안한다. 경제적으로 남자에게 예속돼 있을수록 팔자 좋은 여자취급을 받고 행복해한다. 여자에게 고등교육이나 전문교육을시키는 목적까지도 장차의 사회봉사나 경제적 자립에 있지않고 보다 경제력이 있는 남자에게 예속되기 위함이다.

부부관계를 예속의 관계가 아닌 자유롭고 대등한 인간끼리의 사랑의 관계가 되게 하려면 아내도 남편과 능력이 동등해야겠다. 능력이 동등하려면 학교를 졸업했다고 혹은 결혼을 했다고 자기개발을 잠시도 멈추는 일이 없어야겠다.

자기 속에 능력만 있다면 적당한 시기에 사회에 진출해 사회에 기여하면서 경제적인 자유도 누리게 될 것이다. 또 현재우리 사회 여건으로 봐서, 그런 기회가 쉽사리 주어지지 않더라도 비관할 게 없을 줄 안다. 남자와 같은 일을 해야만 남자와 동등해진다는 생각은 이미 낡은 생각이다. 비록 집에서 요리하고 청소하고 육아하는 일을 계속하더라도 그 일을 남편과 동등한 능력을 갖고 함으로써 그 일을 존경받을 만한 값어치 있는 일로 끌어올릴 수 있을 것이다.

식모나 시킬 일을 내가 한다고 생각하면서 마지못해 살림을 하면, 그 살림은 식모만도 못하게 하게 되고 자기의 가치 역시 식모 이하로 타락할 것이요, 능력이 있는 아내가 그 능력을 다해 살림을 이끌어갈 때, 살림을 하는 일도 남편이 나가서 돈을 버는 일과 동등한 가치와 빛을 발하게 되고 아내의 위치가 존경과 사랑을 받을 만한 위치가 될 것이다. 더군다나 아내의 능력의 범위에는 경제적으로 따질 수도 남편이 흉내낼 수도 없는 부분이 있다. 주위의 사람을 행복하게 할 수 있는 능력이 바로 그것이다.

문제는 일거리에 있는 게 아니라 그 일을 처리하는 사람의 능력에 있다. 페인트와 캔버스가 그림을 만드는 게 아니라 화가의 능력이 페인트와 캔버스를 맨날 페인트와 캔버스인 채로 방치할 수도, 간판을 그릴 수도, 예술을 창조할 수도 있는 것이다.

아내가 됨으로써 인간으로서의 자기성장을 멈춰버릴 게 아니라 자기가 받은 교육을 바탕으로 지적인 탐구를 계속하고 능력을 개발하는 일을 게을리 말아 자기 능력에 맞는 일을 발견할 일이다. 능력과 정열을 바칠 일을 가짐으로써 아내는 비로소 자유로워질 것이다. 능력과 줏대 없는 자에게 주어진 자유는 말짱 헛거다. 환상이다.

여가와 여자

빛나가는 '해방'

여가가 많은 부인들의 탈선행위가 신문에 보도되어 세상에 널리 알려질 때마다 죄 없이 송구스러워지면서 사람이, 특히 여자가 심심하다는 것에 대해 이것저것 생각을 하게 된다.

언제부터 우리나라 여자들이 이렇게 심심해서 죽겠을 만큼, 실제로 심심한 여가에 저지른 놀이가 죽음까지 몰고 올 만큼 그렇게 심각하게 심심해졌을까. 아마 핵가족으로 시집살이로부터, 아들 딸 가리지 말고 둘만 낳기로 육아로부터, 편리한 가옥구조와 각종 생활품의 전기화電氣化로 살림살이로부터 해방된 뒤가 아닌가 싶다. 실상 이런 것들로부터의 해방이 여자의 오랜 꿈이었다. 그러나 그 꿈이 거의 이루어진 오늘날에도 우리 여성들은 바람직한 해방된 여인상을 못 보여주고 방황하고 있다.

여자가 그런 고된 가사의 노역으로부터 놓여나길 바란 것은 교육의 기회 균등으로 여자도 그 이상의 일, 사회 참여라든가 창조적인 작업, 지적인 탐구에도 종사할 수 있다는 능력을 믿었기 때문이었고, 소수의 유능한 여성이 그것을 실제로 증명해 보여주기도 했다. 그러나 아직도 대부분의 여성은 가사로부터만 어중간히 해방됐을 뿐 스스로의 할 일을 못 찾고 그저 심심해하는 단계를 못 벗어나고 있다.

도박 부인까지는 안 가더라도 중류 정도의 중년 부인들이 여가의 심심함을 감당 못해 떼를 지어서 몰려다니며 가벼운 화투놀이로 소일하면서도 그 공허감을 감당 못해 노이로제 등 각종 정신질환에 시달리는 예를 많이 본다. 이럴 바엔 편리한 가옥이나 전기기구 등 생활 개선이 이루어지지 않았던 쪽이 오히려 여자를 위해 낫지 않았을까 하는 생각마저 하게 된다.

가전품에 맡긴 삶

모든 집안일이 반드시 여자의 손을 거쳐야 했을 시절 여자들은 비록 사회적인 지위는 보잘것없었을망정 가정에서는 없어서는 안 되는 절대적인 지위를 누렸었다. 그러나 오늘날의 여자는 가사로부터 소외됐을 뿐 아직 가정 이외의 곳에서 자기의 발붙일 곳을 못 찾고 있는 형편이다.

세탁기는 빨래에 시간을 빼앗길 수 없는 빨래 이상의 자기 일을 가진 여자에게 주어져야 했고, 전기밥통은 밥하는 시간도 아까울 만큼 바쁜 여자에게 주어졌어야 하는 건데, 실제로는 집에서 밥하고 빨래하는 것밖에는 할 일이 없는 여자들에게 그런 것이 주어지고 보니, 그런 것에 일거리를 빼앗긴 여자들은 속수무책일 수밖에 없지 않나 싶다.

가사라는 열등감

또 가사 자체에 대한 뿌리깊은 열등감도 문제인 것 같다. 집에서 빨래하고 밥하는 것은 보잘것없이 천한 일이고, 이런 일을 안 해서 운동 부족으로 오는 군살을 빼기 위해 헬스클

럽에 다니는 일은 고상하고 자랑스러운 일이라는 그릇된 생각이 언제부터 여성사회에 만연한 것인지 참으로 한심한 일이다. 이런 한심한 생각 때문에 여자가 여가의 시간을 실제로 누릴 수 있는 것 이상으로 늘리려는 경향마저 있으니 말이다. 즉 일을 하고 남는 시간을 여가로 삼는 게 아니라 아예 일을 포기하거나, 일을 소홀히 함으로써 대부분의 시간을 여가로 만들어버리는 여자도 적지 않다는 소리다.

어디서 생긴 돈인가

요는 게으를 수 있는 여자가 팔자 좋은 여자라는 사회 일반적인 통념이 문제인 것 같다. 배우고 용기 있는 여자가 이런 통념을 깨뜨려나가야겠다. 게으름만한 악덕의 문은 없다. 도박도 그러한 악덕 중의 하나일 뿐 결코 전부는 아닌 줄 안다.

또 거액의 판돈이 오가는 부유층 부인들의 도박판 이야기를 들을 때면 단순한 여가문제 이상의 것, 즉 그들의 남편이 돈을 벌기까지의 과정의 도박성까지를 훤히 엿보는 것 같아 아연해진다.

어렵게 고되게 번 돈, 정당하게 번 돈이면 절대로 그렇게 욕되게 쓰일 수는 없으리라. 쉽게 번 돈, 윤리와 도덕심 없이 번 돈의 행방이 바로 도박판의 판돈이라고 봐도 틀림없을 것이다.

바쁜 주부를 보라

여자도 일을 가질 일이다. 고된 생활이 자랑스럽고 게으름이 부끄러운 줄 알아야겠다. 오늘날의 여자들은 대부분 남자와 똑같은 교육비가 투자된 여자들이다. 여자의 골 속에 사장된 막대한 투자를 생각하면 부끄럽고 송구스럽지 않은가. 되레 교육수준이 낮은 여자들이 낮은 임금 등 나쁜 조건을 무릅쓰고 많은 일들을 하고 있는 걸 볼 때 더더욱 송구스럽다.

그렇다고 꼭 돈 버는 일만 일로 삼으라는 건 아니다. 소위 팔자가 좋아 돈 잘 버는 남편을 만난 여자는 남편이 번 돈을 어떻게 올바르게 뜻있게 소비하나를 일로 삼을 수도 있을 것이다. 또 보통 살림이라 불리는 평범한 일들을 나 아니면 안 되는 일, 가족의 행복을 창조하는 일로 끌어올릴 수도 있을 것이다.

열심히 사는 지혜

나는 요즈음 주부백일장이란 데서 장원한 「저녁 밥상」이란 시를 신선한 놀라움과 감동을 갖고 읽은 일이 있다. 너무도 사랑스럽고 귀여운 시였다. 고되게 열심히 살고, 또 그런 생활을 사랑한 여자만이 쓸 수 있는 고운 시였다.

그렇다고 누구나 다 시를 쓰자는 소리는 아니다. 시가 되어 나타나든, 미소가 되어 나타나든, 그 밖의 아름다운 무엇이 되어 나타나든, 또는 아예 밖으로는 안 나타나든, 누구나 열심히 생활의 고됨을 삭이고 사랑하며 살면 이 정도의 곱고 값진 자기 세계는 누릴 수 있다고 말하고 싶을 뿐이다.

집집마다 이런 귀한 아낙네의 마음이 담겨져 있다고 생각하면 오막살이도 진주를 잉태한 조개처럼 신비해 보이지 않는가.

삼대쯤은 한집에서

핵가족이란 아마 가족의 중심 단위를 부부로 잡고, 거기에서 생긴 미혼의 자녀까지를 한 가족으로 치는 이른바 부부 중심의 가족제도를 이름이리라. 그렇게 되니 자연 종래의 가족 간의 면면한 종적인 관계를 유지해오던 '효'라는 개념이 지긋지긋한 것으로 파기되고 여지껏 억압되었던 부부애를 마음껏 구가하게 되었다. 좋은 일이다. 지금 내가 쓰고 있는 '핵가족 반대'라는 주제와는 상치되는 소리지만, 그러나 부부애의 결과로는 자연스럽게 자녀를 갖게 되고, 그 자녀들의 부양과 교육을 위해 4반세기나 되는 긴 세월을 부부는 고달프게 일해야 하고 근심해야 하고 때로는 아픈 자녀의 병상을 지키느라 꼬박 밤도 새워야 한다.

그것이 힘들다고는 조금도 생각지 않는다. 그리고 자녀들의 조그만 잘한 일, 사소한 애정의 표시, 이를테면 천진한 입맞춤, 백점짜리 시험지, 고분고분한 심부름, 어버이날의 한 송이 꽃, 크리스마스날 수줍게 내미는 50원짜리 브로치에 온갖 시름을 잊는다. 어느 틈에 핵가족에게도 종적인 관계가 자리를 잡는 것이다. 때로는 송적인 관계가 횡석인 부부관계를 건제하기도 한다. 아이들이 가엾어서 아이들의 장래 때문이라는 고민으로 파탄에 이르려는 부부관계를 원만히 수습했다는 부부의 고백을 얼마든지 들을 수 있고, 누가 이런 부부를 어리석다 흉볼 수 있겠는가?

이렇게 어렵고 어렵게 자식을 키우다보니 부부는 늙고 자식들은 훌륭히 자라 결혼을 하게 된다. 그래서 또하나의 가족의 중심 단위가 생겼으니 부모는 물러나야 한다. 나는 이것이 암만해도 이해가 안 된다. 왜 그렇게 가혹하게 위로부터 내려오는 종적인 실을 끊어버려야 하는가를.

하긴 '효'라는 소리만 들어도 어떤 형식적이요 억압적인 것을 연상하고 진저리를 치는 것은 젊은이들뿐이 아니다. 일방적인 희생이 강요된 시집살이를 치러본 중년 이상의 분들 중에도 젊은이들 못지않게 핵가족제를 환영하며 나는 절대로 늙어서도 자식 효도 바라지 않겠다고 다짐까지 한다. 오랜 유교적 봉건적 가족제도에의 반발로서 오는 당연한 현상일는지도 모른다.

그러나 '효'를 그렇게 어렵고 두렵고 끔찍한 것으로만 생각지 말고 자연스럽고 소박한 부모에의 사랑이라고 생각해도 싫을까? '효'란 고단한 엄마를 거든다고 저희들끼리 돌아가며 하는 서투른 설거지, 피곤한 아빠의 어깨를 주무르는 작은 손, 수학여행에서 띄운 애정 어린 편지, 그런 것이라도 싫을까?

나는 아주 소중한 패물 상자를 갖고 있다. 어머니날이나 크리스마스날 아이들이 나에게 준 싸구려 브로치, 손수 만든 지갑, 손수건, 편지 등속이 담긴. 나는 아직 젊지만 그런 것이 그렇게 좋을 수가 없다. 그런데 늙은 후에 그런 것 없이 내가 행복할 수 있을까? 나는 도저히 자신이 없다. 늙을수록 맛있는 음식과 따뜻한 옷, 그리고 자식들의 보살핌과 애정이 있어야 할 것 같다.

노인이란 것은 원래부터 늙어 있는 거고 젊은이들과는 대립되는 이질적인 별다른 족속이 아닌 한, 사람은 누구나 자연스럽게 늙어가는 것이라면 행복한 어린 시절 행복한 젊은 시절의 추구와 함께 행복한 노후의 추구도 당연한 것이고, 자식이 부모의 노후의 행복을 뒷바라지하는 일이 조금도 억울한 일이 될 것이 없을 것이다. '나는 자식의 효도를 바란다'고 장담하는 이일수록 늙으면 돈이 제일이라고 강조한다.

자식 기르는 것을 안전한 농사로 생각한 예전 사람들의 생각도 딱하지만 노후의 불안을 금전 외의 악착같은 집착으로 메꾸려는 것도 민망하다 못해 측은하다. 더군다나 화폐가치가 불안정하고 아직도 불안한 제반 경제 사정에 더군다나 살인적인 교육비를 감안할 때 노후를 위한 축재가 그렇게 쉬운 것도 아니지 않나. 물론 여러 가지 여건이 좋아 충분한 축재를 할 수 있어 자식들에게 경제적인 부담을 안 끼칠 수 있다면 얼마나 좋으랴.

그러나 그것만으로 노후의 행복이 보장된 것으로 볼 수 있을까. 돈으로 훨훨 여행을 즐길 수도 있겠다. 그러나 이왕이면 자식들이 여비에 보태라고 돈도 좀 주고, 차 속에서 잡수라고 맛있는 것도 백 속에 처넣어주고, 역까지 배웅도 나와주고, 더군다나 여행지에서 긴긴 잔소리가 담긴 편지—장독 뚜껑을 잘 덮으라든가 문단속을 잘하고 자라든가—를 쓸 수 있었으면 더욱 행복하겠다.

누구나 사람은 행복하고 싶다. 사람의 일생 중 늙은이로서의 기간도 상당히 길다. 젊은 시절의 행복과 보람은 오히려 고난의 극복에 있지만 노후의 행복은 심신의 안정과 유유자

적에 있다. 부모의 사랑을 충분히 받은 아이가 원만한 아이로 자라듯이 자손으로부터 사랑받는 노인네는 우아하게 늙어간다. 문제아가 논의되듯이 젊은이들 사이엔 문제 노인—성품이 짓궂고 비뚤어진 노인이 화제에 오르는데 이런 노인은 열이면 열 다 사랑에 굶주린, 젊은이들의 관심 밖으로 소외된 노인이다. 한 가정의 보배가 바르고 건강하게 자란 아이들이라면, 자손들의 깊은 애정으로 우아하게 늙어간 노인이야말로 한 가정의 자랑이 아닐는지.

또 부모님을 모시는 것을 꺼리는 층의 상당수가 자녀교육의 문제를 들고 있다. 조부모 밑에서 아이들을 키우려니 아이들 버릇을 제대로 가르칠 수 없다는 것이다. 노인들은 아이들을 맹목적으로 사랑만 해서 안 되겠다는 것이다. 나는 그 반대라고 생각한다. 너무 독단적인지 모르지만 요새 문제아가 많은 게 핵가족제의 결과가 아닌가 생각하고 있다.

왜 맹목적인 사랑이 나쁘단 말인가? 맹목적인 게 바로 사랑의 본래의 모습이 아닐는지. 본시 엄부자모라 해서 아버지는 두 눈 크게 뜨고 자식의 못된 곳을 샅샅이 보고 나무라되 어머니는 자애로써 감쌈으로써 균형을 유지하던 게, 요즈음의 아버지들은 아예 자녀교육의 국외자로 물러나고 어머니가 교육을 전담하게 되었다.

그런데 그 어머니란 이들이 너무 아는 게 많고 욕심이 많아졌다. 도대체 어수룩한 구석이라곤 조금도 없다. 가뜩이나 학교생활도 예전에 비할 바 아니게 심한 학습과 경쟁으로 아이들에게 긴장을 강요하고 있는 터에, 집에 와도 긴장을 풀 도리가 없다면 아이들이 너무 불쌍하다. 아이들에겐 나무라지도 않고 어리광을 받아줄 맹목의 사랑이 필요하다. 긴장 해소는 누구에게나 필요한 것이고 그게 결코 아이들을 해칠 까닭이 없다. 수염이 시커먼 우리들의 남편조차 가끔 그들의 울분과 긴장을 마누라의 치마폭에서 풀고자 어리광을 부리지 않는가. 그들의 어리광을 맹목으로 달래려들지 않고 꼬치꼬치 따지고 든다면 어찌 현명한 아내랄 수 있을까.

부모님을 모시기 싫은 또다른 큰 이유는 자유를 억압당하는 데 있는 모양인데 요새 부모님들이란 젊은이들 시집살이 시킬 궁리는커녕 자기가 젊은이들에게 시집살이를 당할까봐 전전긍긍하는 처량한 형편이고 보면 이것도 한낱 구실일 것이다. 이런 것을 구실 삼는 젊은이들의 자유란 기껏 끼니때 밥 대신 라면을 끓일 자유라든가 늦잠 자고 남편은 굶겨서 출근시킬 자유쯤이 고작이다.

이런 부불수록 핵가족제를 자기 편한 대로만 받아들여 부모님 모시긴 싫되 부모는 부모로서의 도리를 지키라고 자못 공갈을 친다. 집을 사달라든가, 전세방이라도 얻어서 살림을 내달라든가 하고.

물론 부모님을 모신다는 일이 그렇게 쉽기만 한 문제는 아니다. 조심스러운 게, 삼가야 할 게 한두 가지가 아닌 줄 안다. 그러나 가정이란 어차피 그런 게 아닐까. 결혼을 한다는 건 얽매임에 드는 일이요, 가정이란 상호 억제를 바탕으로 인화人和의 기술을 배우는 곳이요, 그래서 원만한 가정을 가졌다는 건 원만하고 풍부한 사람 됨됨이를 의미하게 되는 게 아닐는지.

요새는 실용적이 아닌 것은 설득력을 못 갖는 시대니 마지막으로 실용적인 면으로 삼대쯤 같이 사는 이로움을 들어보자.

요사이의 가정부 구인난은 누구나 겪는 심각한 일인데도 직장을 갖는 주부는 늘어난다. 여기에 아기라도 생긴다면 문제는 더욱 심각하다. 이럴 때 부모님을 모시고 있다면 다시없는 큰 복이 될 것이다. 어떤 가정부인들 그렇게 살뜰히 자기 자식을 보살펴줄 수 있으며 그렇게 알뜰히 살림을 꾸려줄 수 있겠는가. 노인들께 일거리를 드린다는 건 절대로 불효가 아니다. 가정으로부터 소외됐다는, 무용지물이 됐다는 고적감을 안 가지게 하기 위해서 직장을 안 가진 주부라도 노인에게 알맞은 일을 시킬 일이다. 장 담그기, 김치 담그기, 화초 가

꾸기, 젓갈이나 장아찌 담그기 등. 그리고 칭찬해드릴 일이다,
어머니가 담근 김치 맛이 제일이라든가 아버님이 가꾼 장미
가 우리 동네에서 제일 크게 폈다든가 하고.

그런 데서 노인들은 사는 보람을 느끼고 행복해할 것이다.

"애들아 날 좀 도와주렴"

딸들이 여럿이고 다 크니까 나는 곧잘 "애들아 날 좀 도와주렴" 하고 딸들을 부엌일 빨래 청소 등에 동원한다. 애들이 고분고분하기도 하려니와 자주 시켜보면 학교공부에 각각 다른 소질을 나타내듯이 일에도 그런 게 있어 음식을 맛깔스럽게 만드는 애가 있는가 하면 부엌에 들어가기는 영 싫어하면서 빨래니 대청소니 하면 신이 나는 애도 있어 재미있다.

나는 그런 내 딸들이 대견한 나머지 손님이라도 오시면 자랑이 하고 싶어져 다과 준비니 경우에 따라서는 식사 준비까지도 내맡긴다. 마침내 손님으로부터 이 집 딸들은 공부만 잘하는 줄 알았더니 살림도 잘하겠다는 칭찬이라도 듣게 되면 나는 별수 없이 엄마 바보가 되어 입이 헤벌어진다.

그런데 요즈음 나는 이 "애들아 날 좀 도와주렴"을 너무 남용한 것 같다. 금년에 둘째 딸까지 대학에 진학하여 대학생이 둘이 되었고 게다가 초·중·고생이 각각 한 명씩이고 보면 학비가 이만저만이 아니다. 나는 "애들아 날 좀 도와주렴"으로 시작해서 좀 구차한 소리를 길게 늘어놓은 적이 몇 번 있다. 학비가 대체로 어느만큼이나 인상되었다느니 대학생이 또 하나 늘어났으니 가중된 학비 지출만큼 엄마가 짜게 줄 테니 각오하라느니 결국 아이들에게 용돈 절약을 호소한 것이다. 여지껏 그런 불유쾌한 공갈 없이도 아이들은 우리 분수에 맞게 잘해주었는데도 난 뭣 때문인지 그러고 말았다.

어느 날 내가 외출했다 돌아오자 애들이 싱글벙글 심상찮게 들떠 있었다. 연유를 물은 즉 아이들이 시내에 나갔다가 복권을 한 장 사왔다는 거였다. 나는 애들을 비교적 멋대로 기르는 편이어서 엄격하게 금하는 게 별로 없었다. 중고생 입장 불가의 영화라도 내가 봐서 좋았던 거면 네 재주껏 보고 싶으면 가보라고 꼬인 일까지 있을 만큼 헐렁하고 주책없는 엄마 노릇을 하면서도 엄격하게 금하는 게 꼭 하나 있었다. 그게 바로 복권이니 경품권이니 하는 데 응모하는 거였다. 특히 아이들 과자 속 같은 데 든 거액의 돈이 걸린 경품권 따위는 털벌레처럼 징그러워 아이들이 만지는 것도 싫을 만큼 신경질적이었다.

그렇게 기른 내 아이들이 복권을 산 것이다. 도리어 그렇게 길렀기 때문에 그런 것이 얼마나 가능성이 희박하고 허망한 것인지 알 기회가 전혀 없어서 더욱 기대에 부풀어 있었다. 8백만 원으로 엄마를 도와줄 계획을 아무리 다채롭게 꾸며봐도 돈이 남아돌아 고민을 한 나머지 차라리 애석상인가 하는 것이나 되었으면 하고 일보 후퇴하는 아량까지 보일 지경이었다. 물론 애석상은커녕 백 원짜리도 안 돼 아이들 실망이 컸고 나는 딴 뜻으로 입맛이 썼다.

나는 함부로 "애들아 날 좀 도와주렴"을 말한 내 주책을 뉘우치고 있었다. 아이들을 많이 낳아놔서 학비에 더욱 쪼들리는 문제가 그게 어디 아이들에게 도움을 청할 문젠가. 행여 아이들이 들을세라 은밀히 남편의 귀에 속삭였어야 했을 것이다.

연애 반 중매 반

어떤 모임에서 젊은 부부들에게 중매결혼을 했느냐, 연애 결혼을 했느냐를 묻는 것을 들은 일이 있다.

신기하게 여러 쌍의 부부의 답이 똑같았다.

"연애 반 중매 반이에요."

나는 연애 반 중매 반 소리를 들을 때마다 더운 물도 아니고 찬물도 아닌 미지근한 물 생각이 난다.

나는 미지근한 물을 좋아하지 않으니까 이 연애 반 중매 반에 대해서도 과히 호감을 갖고 있지 않다.

그러나 내가 싫어하건 좋아하건 연애 반 중매 반은 대유행인 모양으로 다방 같은 데서 맞선 보는 광경을 흔히 본다. 맞선 보는 남녀처럼 어색한 것이 없기 때문에 당장 눈에 띈다.

물론 본인끼리만 마주보는 게 아니라 양가의 가족까지 딸렸기 때문에 더 눈에 띈다. 처음엔 테이블을 몇 개 붙여서 양가의 가족과 당사자가 합석을 하고 이야기를 나누다가 둘만 남겨놓고 자리를 뜨기도 하고, 둘만 딴 자리로 보내놓고 멀찍이서 구경들을 하기도 한다.

이때 둘만 남겨진 남녀, 마치 남녀칠세부동석 시대의 남녀처럼 어색하고 수줍다. 그게 이상하게 희화적으로 보인다.

이렇게 해서 만난 남녀, 첫인상이 싫지 않으면 교제를 계속하게 될 테고 잘하면 결혼까지 하게 된다. 결혼까지는 어디까지나 본인의 자유의사지 중매인도 부모도 강요하지 않는다. 그러니까 아닌 게 아니라 연애 반 중매 반이 딱 맞는 소리다. 나쁠 것도 없다. 나쁘기는커녕 요새 젊은이들이 가장 바람직한 결혼 형태로 치는 게 이 연애 반 중매 반인 모양이다.

그럼 요새 젊은이들이 중매를 통하지 않고는 이성을 만날 길이 없기 때문에 그 방법을 원하는 것일까?

그럴 리는 없다. 오히려 연애는 연애대로 해보고 나서 결혼만을 중매로 하려든다. 기성세대는 썩었다느니 곯았다느니 하다가도 자기의 결혼에 당해서는 기성세대의 썩은 타산打算의 눈을 우선 통과한 상대방을 골라잡으려든다. 그만큼 요새 젊은이들은 안전제일주의요, 연애의 기쁨보다는 생활의 안전을 골라잡으려들고, 상황을 고되게 창조하기보다는, 기성의 안정된 생활로 직접 입주하길 바란다.

그래 그런지 요새 젊은이들 중엔 얼굴은 젊은데 표정은 호의호식이 유일한 삶의 목적인 노인네의 표정을 닮은 이가 많다.

젊은이는 젊은이다웠으면 좋겠다. 늘쩍지근하고 노숙하고 도통한 얼굴 좀 하지 말았으면 좋겠다.

GNP로 봐서 우린 점점 잘살게 되어가고 있음이 분명한데도 우리가 느끼는 세상은 점점 삭막하고 재미없음은 젊은이들의 아름다운 사랑의 이야기가 사라져가고 있기 때문이 아닐까.

3부

아물지 않는 상흔

중년 여인의 허기증

나는 내가 작가가 되고 싶다는 오랜 갈망과 수업 끝에 등단하게 되었는지, 등단이라는 걸 하고 나서 작가가 되기로 작정했는지 그걸 잘 모르겠다. 그런 낌새란 누구에게나 그렇게 모호한 건지 내 경우만 그런지 그것도 잘 모르겠다.

아무튼 어느 날 나는 갑자기 소설을 쓰기 시작했다. 좀더 정확하게 말하면 1970년 봄 어느 날 단골 미장원에 가서 내 차례를 기다리며 뒤적이던 『여성동아』에서 여류 장편소설 모집이란 공고를 보고 갑자기 가슴이 두근대며 소설을 쓰고 싶어졌던 것이다. 이것이 『여성동아』와의 인연의 시작이다.

그전까지의 나는 문학 지망생이었다기보다는 문학 애호가였다고나 할까. 매달 애독하는 문예지도 있었고, 신인 등용문으로서의 추천제나 신춘문예라는 것에 대해서도 알 만큼은 알고 있었는데, 그런데 단 한 번도 응모해본 적이 없었고, 응모하고 싶어본 적도 없었는데, 느닷없이 『여성동아』의 공고란에 강하게 사로잡혔던 것이다.

응모 마감까지는 3개월 남짓 남아 있었다. 나는 쓰기 시작했다. 그러나 사십에 처음 해보는 이 일에 대해 가족들에게 심한 부끄러움을 탔다. 그래서 철저하게 몰래 하기로 작정했다. 가족들 몰래 그 일을 하기란 여간 힘든 일이 아니었지만, 나는 평생 처음 나만의 일을 가졌다는 것과, 가족들에게 비밀을 가졌다는 것으로 매일매일 아슬아슬하리만큼 긴장했고, 행복했고, 그리고 고단했다.

나는 그것을 쓰면서 혹시 당선이 안 될지도 모른다는 생각은 전연 하려들지 않았다. 7월 15일이 마감이어서, 칠월달로 접어들면서는 하루 꼬박 40장씩 쓰는 중노동을 했고, 그래서 그런지 그해 칠월처럼 뜨거웠던 여름은 다시없었던 것 같다. 그때의 열기가 칠월의 열기였는지 40세에 별안간 불타오른 문학에의 정열이었는지 그것 또한 지금 생각하면 아리송하다. 꼭 뭣에 홀린 것처럼 정신없이 그 고달픈 작업에 몰입했다.

가뜩이나 마른 나는 더 형편없이 마를 수밖에 없었다. 그래서 내 처녀작 『나목裸木』을 탈고한 게 7월 14일이었다. 1천 2백 장 정도의 원고 부피를 보자 나는 끔찍한 생각이 나 부르르 진저리를 쳤다. 한마디로 지긋지긋했다. 그래도 단단히 포장을 하고 규정대로 겉봉을 써서 우송까지 끝마쳤다. 돌아오는 길은 날아갈 듯이 홀가분할 줄 알았는데 그게 아니었다. 너무 허전해 울고 싶었다. 이제부터 집에 가서 나는 도대체 무엇을 할 수 있단 말인가?

식구들을 위해 장을 보고 맛있는 반찬을 만드는 일, 매일매일 집안 구석구석을 쓸고 닦아 쾌적하고 정갈한 생활환경을 만드는 일, 아이들 공부를 돌보고 가끔 학교 출입을 하는 일, 뜨개질, 옷 만들기—소위 살림이라 불리는 이런 일들을 나는 잘했고, 또 좋아했지만, 아무리 죽자꾸나 이런 일을 해도 결코 채워질 수 없는 허한 구석을 나는 내 내부에 갖고 있다는 걸 자각하지 않으면 안 되었다. 나는 그날 온종일, 어디서 소포 뭉치가 되어 뒹굴고 있을 내 작품에 대한 육친애와도 방불한 짙은 연민으로 거의 흐느낄 것 같았다. 나는 또 내 원고를 딴 소포들과 함께 마구 천대할 우체국 직원을 가상하고 앙심을 품기까지 했으니 기가 찰 노릇이다.

심지어는 심사위원들에 대해서도 비슷한 생각을 했다. 오로지 내 악필만 보고 내 작품을 구박하고 조소할지도 모르는 심사위원—무더위를 핑계로 작품을 무성의하게 대강대강 읽어 넘길 심사위원, 숫제 읽지도 않을 심사위원을 가상하고 혼자서 속을 썩이고 분통을 터뜨리고 했던 것이다. 그리고 나서는 만일 내 작품이 당선이 안 되면 그건 순전히 심사위원들의 무정견 때문이지 결코 내 작품이 남의 것만 못해서가 아니라는 생각으로 스스로를 위로하려늘었다. 마치 덮어놓고 제 자식 잘난 줄만 알고, 제 자식 역성만 드는 어리석은 엄마 같은 맹목의 애정을 나는 이미 내 앞을 떠나 있는 내 첫 작품에 대해 느꼈다. 그리고 비로소 글은 아무렇게나 쓸 게 아니라는, 글을 하나 써내는 것도 자식을 하나 낳아놓는 것만큼 책임이 무거운 큰일이라는 걸 뼈저리게 느꼈다.

구월 초순 당선 통지를 받았다. 의외였다. 당선이 의외가 아니라 너무 일러서 의외였다. 잡지 사정을 잘 모르는 나는 십일월호에 발표되니까 시월달쯤이나 알 수 있을 것으로 짐작하고 있었기 때문이다. 당선을 통고해온 분들이 기분이 어떠냐고 그러기에 기쁘다고 했다. 그러나 그런 일이란 막상 당하고 보면 그렇게 기쁜 것도 아니다.

아이들이 굉장히 기뻐했던 것으로 보인다. 하도 좋아서 날뛰길래 뭐가 그렇게 좋으냐니까 둘째 아이든가 셋째 아이든가, 가정환경 조사서에 엄마 직업을 '무'가 아니라 '작가'라고 쓸 생각을 하면 막 신이 난다고 했다. 나는 그애의 말에 깔깔 대고 웃었지만 속으론 뜨끔했다. 나는 실상 내 애들만큼도 장차 내가 소설가가 될 각오가 서 있지를 않았다.

당선이 되었으니 약속대로 50만 원은 줄 테지, 약속대로 내 글을 활자로도 만들어주겠지(그때는 내 글이 활자가 된다는 사실이 그렇게 신기할 수가 없었다). 거기까지는 즐거운데 '직업이 작가'는 도저히 못해먹을 것 같았다.

시상식은 시월 초순에 있었다. 나는 왠지 그 시상식이라는 게 싫었다. 돈이나 주면 됐지 시상식은 뭣하러 하는지 모르겠다고 나는 누구에게나 함부로 투덜거렸다. 시상식엔 동창들이 몇 왔다. 그래서 쑥스러운 대로 꽃다발이란 것도 받고 사진도 찍고 같이 점심도 먹었다. 한 친구가 이렇게들 모이기 쉽지 않은데 저희 집으로 같이들 가자고 했다. 그 친구 집에서 한바탕 떠들고 나서 화투판이 벌어졌다. 나는 별안간 핸드백에서 방금 탄 50만 원짜리의 보증수표를 꺼내 친구들한테 회람을 돌리면서, 너희들은 50만 원을 만들려면 2년이나 3년 죽자꾸나 하고 계를 부어야 되지만 나는 이것을 얼마나 쉽게, 그야말로 누워서 떡먹기로 만든 줄 아느냐고 막 으스댔다. 그리고 화투판에 끼지 않고 집으로 왔다. 친구들이 50만 원 날릴까봐 줄행랑치기냐고 놀렸지만 그렇게 했다.

아이들이 학교에서 아직 안 돌아온 집은 조용했다. 나는 다시 50만 원을 꺼냈다. 우리는 겨우겨우 사는 정도의 살림 형편이었지만 당장 50만 원의 긴요한 용처가 있는 것은 아니었다. 나는 내가 그간의 며칠 동안을 왜 그렇게 50만 원에 집착했는지 알 수가 없었다. 나는 수표를 아무렇게나 서랍 속에 들이뜨렸다. 모든 것은 끝난 것이다. 걷잡을 수 없는 공허감이 왔다.

책이 나오고 나서 거의 매일 독자로부터의 편지라는 걸 받았다. 전국 방방곡곡에서 그리고 외국에서 오는 것도 꽤 있었다. 처음에는 그저 신기해하고, 활자의 위력이 바로 이런 거로구나 하고 감탄도 했다. 별의별 편지가 다 있었다. 나를 무슨 위대한 작가인 줄로 착각하고 있는 시골 소녀의 동경이 가득 담긴 간지러운 편지가 있는가 하면, 가정부인의 고마운 격려의 편지도 있었고, 상금을 나눠 먹자는 협박 섞인 편지도 있었다. 그러나 정작 내 작품을 읽고 내가 그 작품을 통해 말하고자 하는 바를 알아듣고 보내오는 편지는 거의 없었다. 나는 많은 편지 속에서 허망감을 짓씹었다. 그리고 글을 쓴다는 일이 얼마나 고독한 작업인가를 알 것 같았다.

그러는 사이에 당선을 전후한 시기의 내심의 혼란과 흥분은 완전히 가라앉았다. 그리고 내 내부에서 새로운 고민이 싹트기 시작했다. 나는 뭔가를 진지하게 생각하고 결정하지 않으면 안 된다고 생각했다. 즉 당선작을 처녀작이자 마지막 작품으로 남기고 조용히 사라져가느냐, 당선이란 사실을, 앞으로의 작가 생활로 이어질 발판으로 삼느냐를 결정해야 하는 것이다.

이 글 처음에서도 언급했지만 내가 하나의 작품을 이룩한 게 작가가 되기 위한 피나는 노력이나 준엄한 각오에서가 아니라, 순전히 중년으로 접어든 여자의 일종의 허기증에서였던 것이다. 그렇다면 내 글쓰기란 내 또래의 중년 여인들이 흔히 빠져드는 화투치기, 춤추기, 관광여행하고 무엇이 다른가. 문학이란 절대로 심심풀이 삼아 할 수 있는 안이한 게 아니지 않다. 나도 문학 애호가의 입장에서 문학이란 것에 대해 그만한 까다로운 주문을 할 줄도 알았고, 안이하게 낳는 문학에 대해 경멸을 보낼 줄 아는 안목도 있었다.

이제부터라도 문학이라는 고통스럽고 고독한 작업에 모든 것을 걸어보느냐, 아니면 다시 일상의 안일에 깊숙이 함몰할 것인가를 놓고 나는 고민을 되풀이했다. 그리고 나 자신의 작가로서의 창조적 능력에 대해서도 회의를 거듭했다.

우선 자신의 능력을 시험할 겸, 개발도 할 겸, 하나둘 습작을 시작했다. 지독하게 열심히 했다. 밤잠을 설치고, 입맛을 놓치고, 남의 좋은 글을 읽고 샘을 내고, 발표의 가망도 없는 글을 썼다. 차차 글 쓰는 어려움에 눈이 떴다. 자연히 쉽게 쓴 글이 쉽게 당선된 데서 비롯된 내심의 은밀한 오만도 숨이 죽었다.

당선작을 쓰고 나서 습작을 썼으니 순서가 거꾸로 됐지만 그 시기는 당선작을 쓴 시기보다도 훨씬 더 소중한 시기였다. 글 쓰는 어려움에 바싹바싹 마르는 것 같으면서도 속에선 뭔가 조금씩 조금씩 살이 찌고 있는 것 같아 보람을 느꼈다. 곧 『여성동아』에서 연재의 기회를 주었고 그후 여러 지면의 비교적 고른 혜택을 받고 보니 어름어름 작가인 척하고 오늘에 이르렀다.

자랑할 거라곤 지금도 습작기처럼 열심이라는 것밖에 없다. 잡문 하나를 쓰더라도, 허튼소리 안 하길, 정직하길, 조그만 진실이라도, 모래알만한 진실이라도, 진실을 말하길, 매질하듯 다짐하며 쓰고 있지만, 열심이라는 것만으로 재능 부족을 은폐하지는 못할 것 같다.

작가가 될까 말까 하던 4년 전의 고민은 아직도 끝나지 않은 채다.

나의 이십대

이십대처럼 좋은 나이가 또 있을까. 그 지루하고 엄격한 고교생활과 답답하고 볼품없는 교복에서 해방되어 거칠 게 없이 자유로운 대학생활이 시작되는 것도 이십대요, 양장점에 가서 처음으로 숙녀복을 맞춰보는 것도 이십대요, 머리를 볶을 수도 기를 수도 자를 수도 있다는 엄청난 자유 앞에 우두망찰을 하는 것도 이십대의 일이다. 그뿐일까, 첫 미팅을 하는 것도 이십대요, 첫사랑보다 훨씬 무르익고 구체적인 두 번째의 사랑을 경험하는 것도 이십대요, 면사포를 써보는 것도 이십대요, 일생 중 여자가 가장 아름다울 때도 이십대요, 첫애를 가져보는 것도 이십대의 일이다.

그래서 그때를 좋은 나이라고들 한다. 나도 내 이십대를 막연히 좋았던 것으로 생각하고 있지만, 그때에 실제로 있었던 일을 구체적으로 회상해볼 것 같으면, 내 일생 중 겪은 큼직큼직한 불행은 다 그때 일어났었던 걸로 알 수 있다. 그래도 만일 나에게 내 일생 중 어느 시기를 다시 살 수 있는 기적이 허락된다면 서슴지 않고 이십대를 다시 살리라. 불행한 일도 많았지만 행복한 일은 또 얼마나 많았던가. 무엇보다도 그때는 젊었었고 그것만으로도 죽는 날까지 그 시절에의 향수를 앓기에 충분할 것이다.

내가 스무 살이 되던 해가 1950년이었으니 6·25사변이 일어나던 해다. 그해 고등학교를 졸업했는데, 어쩐 일인지 그 까닭까지는 생각이 안 나지만 그해의 학기 말은 오월이었고 유월이 학기 초였다. 그래서 우리는 신록이 무르익은 오월달에 졸업을 할 수 있었다.

나는 지금도 엄동설한에 시퍼렇게 질려서 졸업식을 치르고 나오는 졸업생 학부모 들을 볼 것 같으면 괜히 딱해하면서, 그때 우리는 참 얼마나 행복했었던가 하고 생각하기를 좋아한다.

교정엔 라일락과 장미가 짙은 향기를 풍기고 있었고 벌떼가 잉잉댔다. 오월의 한낮은 현기증이 나도록 밝았고, 눈에 띄는 모든 것은 반짝거렸다. 작약꽃과 마거리트의 꽃다발도 받았고 무슨 상장도 두어 개 받았다. 얼마나 찬란한 앞날이 내 앞에 펼쳐질 것인가 생각만 해도 가슴이 설렜다.

대학 시험을 치르고, 합격자 발표를 볼 때도 오월의 날들은 한결같이 화창했고 대학가의 푸르름은 1년 중 으뜸가는 신선한 아름다움을 보여주고 있었다. 같은 대학에 합격한 남학생과 한강에 보트놀이도 가고, 장 마라이가 주연한 〈비련悲戀〉이란 영화 구경도 갔다. 어깨를 펴고 극장에 들어갈 수 있다는 게 그렇게 신날 수가 없었다. 어른의 세계가 비장하고 있는 갖가지 인생의 열락悅樂이 이제 금단의 것이 아닌 것이다. 나도 어른인 것이다. 나도 스무 살이 된 것이다. 오월의 공기는 계속 감미롭고 곧 싱그러운 유월과 대학생활의 낭만이 기다리고 있었다.

각급 학교 입학식은 유월에 있었다. 그때 무슨 까닭이었는지 내가 치른 대학은 입학식이 제일 늦어져 6월 20일경에 있었던 것으로 기억된다. 입학식을 치르고 한 사날이나 강의를 들었을까 할 때쯤 북괴 공산군의 남침의 뉴스가 전해졌다. 처음엔 크게 걱정하지 않았다. 너나없이 모두 철부지였다. 하긴 정부까지도 우리가 북진하면 점심은 평양에서, 저녁은 신의주에서 먹게 될 거라고 호언장담을 하던 때였으니까. 능동적인 북진이 아니라 피동적인 남침을 당한 거니, 처음엔 좀 고

전을 하겠지만 곧 반격을 하겠거니 하는 정도로 알고 있을 수밖에 없었다.

가끔 휴가중인 장병은 곧 부대로 복귀하라는 군 마이크의 소리가 일요일의 서울 거리에 섬찟한 전쟁의 실감을 던지고 지나갔다. 다음날은 아주 뚜렷이 포성이 들리고, 불과 하룻밤 새 서울 거리는 완전히 선생 분위기로 바뀌어져 있었다. 미아리 고개를 소달구지에 어린것들과 너절한 피난 보따리를 실은 피난민들의 행렬이 줄달아 넘어왔다. 서울 사람들은 이들을 붙들고 전선의 전황을 물어봤으나 종잡을 수가 없었다. 실제로 공산군을 봤다는 사람도 있고 못 봤다는 사람도 있었지만 한결같이 겁에 질려 있었고 피곤해 보였다. 미아리 고개를 넘어오는 피난민들과는 반대로 국군을 가득가득 실은 군용차는 북으로 북으로 잇달았다. 철모를 쓰고 푸른 나뭇가지를 꺾어 온몸을 나무처럼 위장한 군인들이 차 위에서 비장한 목소리로 군가를 부르면, 행인들은 발길을 멈추고 만세를 부르기도 하고 손바닥이 아프게 박수를 치기도 했다. 군용차의 행렬은 미아리 고개에 연막처럼 짙은 흙먼지를 일으켰고, 그것은 이미 단순한 흙먼지가 아니라 전진戰塵이었다. 걷잡을 수 없는 불안감이 온몸을 조였다.

오월도 유월도 우리를 위해 화창하고 싱그럽고 푸르를 줄 알았더니 그게 아니었다. 무서운 전쟁과 살육의 음모는 미리 꾸며져 있었고, 마침내 유월의 푸르름을 타고 실행에 옮겨져 붉은 마수가 눈 깜박할 새 지척까지 뻗어와 있었던 것이다. 유월의 푸르름이 우리를 위해 있었던 게 아니라 그들의 침략의 모습을 가려주기 위해 있었던 것이다.

그래도 26일엔 학교에 가 강의를 들었다. 온종일 강의실의 유리창이 포성에 심하게 들들댔지만 교수도 학생도 태연을 가장했다. 못 들은 체할수록 용기가 있는 것같이 보였다. 27일엔 숫제 강의도 없었고 일찍 귀가 조치가 취해졌다. 지척으로 가까이 온 포성과 거리거리의 분위기로 서울이 위태롭다는 걸 짐작할 수가 있었다. 그러나 어디까지나 분위기에 의한 막연한 짐작일 뿐 서울이 위태롭단 말을 해주는 사람은 아무도 없었다. 수도 서울의 방위는 철통 같으니 시민들은 안심하고 각자 맡은 바 생업에 종사하라고 방송만 되풀이했다. 노대통령도 떨리는 소리로 수도 서울의 사수를 거듭거듭 다짐했다. 착하고 순한 백성들이 어찌 믿지 않고 배기랴. 27일날 밤의 그 지옥 같은 포성 속에서도 대통령은 외쳐댔다. 수도 서울은 사수할 것이라고.

그러나 밤새 내리던 비가 거짓말처럼 말끔히 갠 청명한

28일날 아침, 이미 서울은 적 치하에 들어 있었고, 밤새도록 서울 시민은 안심하라고 방송을 통해 외치던 높은 분들은 한강 이남으로 도망간 뒤였다. 내가 높은 분들에 대한 불신을 배웠다면 아마 그때부터가 아니었을까 싶다.

적 치하 3개월 동안 서울 시민이면 누구나 겪었던 공포와 굴욕과 기아에 대해선 여기서 새삼 다시 말할 필요가 없겠다. 유엔군과 국군에 의해 서울이 수복됐을 때의 시민의 기쁨은 차라리 광희狂喜였다. 그러나 그때 이미 나는 석 달 전의 꿈 많던 여대생은 아니었다. 난리통에 가장을 잃은 우리집에서 나는 가장 노릇을 하지 않으면 안 되었다. 아침을 먹고 나서 곧 저녁 끼니 걱정을 해야 된다는 것, 오늘을 살고 나서 내일 살 걱정을 해야 된다는 게 얼마나 끔찍한 일인지 나는 알지 않으면 안 되었다. 게다가 다시 전세가 불리해져 피난까지 가지 않을 수 없었다. 돈도 식량도 없이 떠난 혹한 피난길의 모진 추위와 굶주림은 지금 생각해도 어제 꾼 악몽처럼 생생하다. 삯뜨개질, 양품점 점원, 미군부대 하우스 걸 등 돈벌이라면 악착같이 덤볐지만 늘 굶주렸고 가난했다. 그러는 새 급속도로 수치심이 없어지고 뻔뻔해지고 모질어졌다. 그래서 그런지 나의 이십대는 갓 스물 나던 해의 6·25전까지의 나지, 그후의 내가 아니었다. 그후의 난 '나의 이십대'란 화사하고 꽃다운 느낌과는 먼 삶을 살았기 때문이다. 그런 중에도 지금의 남편과 만나 사랑도 하고 결혼도 했으니 젊다는 건 역시 좋은 건가보다. 결혼을 결심하고 나니 입학했던 대학을 영영 그만둬야 된다는 문제를 놓고 다시 한번 생각해보지 않을 수 없었다. 결혼을 안 한다고 대학을 계속할 수 있는 것도 아니었는데도 이제 결혼하면 대학은 영영 이만이구나 싶어 서러웠다. 그래서 결혼 며칠을 앞두고 거의 매일같이 대학가를 심각한 얼굴을 하고 산책하며, 캠퍼스 속을 쫓겨난 낙원 넘겨다보듯이 질투와 선망으로 넘겨다보며 눈물을 짰다. 지금도 그때 생각을 하면 가슴이 찡해지면서 그때의 내가 불쌍해진다.

이렇게 대학에 대해 상당한 미련도 있었고 고민도 했지만 그때 나는 생활에 피곤할 대로 피곤해 있었고, 그래서 그럭저럭 안정하고 싶었던 것도 사실이다. 아늑하게 보호받는 생활이 하고 싶었다. 그래서 평범하게 결혼하고 아이도 낳았다. 그때 생활에 지친 이십대의 처녀가 택한 안정되고 보호받는 생활이 지금까지 이어져오고 있다. 큰 불만은 없지만 과연 그때의 내 선택이 최선의 것이었던가는 잘 모르겠다.

암울한 시기에 만난 사람들

쟁이와 그리고 또

1·4후퇴에서 돌아온 수복 직후의 서울은 어둡고 황량했다. 포성이 지척에서 들렸고 행인의 대부분은 군인이고 주민은 희소해서 삼엄하고 무시무시했다. 아직도 서울이 최전방이라 한강 도강은 엄격하게 금지돼 있어 죽기 아니면 살기라는 비장한 각오와 스릴에 찬 모험 끝에 서울에 들어올 수 있었다.

그때, 조그만 나룻배에 여러 가족이 차곡차곡 실려서 숨소리를 죽이고 사공의 노 젓는 소리를 듣던 캄캄한 밤의 한강은 내 기억 속에선 동해 바다만큼이나 가없이 망망하다. 그때의 서울은 대부분의 집들이 비어 있었고 큰 건물들은 폭격으로 파괴된 채로 방치돼 있어 폐허처럼 쓸쓸하고 무시무시했다. 그러한 그때도 충무로 일대만은 번화가의 면목을 갖추고 제법 활기가 있었는데, 그 활기의 원천은 지금의 신세계 백화점 자리에 자리잡은 미군 메인 PX였다. 거기서는 매일 막대한 양의 PX 물건이 온갖 방법으로 흘러나와 주위의 암시장을 살찌게 하고, PX를 드나드는 GI들의 주머니를 노리는 슈샤인 보이, 펨프, 달러장수들은 혀 꼬부라진 소리로 돈벌이에 열중하고, 각종 선물가게, 환락가의 불빛은 늦도록 휘황했고 활기에 넘쳤었다. 이를테면 그 일대가 기지촌적인 번영을 누렸던 셈이다.

나는 PX 점원으로 취직을 했다. 그때 PX 점원 자리란 잘하면 돈더미에 올라앉을 수 있는 선망의 자리이기도 했고, 까딱하다간 딸자식 하나 버리는 것으로 점잖은 집안에선 꺼리는 자리이기도 했다. 그만큼 그때의 PX 세일즈 걸들은 온갖 사치의 첨단을 걸어서 헐벗은 서울 거리에서 이색적인 존재였고, 소위 양공주로 빠지는 축도 많았다. 그러나 그 시절의 난 그런 걸 가릴 여유가 없을 만큼 절박한 환경에 처해 있었다.

나는 파자마를 파는 데서 일하게 되었다. 인기 없는 한가한 매장이었다. 매장이란 그때로선 눈이 부시게 화려했는데 아래층 한구석엔 매우 이색적이고도 음산한 코너가 있었다. 막벌이꾼 차림의 허술하고 찌들은 남자가 몇 모여 앉아 미군들의 초상을 그려주고 몇 푼씩 받는 곳이 그랬다. 대개 극장 간판쟁이 출신인데 전쟁으로 직업을 잃고 그런 일로나마 호구지책을 삼고 있었다. 나는 심심하면 거기 구경 가기를 좋아했다. 직접 얼굴을 보고 그리기도 하고 사진을 보고 그리기도 하는데 똑같이 닮게 그리는 게 참 신기했다.

어느 날 거기 구경 갔다가 제일 나이 많고 그림도 못 그리는 사람 책상 위에 두툼한 화집이 놓인 걸 발견했다. 나는 속으로 칠쟁이 주제에 웃긴다고 생각하면서 그걸 팔랑팔랑 넘겼다. 별 흥미 없이 그냥 장난 삼아 넘겼다. 어느만큼 넘기는데 그 나이 많은 칠쟁이가 어떤 그림을 하나 가리키며 제가 그린 거라고 했다. 그 화집은 일제시대의 선전鮮展에 입선한 작품을 모은 것이었으므로 나는 나이 많은 칠쟁이 말이 도무지 믿기지 않았다. 그 그림은 촌여자가 절구질을 하고 있는 그림이었다. 나는 그 그림과 칠쟁이를 번갈아 바라보았다. 그 칠쟁이 얼굴에는 딴 칠쟁이 얼굴에서는 찾아볼 수 없는 긍지와 진실이 넘치고 있었다. 나는 그 칠쟁이가 화가라는 걸 믿게 되었고 〈절구질하는 여인〉 밑의 그의 이름을 머리에 깊이 새겼다.

나는 좀더 자주 그곳에 구경을 가서 그분이 그림을 그리는 것을 지켜보고 말수가 적은 그분에게 얘기를 시켰다. 나는 그 지저분한 구석에서 칠쟁이들과 함께 미군들의 온갖 수모와 야유를 견디며 초상화를 그리고 앉았는 그 화가가 불쌍해서 가슴이 아팠다.

영화 〈애수〉를 세 번씩 보면서

"저 사람을 좋아할까보다."

나는 그렇게 생각했다.

나는 퇴근하는 그분을 따라 다니며 차도 사달래고 집까지 바래다달래기도 했다.

내 성품은 말이 별로 많지 않은 편인데 그분만 만나면 말이 많아졌다. 끊임없이 지껄였다. 그분은 말이 없었다. 지금 와서 생각해도 내가 그분에 대해 알고 있는 게 별로 없다. 늘 내 소리만 했다. 내가 얼마나 외롭고 비참한가를 될 수 있는 대로 슬프게 꾸며서 이야기했고 긴긴 편지도 썼다. 그분은 내 긴 이야기를 그냥 말없이 듣기만 하는 편이었고 물론 편지 답장 같은 것도 주는 법이 없었다. 그래도 난 별로 불만스럽지가 않았다. 그런 그분이 풍기는 형언키 어려운 따스함 너그러움 슬픔 등에 의해 내 긴긴 이야기는 충분한 보상을 받고 있기 때문이었다.

그 무렵 나는 나보다 나이가 한 살 아래인 S라는 청년과도 퍽 친하게 사귀고 있었다. S는 해방 후에 월북한 맏형이 사변 때 내려와 부모 형제 가족을 다 데리고 월북하려는 걸 한사코 공산 치하는 싫다고 혼자만 남아 군에 입대, 다리에 관통상을 입고 제대한 청년이었다. 음산하고 큰 한옥에 혼자 살고 있었다. S는 나를 누나라고 부르면서, "나는 외로운 놈입니다. 나는 누나를 못 만났으면 외로워서 미쳐버렸을 겁니다" 하는 소리를 허구한 날 했다. 나는 지금 이 나이에도 누가 그런 구질구질한 넋두리를 한다면 들어줄 아량이 없는데 그때는 그런 소리를 잘도 참고 들어주고 달래주고 했었다. 이를테면 누나 노릇을 잘했다.

같은 시기에 지금의 남편과도 만나 가끔 같이 다녔지만 담담한 사이였다. 제일 소문이 많이 나고 알려지긴 S였다. S는 거의 매일 뒷문에서 나를 기다려서 누구든지 "저기 미스 박 애인 와 있다"고 알고 있을 정도였다.

나는 아무런 부자연스러움이나 갈등도 안 느끼고 세 사람을 다 같이 좋아했지만 그들에게 서로서로의 존재를 감추는 음흉한 짓도 하지 않았다. 딱 한 번 〈애수〉라는 영화가 개봉됐을 때다. 나는 처음 S와 함께 그 영화를 보고 엉엉 울었다. 나는 그 영화를 또 한번 보고 싶었다. 화가와 함께 보고 싶었던 것이다. 안 본 척하고 화가한테 영화 구경을 시켜달래서 또 보고, 또 엉엉 울었다. 그다음 지금의 남편이 그 영화를 보러 가자고 하길래 안 본 척하고 또 갔다. 요전에 텔레비전에서 그 영화를 방영하는 걸 보고 걷잡을 수 없이 웃음이 나서 남편에게 그 얘길 하고 웃었다. 물론 지금의 난 그런 영화를 보고 울지는 않는다.

그때의 서울은 극장 시설이란 게 또 말이 아니어서 추운 겨울이었는데도 전연 난방이 돼 있지 않고 관객도 많지 않아 몹시 추웠다. 내가 추워하니까 화가는 자기의 구럭 같은 군용잠바를 벗어서 씌워주었다. 속에 털이 들어 있어서 참 따뜻했다.

S하고 갔을 때는 내가 발이 시렵다니까 S는 자기의 털장갑을 벗어주면서 발끝에 끼라고 했다. 싫다고 해도 막무가내 끼워주는데 그렇게 따뜻할 수가 없었다. 발에 장갑을 끼면 얼마나 따뜻한가를 그때 처음 알았다. 지금의 남편하고 세번째 갔을 때는 내가 춥다니까 그이는 하품을 하면서 그까짓 거 영화라고 재미도 없는데 그만 나가서 어디 뜨뜻한 데 가서 따뜻한 거나 먹자고 했다.

아무튼 그 암울하고 절망적인 시기에 좋아할 수 있는 사람을 셋씩이나 만날 수 있었다는 건 얼마나 큰 축복일까.

내가 조금도 이지러짐이 없이 오히려 밝고 아름답게 그 시기를 살아냈음은 그분들을 만날 수 있었음이 아니랴.

아물지 않는 상흔

1

해방을 맞은 것은 개성에서였고 나는 그때 호수돈고녀 2학년이었다. 전쟁 말기에 일본인들은 서울 사람들이 지방으로 피난(당시는 피난이라고 하지 않고 소개疎開라고 하였다) 가기를 강력히 권고했었고, 거기 따라 우리도 고향인 개성으로 내려와 있었다. 나도 본래 입학했던 숙명여고에서 호수돈으로 전학을 했었다. 전학하고 한 두어 달 다니고 나서 여름방학중 해방을 맞았기 때문에 호수돈에는 별로 기억나는 일이 없다.

개성 사람 기질은 특이한 데가 있다. 흔히 '앉은자리에 풀도 안 난다'라든가 '얼어 죽어도 겻불은 안 쬔다'라든가 하는 칭찬인지 욕설인지 모를 지독한 소리로 일컬어지는 것만큼, 독립심이 강하고 줏대가 있고 배타적이고 이악스럽다. 그 지독한 일본 사람도 개성에선 변변히 발을 붙이질 못했다. 상거래의 상대를 전연 안 해줬기 때문에 관청에 다니는 관리 외에는 상업을 목적으로 하는 일인이 노서히 뿌리를 내릴 수 없었던 것이다.

일본인 거리가 별로 발달을 하지 못하고, 부유한 상인들의 고래등같은 기와집이 즐비하고, 산자수명山紫水明하고, 여기저기 옛 고려의 유적이 5백 년의 영화와 한을 담고 있는 이 아름답고 차분한 도시는 해방의 기쁨에도 과도하게 흥분하는 법이 없이 절도를 지켜 무질서와 혼란에 빠지지 않고 치안 유지가 잘되었다. 특히 미군이 주둔해서 전국 방방곡곡에 무상으로 나누어준 드롭스를 개성 사람만 거부하고 안 받아 먹었다는 에피소드는 '얼어 죽어도 겻불은 안 쬔다'는 개성 사람식 결백성의 진면목을 보여준 것으로 유명하다.

해방이 되자 제일 먼저 당황한 것은, 제일 먼저 대문에 태극기도 달고 싶고 제일 먼저 수기手旗도 만들어 들고 나가고 싶은데, 식구 중 누구도 정확한 제 나라 국기 모양을 알고 있는 사람이 없었다. 중심에 태극 모양이 있고 네 귀퉁이에 사괘四卦가 그려져 있다는 걸 막연히 알고 있을 뿐 태극을 청색과 적색으로 칠해야 하는지, 흑색과 적색으로 칠해야 하는지조차 자신 있게 말해주는 사람이 없었으니, 사괘의 위치는 더군다나 알 턱이 없었다. 그건 길에 나가서 남들이 해단 걸 봐도 제각기 각양각색이어서 종잡을 수 없긴 마찬가지였다. 그때 대부분의 사람들은 폐물 이용이라도 하듯이 일본기를 그대로 이용해, 가운데 빨간 원을 먹물로 반쪽만 태극 모양으로 칠하고, 사괘는 엉터리로 그려넣어, 되찾은 내 나라 국기를 삼았더랬었다. 그런 중에도 간혹 사연이 있음직한 훌륭한 국기를 내건 집도 있었다. 어떤 솟을대문 앞에 게양된 태극기는 흰 공단 바탕에 태극과 사괘를 역시 붉고 푸른 검은 공단으로 오려 붙여 박음질한 호사스럽고 중후한 것으로, 오래 접어서 깊이 간수했던 양 접혔던 자리가 닳고 닳아 비단천이 엷게 내비치게 된 것이었다. 내가 신사 참배 열심히 하고, 일본 천황이 신이란 걸 추호도 의심 안 하고 사는 동안에도, 일본 패망을 내다보고 태극기를 소중히 간수할 만큼 뼈대와 정신이 살아 있는 사람도 있었다는 실증 앞에 나는 놀라움과 열등감을 동시에 느꼈다. 우린 저런 것도 하나 없다니 하고 우리집 어른들이 못나 보이기도 했다.

곧 미군이 주둔했다. 그러나 며칠이 못 가서 개성은 미군

점령 지대에 속하지 않고 소련군 점령 지대에 속하게 된다는 소문이 돌더니 미군이 물러가고 소련군이 주둔했다. 갑자기 해방의 환희가 가시고 흉흉한 공포 분위기가 감돌았다. 강간과 강탈의 소식으로 민심이 술렁이고, 어둡기도 전에 거리엔 인적이 끊기고 대문들을 걸어닫았다. 소문이란 과장도 있는 것이어서 소문대로라면 소련군은 흉악한 심승이시 사람도 아니었다. 특히 딸 가진 집은 걱정이 이만저만이 아니어서 외출이 엄격히 금지되었다. 그런 중에 칠십 노파가 강간당했다는 소문까지 들리니 딸이고 엄마고 가릴 것 없이 공포의 나날을 보냈다.

우린 다시 서울로 돌아가기로 마음먹고 어느 날 개성을 떴다. 기차도 소련군 진주 지역을 벗어나야만 탈 수 있어서 우린 배낭을 걸머지고 남으로 국도를 걸었다. 개성 남단에 야다리란 다리가 있는데 그 다리에서 나는 소련병을 처음 보았다. 많은 사람이 그 다리를 건너 서울로 향하고 있었는데도 다리를 지키고 있는 소련 병사는 아무런 제지도 가하지 않았고 생긴 모습도 며칠 전에 본 미군과 흡사한 키다리에 노랑머리에 푸른 눈이어서 나는 적이 실망했다. 소문대로라면 좀더 추악한 괴물이어야 할 것 같았다.

장단長湍 못 미처 역도 아닌 곳에 서울행 기차가 머물러 있기에 우린 덮어놓고 기어올랐다. 지독한 만원이었다. 기차의 이런 혼란상은 해방 후 상당히 오랜 기간 계속됐던 것으로 기억된다.

개성은 그후 곧 소련군이 물러가고 미군이 다시 주둔해 6·25사변 전까지 38선 이남의 대한민국 땅이어서 자유로 왕래할 수 있었는데, 한겨울에도 스팀은커녕 유리창도 없고 좌석을 덮은 헝겊은 누가 다 뜯어가고 겨우 골조만 남은 기차가 연·발착을 밥 먹듯이 해, 왜 해방된 내 나라 기차가 이 모양이 된 것일까 하고 한심하고 분통 터지던 일이 생생하게 기억된다.

2

다시 서울로 돌아와 숙명여고에 복교하고 보니 친구들은 대개 그대로였지만 학교 사정은 많이 달라져 있었다. 일제시대에 일어 선생님이 해방 후에도 국어 과목을 맡고 계신 건 어린 마음에도 저항이 갔다. 명색이 중학생이 허구한 날 '가갸거겨'를 익히느라 진땀을 뺐다.

자유니 민주주의니 하는 난생처음 들어보는 낱말들이 쏟

아져들어왔다. 그런 낱말들은 이상한 마력을 가지고 어린 우리들의 피를 끓게 했지만, 나면서부터 철저하게 식민지 교육을 받은 체질이 잘 소화를 시키지 못해 적지 아니 혼란을 겪었다. 미국식 교육이 급히 도입돼 학생들의 자치활동을 장려하고 학생회가 조직되고 자치회가 열렸다. 우린 툭하면 수업을 보이콧하고 강당에 모여 자치회를 열었다. 우린 자치회를 통해서 무엇이든지 할 수 있는 자유가 있다고 생각했다. 그래서 우린 자치회에서 우리가 학교를 위해 무엇을 할 수 있나 따위는 시시해서 아예 토의하지도 않고 신임 교장을 배척한다거나, ××선생을 교장으로 지지한다거나, ○○선생은 신임 교장파니 수업을 받지 말자거나—주로 이런 걸 결의하고 토의했으니, 지금 생각하면 기가 차다. 이런 현상은 해방 후 혼란기의 특색으로 학교뿐 아니라 모든 분야가 이런 병폐를 앓았더랬다. 별안간 눈부시게 쏟아진 자유를 미처 제대로 감당을 못했던 것이다. 우린 우리가 교장을 임명할 자유도, 싫은 선생한텐 수업을 안 받을 자유도 있다고 생각했었다.

　학교뿐 아니라 사회에서도 국민대회니 궐기대회니 하는 게 거의 날마다 열리고, 시위군중이 길을 누볐다. '국부 이승만 박사 절대 지지'니 '국부 김구 선생 절대 지지'니 하는 피켓을 든 군중이 지나가는가 하면 좌익 인사를 지지하는 데모

대가 구호를 고래고래 외치며 지나가기도 했다. 또 '×× 절대 반대' 데모도 적지 않았다. 그러나 뭐니 뭐니 해도 '신탁통치 절대 지지' '신탁통치 절대 반대' 데모만큼 극렬한 데모는 또 없었을 것이다. 온 장안이 술렁거렸고 거의 매일 연이어 데모가 계속됐다. 그때 비로소 좌익은 스스로의 마각馬脚을 드러내기 시작했다. 처음엔 신탁통치를 반대한다고 하다가 별안간 지지로 바꿔 국민의 분노를 사고도 뻔뻔스럽게 극렬한 지지 데모를 전개했다. 정치적인 테러행위가 성행하고 '어깨'라는 폭력배의 새로운 명칭도 생겨났다. 민심이 흉흉해지고 절도 강도가 날뛰어 문단속을 심하게 하게 되고, 담장 위에 철망이나 유리병을 깨뜨려 박는 집들이 생겨나기 시작했다.

3

38선을 넘어 월남해오는 사람이 자꾸 늘어나 시장에서 장사하는 이들 중엔 함경도 평안도 사투리가 압도적으로 많게 되었다. '38따라지'란 새로운 말이 생기고 일본 여자가 쓴 『내가 넘은 38선』이란 책이 베스트셀러가 되었다. 미소 양군 주둔의 편의상 잠정적으로 설정한 선線인 줄 알았던 38선의 의

미를 국민들이 비로소 심각하게 깨닫기 시작했다.

이 무렵에 있었던 북으로부터의 단전斷電도 충격적이었다. 제대로 우리 손으로 산업을 일으키기도 전이었으니, 동력에 미친 충격보다는 가정 등의 전기 사정 악화로 시민들이 겪는 불편이 컸다. 전압은 낮아지고 그나마 나갔다 들어왔다 하룻밤에도 몇 번씩 사람을 약 올렸다. 진열기구는 물론 높은 촉광의 전구조차 단속의 대상이 되었다. 시험 땐 정말 속상했다. 한번은 시험 때 친구를 하나 데려다 같이 공부를 하는데 느닷없이 단속반이 들이닥쳤다. 전압이 너무 낮아 촉광이 낮은 전구론 글씨를 읽을 수도 없어 백 촉짜리를 켜고 있었으니 꼼짝없이 당했다. 어머니와 오빠가 단속반한테 굽실굽실 빌고, 단속반은 반말 짓거리로 딱딱거렸다. 친구 앞에서의 체면도 있고 너무 분해서 속에서 뜨거운 게 치밀었으나 나설 계제도 못 되고 그럴 만한 용기도 없었다. 말만 민주주의지 사실은 일제 잔재가 여전히 판을 치고 국민을 뼈도 혼도 없는 버러지처럼 얕잡던 때다.

물건이 극도로 궁핍했던 일제 말기의 거친 음식과 추악한 의복—몸뻬, 국민복—의 궁상으로부터 재빨리 회복되어 피부는 기름지고 혀는 꼬부라지고, 옷은 번지르르해진 계층이 생겨났으니 '마카오 신사'라느니, '모리배'라느니 하는 이름으로 불리었다. 이들은 대개 미군정청을 둘러싼 거대한 이권에 진드기처럼 달라붙어 부를 축적하고 새로운 양반이 되어 거드름을 피웠다. 마치 요술을 부리듯이 빨리 부자가 되는 사람이 이때부터 생겨나고 부자가 되기 위해 웬만한 부도덕쯤은 불사하는 풍조도 이때부터 싹트기 시작했던 게 아닌가 싶다.

그렇다고 혼란과 무질서만 있었던 게 아니다. 고무적이고 감격스러운 일도 많았다. 이승만 박사와 김구 선생의 환국도 감격스러웠지만, 어른들, 특히 노인네들이 눈물을 흘리며 땅에 엎드려 경배하다시피 하는 걸 볼 땐 절대군주와 우민愚民들의 관계를 보는 것 같아 저항을 느꼈다. 그러나 뭐니 뭐니 해도 서윤복 선수가 보스턴 마라톤에서 당당 1위를 하고 개선했을 때처럼 그저 좋기만 하고 그저 감격스럽기만 했던 적도 없었던 것 같다. 지금의 중앙청, 그때의 군정청으로 서윤복 선수가 지프던가, 아무튼 전신이 드러나는 차를 타고 머리에 월계관을 쓰고 개선했는데 중앙청 앞 광장은 물론 거리거리에 넘친 인파가 환희로 들끓었다. 미국 땅까지 가서 그 여러 나라 선수들 중에서 당당 1위를 하다니, 가슴에 태극기를 달고 시상대에 올랐을 게 아닌가? 국기 게양대엔 제일 먼저, 제일 높이 태극기가 올랐을 게 아닌가? 태극기가! 이래서 나라가 있다는 게 좋은 게로구나. 아무리 만세를 부르고, 아무리 애국가를 불러도 가슴에 넘치는 감격과 환희를 다 분출할 수 없었다.

남한만의 단독 정부를 수립하느냐 남북한 총선거를 하느냐로 정계가 어지러운 가운데 단독 정부 수립을 반대하던 김구 선생이 남북협상차 북한을 방문했으나 상대가 상대인지라 성과가 시원치 않았다. 실의와 오해 속에, 그러나 많은 국민들의 변함없는 사랑 속에, 경교장京橋莊에서 조용한 날을 보내던 김구 선생은 어느 날 마침내 살해되었다. 장례는 국장이었는데 거리거리에 오열이 넘치고, 중계방송을 통해서도 아나운서의 소리보다는 비통한 통곡소리가 더 크게 들렸었다.

남한만의 선거로 정부가 수립되고, 미군정하에선 어느만큼은 숨통을 열어주었던 좌익운동을 불법화하자 학원 내에도 안정이 찾아오고 공부할 수 있는 분위기가 조성되었다. 학제도 변경되어 4년제의 여자고등학교이던 것이 6년제의 여자중학교로 변했다.

우린 뭔가 좀 억울한 느낌이 들었다. 4년제 여고는 졸업하면 어엿하게 숙녀 노릇하며 시집도 가고 취직도 할 수 있던 건데 괜히 2년씩이나 학교에 더 잡아두고, 그렇다고 학력이 더 높은 걸로 대접받을 수도 없으니 말이다. 그래도 그동안을 못 참고 도중에서 학교를 그만두고 결혼하는 애도 꽤 있어 그럴 때마다 친구들이 들러리도 서고 학교가 끝나면 몇십 명씩 떼를 지어 몰려가 국수 대접도 받고 신랑신부를 놀려주고도 왔으니 지금 생각하면 아득한 옛날 일 같다.

1950년 오월에 숙명을 졸업하고 서울대 문리대에 입학했다. 그때만 해도 서울대에 여학생이 얼마 없었다. 문리대 전 학년을 통해 20명 내외였던 것으로 기억된다. 경쟁률도 꽤 높았다. 그런데도 입시공부니 과외공부니 모의고사니 하는 게 전연 없었다. 따라서 입시 지옥을 치렀다는 기분도 안 났다. 그러면, 혼자 알아서 공부했느냐 하면 그렇지도 않았다. 지금처럼 몇 등까지는 어느 대학 가라는 제한도 없었고, 그냥 이왕 한번 대학 시험 쳐보는 김에 서울대로 쳐볼까보다 하는 건방진 기분으로 입학원서 사다가 내 손으로 써서 담임선생에게 갖다드리면 공부를 평소에 잘했건 못했건 별로 상관하지도 않고 도장을 찍어주셨다.

입학해서 며칠 안 다녀서 6·25 남침 소식이 전해졌다. 그렇게 빨리 쳐들어오리라곤 생각 못했다.

이대통령은 북진만 하면 점심은 평양에서, 저녁은 압록강에서 어쩌구 하며 호언장담하던 때였으니 말이다. 포 소리가 바로 지척에서 들리는데도 서울은 사수할 테니 시민들은 안심하고 생업에 종사하라는 방송이 나왔다. 그런 방송은 27일

밤까지도 계속되었다. 아마 한강을 폭파하고 남으로 도망간 뒤까지도 그 소리는 계속됐을 것이다. 졸지에 일어난 난리라 시민들을 다 안전한 곳으로 피난시키고 나서 정부가 후퇴한 다는 것은 불가능한 일이었을지 모르지만 빈말 대신 한마디의 참말을 남기고 떠날 수는 있었을 게 아닐까. 사태가 급박하여 정부만 후퇴하는 게 불가피하니 곧 전력을 바로잡아 반격해올 테니 시민 여러분은 정부를 믿고 앞으로 닥쳐올 고난을 인내하고 기다려달라는 참말을 남기고 떠났던들, 국민들은 3개월간의 고난의 세월을 그 말 한마디를 신앙처럼 받들고 훨씬 덜 절망스럽게 보낼 수 있었을 것이다. 그때 그 모양으로 떠남으로써 국민들에게 심어놓은 정부에 대한 불신은 가장 큰 것이었다고 생각한다.

그동안에 나는 단 하나의 동기인 오빠와 숙부의 무참한 죽음을 봐야 했고, 수복되기 직전 서울 장안에 포화가 우박처럼 쏟아지는 속에서 오빠의 아이가 태어나는 올케의 해산도 봐야 했다. 이 끔찍한 죽음과 탄생은 내 뇌리에 깊은 상처와 충격을 주었고 지금도 꼭 어제 일 같다. 그 기억만은 딴 추억처럼 세월과 더불어 퇴색하고 멀어지는 법이 없이 아직도 바싹 나를 따라붙고 있는 것처럼 느낀다.

4

수복되고 나서 석 달 동안 갈기갈기 찢긴 상처를 치료하고 아물릴 새도 없이, 잿더미를 헤치고 다시 새로운 벽돌을 쌓을 새도 없이, 1·4후퇴라는 민족의 대이동이 있었다. 우리 식구도 갓난애와 노인네뿐, 먹을 것도 돈도 없이 무작정 후퇴의 대열에 끼었다. 얼어 죽어도 자유의 하늘 아래서 얼어 죽는 게 다시 공산 치하를 겪는 것보다 백배 낫다는 게 그 당시의 누구나의 진실이었으니, 공산 치하의 3개월이 어떠했다는 건 알 만하다. 그러나 우리 식구의 고통은 막심했고 아무데도 생활의 터전을 잡지 못해 그야말로 거지 신세였다. 그해 여름 비장한 각오로 도강이 금지된 한강을 한밤중 배를 타고 건너 서울로 다시 돌아왔다. 그래도 그곳에 내 집이 있다는 게 힘이요 희망이었다. 그때의 서울은 황폐하고 거대한 일종의 기지촌이었다. 큰 건물엔 미군부대가 있고 그 주위에 양색시촌과 양키 물건 시장이 발달했을 뿐 보통 주택가는 텅 비어서 밤이 돼도 불빛 하나 비치는 집이 없었다. 나는 미군부대에 취직해서 가족을 부양하다가 휴전이 되고 정부가 환도해 서울이 다시 사람 사는 도시가 된 후 결혼했다.

결혼식 때 사진을 보면 신부만 빼고 여자 손님은 거의 다 비로드 치마를 입고 있다. 전쟁중이나 전쟁 후나 물자가 귀하고 내핍이 요망되는 때니 간소하고 활동적인 복장이 유행됐을 법한데 실제로는 그 반대였다. 비싸고 사치스럽고 비실용적인 비로드 옷이 역병처럼 무서운 속도로 대유행을 했으니 알다가도 모를 일이다. 여자들이 비로드 치마를 입고 어디 가 앉으려면 그 모습이 가관이었다. 그대로 앉으면 비로드가 눌려서 번들번들해지기 때문에 앉을 자리에 엉덩이를 들이대기 전에 우선 치마부터 훌러덩 까고 속치마나 속바지 바람으로 앉았다. 참으로 눈 뜨곤 봐줄 수 없는 꼴불견이었다.

사람들의 생활이 차츰 활기를 찾고 폐허에 엉성한 집들이 들어서기 시작했고 북에서 내려온 월남민으로 인구가 팽창해서 그런지 산비탈이고 개천가고 아무데나 집이 들어서기 시작했다. 집이랄 것도 없는 이런 집들은 버섯처럼 하룻밤 새 생겨났다. 전쟁은 건물이나 재산 등 유형의 것만 파괴하는 게 아니라 무형의 것—윤리 도덕 인습을 파괴하는 데 더 큰 위력을 발휘했다.

어른을 몰라보는 버르장머리 없는 젊은이가 생겨나고 아이들은 총을 쏘고 칼을 써 사람을 죽이는 전쟁놀이에 시간 가는 줄 몰랐다. 정비석의 신문 연재소설에서 유래한 '자유부인'이란 말의 대유행시대가 됐다. 그후에 숱한 신문 연재소설이 쏟아져나왔지만『자유부인』의 인기를 따를 소설은 아마도 없었던 것 같다. 너도 나도『자유부인』이 연재된 신문을 구독했고, 남편과 아내가 서로 먼저 보려고 다투는 일도 비일비재했으며 여편네들이 둘만 모여도 여주인공이 대학생하고 놀아날 것인가 말 것인가를 가지고 내기를 걸었었다.

의상도 비로드의 유행이 쇠퇴하고 나일론이 선을 보이기 시작했다. 가볍고 질기고 색상이 꿈같이 화려한 새로운 옷감이 일으킨 선풍도 대단했다. 지금은 흔하고 천한 게 화학섬유지만 그 당시 동대문시장에 첫선을 보인 나일론은 값도 비쌌지만 여인들에게 있어선 그야말로 꿈의 의상이었다. 동화에 나오는 신데렐라의 의상이었고 마술의 의상이었다. 같이 생산되기 시작한 나일론 양말의 질긴 것! 빨아서 툭툭 털어서 입는 옷과 생전 해지지 않는 양말의 출현으로 주부들은 비로소 침선針線이란 몇천 년의 숙명으로부터 놓여났다.

전후 복구를 위해 미국은 해마다 막대한 달러를 한국에다 무상으로 쏟아부어줬지만 어떻게 된 일인지 몇몇 잘사는 사람만 잘살고 국민생활은 나아지지 않았다. 노老대통령을 둘러싼 독재의 아성만 점점 더 견고해졌다. 국민들은 평화적인 정권 교체를 원했으나 선거 부정은 그 기술이 교묘와 악랄을 더해갔다. 선거 때마다 무더기 표니 피아노 표니 쌍가락지 표니

샌드위치 표니 하는 도깨비들이 하늘 무서운 줄 모르고 날뛰었다.

5

마침내 4·19학생의거로 수많은 젊은이들의 피를 보고서야 이대통령은 하야했다. 그후의 이대통령이나 이기붕씨가 취한 태도는 요즈음 크메르의 론놀이나 월남의 티우의 호화 망명에 비하면 너무나도 훌륭하고 비장한 것이었다. 그렇지만 하야해서 이화장梨花莊으로 옮기는 이대통령에 대한 당시의 국민들의 센티멘털리즘은 젊은 피의 냄새가 가시기도 전에 너무 지나친 것이 아니었던가 하고 나는 지금도 생각한다.

그때 나는 이화동과 인접한 충신동에 살고 있었는데 소식을 듣고 급히 달려온 시민들이 이화동 어귀에 몰려서 이대통령 만세를 부르면서 슬피 흐느끼는 것을 착잡한 마음으로 바라봤었다. 가혹한 보복도 나쁘지만 지나치게 빠른 망각도 결코 미덕일 순 없을 것 같다.

그후 공명한 총선거에 의해 수립된 장면 정부였지만 무력해서 혼란이 계속되던 중 5·16혁명이 일어나고 새로운 정부가 수립되고 지금에 이른다. 이른바 혁명 공약중 "구악을 일소하고……"란 대목은 지금도 귀에 쟁쟁하다. 혁명 후 공업이 발달되고 수출이 진흥돼, 경제 재건이 눈부시게 이룩됐으나 경제제일주의에 따른 정신의 황폐화랄까 윤리도덕의 타락이랄까 하는 부작용도 이제 무시해선 안 될 문제로 대두되고 있다. 오늘날을 사는 누구나—남녀노소 빈부귀천을 가릴 것 없는 누구나의 의식을 지배하고 있는 '어떻게든 잘살아보자'의 '어떻게든'에는 근면이나 내핍의 의미보다는 사람이 지녀야 할 품성이나 지켜야 할 도덕쯤은 무시해도 된다는 뜻이 더 많이 포함돼 있다.

이 '어떻게든'에 포함시킬 수 있는 것 중 우리 아이들이 겪은 입시의 고초를 빼놓을 수 없다. 해방이 되고 교육열이 갑자기 높아진 건 너무도 당연했으나 차츰 이상과열을 하기 시작했다. 어떻게든 내 자식만은 일류 중학에서 일류 대학으로, 일류 대학에서 일류 기업체나 관계官界로 식의, 엘리트 코스로의 집념이 만들어낸 국민학교 적부터의 과외공부와 입시 지옥은 1960년대에 들어서선 그 극성이 지나쳐 광기마저 감돌았다. 유명한 무즙 파동도 그때 일어난 사건이다. 아이들을 여럿 기르다보니 입시제도의 변경도 큰 사건으로 기억에 남는다.

문헌을 참고로 하지 않고 기억나는 대로 해방 30년을 회고
하려니 너무 주관에 흐른 느낌이고 제한된 장수에 담기엔 너
무 긴 세월이었다는 걸 새삼 깨닫는다.

송도의 야다리

나는 개성에서 20리쯤 떨어진 한촌寒村에서 태어났다. 마을 사람들이 농산물을 팔고 필요한 물건을 사기 위해서는 꼭 개성까지 가야만 했다. 마을 사람들은 개성을 송도라고 불렀다. 고무신·댕기·피륙·실·바늘…… 어린 눈에 신기한 별의 별 것들은 다 송도에서 사왔다고 했다. 무엇을 조르면 어른들은 이다음 송도 갈 때 사다주마 했고, 말을 안 들으면 이다음에 송도 가면 뭐 사다주나보라고 위협을 하기도 했다.

어른들은 송도 갈 때 제일 좋은 옷을 입었다. 송도 갔다 올 때 어른들은 한결 돋보이고 의기양양해 보였다. 송도에는 사람도 많고 집도 많고 한길에는 온갖 신기한 물건이 다 있는 가게들이 즐비하고 사람들은 농사도 안 짓는데도 모두 잘살고 여자들은 비단옷만 입고 남자들은 양복이라는 걸 입고 산다는 거였다. 나도 언제 송도에 가볼 날이 있을까? 내 어린 날은 온통 송도에 대한 동경의 나날이었다.

아버지가 별안간 돌아가셨다. 송도에만 살았어도 안 돌아가실 수 있는 대단찮은 병인데 다만 의사가 없어서 돌아가셨다는 거였다. 송도엔 가게가 많을 뿐 아니라 신식 병원도 많다고 했다. 송도에만 살았어도! 허구한 날을 원통해하던 어머니는 아이들만은 대처大處에서 길러야겠다고 오빠를 데리고 어느 날 송도로 떠나고 말았다.

울며 따라나서는 나에게 어머니는 사흘에 한 번씩은 보러 오마고, 그러다가 여덟 살이 되면 아주 데려다가 송도에 있는 큰 학교에 넣어주겠다고 약속을 했다. 나는 할머니 할아버지 밑에서 쓸쓸한 날을 보내며 매일 동구 밖으로 어머니를 마중 갔다. 그러나 어머니는 사흘은커녕 석 달이 지나도 나를 보러 오지 않았다. 삼촌들은 나에게 어머니는 송도가 아니라 서울로 갔으니 그렇게 자주 다니러 오지는 못할 테니 너무 기다리지 말라고 가르쳐줬다. 서울—, 그때 어린 나에게 서울이란 얼마나 절망적으로 먼 곳이었던가.

나는 점점 더 외고집에 울기 잘하는 계집애가 되었다. 내가 울 때마다 동네 아이들은 "알라리, 쟤네 엄마는 야다리 밑에서 떡장수 한대요, 알라리, 꼴라리" 하며 놀렸다. 나는 송도엔 못 가봤어도 야다리가 송도에 있는 큰 다리 이름이란 걸 알고 있었다. 그래서 어머니가 서울 갔다는 삼촌들 말보다는 아이들의 이런 놀림의 말이 나에겐 더 듣기 좋았다.

어머니는 사흘에 한 번씩 보러 오마던 약속은 안 지켰지만 여덟 살 때 데리러 오마던 약속은 어김없이 지켜줬다. 여덟 살이 되던 해 음력설에 내려온 어머니는 우선 내 머리꼬랑이부터 자르더니 머리를 뒤통수 위까지 치켜 깎고는 뒤통수를 하얗게 면도질을 해버렸다.

이 망측한 머리 모양을 보고 동네 애들은 "알라리, 쟤는 얼굴이 앞뒤에 달렸대요" 하고 놀렸다. 어머니는 서울 애들은 다 그런 단발머리를 하고 있으니 그까짓 시골뜨기들 말은 상관 말라고 했다. 서울 가는 기차를 타기 위해 처음 송도엘 갔다. 어머니의 손을 잡고 타박타박 들을 지나고 고개를 넘기를 네 번, 네번째의 마지막 고개는 고개 위에 장롱 모양의 큰 바위가 여러 개 있어서 농바위 고개라고 했다.

농바위 고개 위에서 갑자기 내 앞에 펼쳐진 송도 시가市街를 처음 보았을 때의 경악과 감동을 무엇에 비할까.

그 아름답던 송도, 아아 내 생전에 다시 송도를 볼 날이 있을까.

나의 만년필

이영도 선생이 주신 만년필

빨간빛 둥근 소반이 있고, 그 위에 원고지와 만년필이 있다. 만년필은 하늘색의 파카 45이다. 내 방 한 귀퉁이의 풍경이다.

오늘은 월요일이고, 토요일날 이 만년필에 처음 잉크를 넣었지만, 글씨를 쓰기는 오늘 이 글이 처음이다. 그렇지만 토요일날 이 만년필을 처음 산 건 아니고 이 만년필은 거의 1년 반 동안 내 책상 서랍 속 상자에 들어 있던 거다.

나는 지금 이 만년필에 대한 이야기를 하고 싶고 그 외에 딴 아무 이야기도 하기가 싫다. 이 만년필에 잉크를 넣은 토요일부터 오늘 월요일까지 사흘 동안에 일어난 일은 아무리 우연이라 치더라도 나에게 적지 아니 충격적이어서, 우연 이상의 뜻을 붙이고 싶기도 하지만 그 우연 이상의 뜻이 나에겐 두렵다.

오늘 나는 시조 시인 이영도 여사의 영결식에 다녀온 길이고 이 만년필은 그분이 주신 거다. 이 만년필 전에 쓰던 만년필도 파카 45였고 그건 내가 볼펜으로 쓴 소설이 당선이 되어 소위 작가가 되자 큰딸이 사준 건데 5년 동안 너무 혹사를 당해 요새 잉크가 샜다.

만년필의 노쇠와 함께 내 몸의 노쇠 현상이 갑자기 나타나기 시작했다. 글만 쓰려면 허리가 비비 꼬이게 아프고, 늑간이 뜨끔뜨끔 쑤시면서 누울 자리만 보이고 글쓰기가 죽기보다도 싫어지는 것이었다. 이것이 소위 슬럼프라는 걸까, 갱년기 현상이라는 걸까. 어느 쪽이든 기분 나쁘긴 마찬가지였다.

그 일로 며칠 기분도 나빠하고 고민도 하다가 어디 심기일전 여행이나 해볼까 해서 토요일날 여행을 떠났다. 여행을 떠나면서도 제 버릇 개 못 준다고 가방 속에 원고지와 만년필을 넣는 걸 잊지 않았다. 그때 난 용감하게 고물 만년필을 내버리고 새 만년필에 잉크를 넣었다.

잉크를 넣기 전에 나는 약간 무거운 기분이 되어서 잉크를 넣을까 말까를 망설였더랬다. 왜냐하면 그 만년필은 나에게 어떤 부채감을 일깨워줬기 때문이다. 그렇지만 집에 만년필을 두고 또 산다는 것도 뭣해서 그냥 그걸 쓰기로 마음먹었다.

토요일날 여행을 떠나 하룻밤을 자니까 벌써 집의 아이들일이 궁금해서 전화를 걸었더니 아이들이 이영도 선생님이 토요일날 돌아가셨다는 부음이 왔다는 뜻밖의 소식을 전해줬다. 믿어지지가 않아 몇 번이나 되묻고도 전화를 끊고 거리에 나가 조간신문을 사보니 진짜였다. 일요일날 밤에 상경해서 오늘 월요일 아침 겨우 영결식에 다녀오는 길이다.

그분이 주신 만년필에 그분이 돌아가신 날 처음으로 잉크를 넣었고 그분의 영결식날 처음 글을 쓴다. 이런 우연이 흔한 건지 희귀한 건지 잘은 모르지만 나는 지금 그 우연에 짓눌리는 듯한 기분에서 헤어나질 못하고 있다.

아주 곱게 늙은 분

나는 그분과 가깝게 지낸 사이가 아니었다. 만나뵌 게 통틀어 두 번뿐이었으니까.

재작년 가을 어느 날 그분이 집으로 뜻밖의 전화를 주셨다. 나는 그분이 아주 깔끔하고 아름다운 시를 쓰시는 문단의 원로 시인이라는 것밖에 그분에 대해서 아는 게 없었다. 전화로 한번 꼭 만나고 싶다고 하시길래 나는 나가죠 하고 시간과 장소를 여쭈어봤다. 그러고 나서 나는 그만 15분이나 늦게 나가고 말았다. 그때 지하철이 개통되고 얼마 안 될 때라 타보진 못하고 빠르다는 소문만 듣고선 지하철을 타려던 게 지하철이 몇 분 간격으로 온다는 걸 전연 계산 안 했기 때문에 그런 실수를 했다.

그분은 어쩔 줄 몰라 하는 나를 상냥한 미소로써 안심시켜주셨다. 곱게 땋아서 특이하게 쪽찐 머리가 인상적이었고 한복이 단정한 아름다운 분이었다. 그분은 내가 당황할 만큼 좋은 글 써달라는 당부를 여러 번 하셨다. 나는 그분의 이런 신신당부에 시간에 늦은 것보다 몇 배나 더 어쩔 줄을 몰라 했다. 그건 너무도 어려운 부탁이었는데도 차마 못하겠다곤 할 수 없을 만치 그분의 부탁은 간곡했다.

그때 우린 곧 헤어졌다. 왜냐하면 그분은 같은 장소에서 딴 사람들과의 다음 약속이 있었는데 내가 늦게 갔으니 그럴 수밖에 없었다.

며칠 후 그분은 또 전화를 주셨다. 저번에 실은 뭘 하나 주고 싶어서 만나자고 했는데 그만 깜빡 잊었노라고 하셨다. 좀 오래 이야기라도 나누고 싶으니 한가한 때로 시간은 이쪽에서 잡으라고까지 덧붙이셨다.

한가한 날을 잡아서 다시 봤다. 나는 그분이 주시고 싶다는 게 뭔지 대강은 점찍고 있어서 즐거운 마음으로 나갔던 것이다. 나는 그분이 시조집을 주실 것을 믿어 의심치 않았다.

그분과 나는 중앙 매스컴 건너 쪽 무슨 화식집에서 점심을 같이했다. 나는 그때 그분의 손이 얼마나 험한가를 처음 보고 놀랐다.

더욱 놀란 건 그분의 전체적인 인상은 지극히 식물적이었는데도 여성스러움—따스함, 부드러움, 사랑스러움—을 이십대 여성처럼 고스란히 갖고 있는 거였다.

그건 보통으로 늙은 여자와 그분의 판이한 차이점이었다. 늙은 여자는 식욕이나 탐욕에 있어서 일생 중 가장 동물적이면서도, 성적으론 여성을 상실한 중성인 게 보통이기 때문이다.

나는 속으로 이분이야말로 곱게 늙은 분이로구나, 나도 이분처럼 늙을 수 있었으면 하고 바랐다.

우리는 2층의 아늑한 방에서 식사를 하며 많은 이야기를 했다. 많은 이야기를 하면 누구나 주책도 좀 떨고 허튼수작도 좀 하게 되는데 이분은 전혀 그게 없었다.

나는 '곱게 늙은 분' 외에 '머리끝서부터 발끝까지 버릴 데가 없는 분'을 하나 더 추가시켰다.

"정말 좋은 글 써줘요"

우리는 그날 노인네들에 대한 이야기를 제일 많이 했던 것 같다. 나는 팔순의 시어머님에 대해서, 그분은 구순의 친정어머님에 대해서.

나는 우리 시어머님의 딴 시중은 다 즐겁게 들어드릴 수가 있어도 목욕을 시켜드릴 때만은 속으로 참 싫은 걸 억지로 참고 해드린다는, 좀체 남에게 안 하던 말까지 했다.

나는 외며느리고 또 친척 간에서는 시어머님을 잘 모시는 며느리로 알려졌달 수도 있는데 실상은 목욕을 시켜드린다거나, 혹시 살에 종기가 나서 치료를 해드려야 한다든가, 아무튼 시어머님의 살을 직접 만져야 하는 일을 속으로 얼마나 싫어하는지 모른다. 내색은 안 하지만 거의 진저리가 쳐지게 그일을 혐오하고 있다. 그렇지만 친정어머니에게 이런 일을 해드릴 기회가 있으면 아무렇지도 않게 자연스럽게 해드릴 수가 있다.

내 이런 위선의 고백을 들으시고 그분은 안색이 약간 굳어지시는 것 같더니 "내가 좀더 오래 살긴 살아야 할 텐데" 하시는 거였다. 그리고 대구에 생존해 계시다는 그분의 구순의 노모 얘기를 하셨다. 며느님이 지극히 받드는데도 목욕만은 꼭 따님이 시켜드리기를 바라시기 때문에 한 달에 한두 번은 꼭 대구에 내려가 뵙고 목욕을 시켜드리고 오신다는 거였다.

나는 그때 그분의 효심에 별로 감농을 했던 것 같지 않다.

왜냐하면 그분과 한동안 얘기하는 사이 나는 그만 다사롭고 다정스러운 게 그분의 천성처럼 느껴졌고, 그런 분이 어머님께 잘해드리는 건 당연한 것처럼 여겼다.

나는 의례적인 말로 "선생님 같은 분은 오래오래 사셔야죠" 했다. "오래오랜 싫어. 우리 어머니 생전에만 안 죽으면 돼." 그분은 그때 분명히 그러셨다.

식사가 끝나고 좀더 얘기를 하다가 그분은 "참 오늘도 얘기에 팔려서 이거 주고 들어가는 거 잊을 뻔했네" 하면서 조그만 갑을 하나 꺼내셨다. 내가 기대했던 시조집이 아니었다. 그 자리에서 열어보니 만년필이었다.

그 자리에서 그분은 내 두 손을 끌어다가 꼬옥 잡으시더니, "집에 같은 게 또 있어서 주는 거니까 부담 갖지 말아요. 그렇지만 꼭 당신에게 주고 싶었던 것엔 부담 가져도 돼요. 무슨 말인지 알겠어요? 좋은 글 써요. 정말이야. 좋은 글 써

쥐요" 하셨다.

일어나 나올 때 또 한번 그러셨다. 너무 간곡히 그러셔서 난 그분을 마주바라보기가 면구스러워 고개를 숙이고 발끝만 보았다.

그때 발끝만 보고 다소곳이 있었던 내심은 그렇게 다소곳한 것만은 아니었다. '만년필만 있으면 거저 좋은 글이 써지면 이 세상에 누가 좋은 글 못 쓸까. 도대체 이분은 만년필 한 자루로 나에게 얼마나 엄청난 부채감을 심어주려는 걸까' 하는 반발감이 조금도 없었다고는 못하겠다.

선생님 나빠요, 더 사시지 않고

나는 그후 종전대로 길들여진 내 만년필을 쓰면서도 "좋은 글 써줘요. 정말이야" 하시던 그분 말씀이 생각나면 어쩔 수 없이 부채감 비슷한 걸 느껴야 했다. 그러나 그 부채감이 조금도 기분 나쁜 부채감일 리는 없었다. 어느 마음씨 고운 분의 기대를 담뿍 받고 있다는 행복감과 그 기대에 못 미치고 있는 데 대한 죄송함과—뭐 그런 거였다.

그후 나는 여러 문인들을 통해서 그분이 후배 문인들에게 얼마나 자상하시고 따뜻하시면서도 엄격한 분인가를 들어서 알게 되었다.

그렇지만 나는 같은 시조 분야도 아니기 때문에 그분의 나에 대한 호의는 더 각별한 것 같고, 특별한 뜻이 있는 것 같고 그래서 난 그걸 소중히 간직하고 싶어서 아무에게도 그분이 나한테 얼마나 다정하게 구셨다는 얘기를 안 하고 아꼈다.

그후도 그분은 가끔가끔 전화를 주셨다. 내가 안부 전화라도 드릴까 할 때쯤이면 그분이 먼저 전화를 주시는 거였다.

이번 달에 어디서 본 글 좋게 보셨다든가 그런 말씀을 하시고 나선, 으레 좋은 글 써요, 지켜보고 있을 테니까, 하시는 공갈(?)을 치셨다.

이번에 내 창작집이 나왔길래 간단한 안부 편지를 곁들여 보내드렸더니 또 전화를 주셨는데 그때 마침 내가 집에 없었기 때문에 며칠 후 내 쪽에서 전화를 드렸다. 내가 기억하기론 내가 이영도 선생님께 처음 드린 안부 전화였던 것 같다.

그런데 그게 마지막 전화 통화가 된 것이다. 뜻밖에 여행지에서 부음을 듣고 달려와 마지막 모습도 못 뵙고, 겨우 영결식장에서 분향을 할 수 있었을 뿐이다.

모든 조문객들이 입을 모아 그분의 생전의 덕과 다정다감했던 모습을 기렸다. 그분의 넘치는 사랑을 받은 제자들이 목이 메어 그 아름다운 분이 돌아가셨다는 사실을 안 믿으려들었다. 모든 사람이 그분을 칭송했다.

그렇지만 나는 선생님 나빠요, 선생님, 참 나빠요 하고 악을 쓰고 싶다. 영결식장에서 그분의 노모가 아직도 생존해 계시다는 소리를 들었고, 그분은 목숨에도 욕심이 없는 분이었지만 분명히 나에게 그러셨잖나.

"오래 살긴 싫어. 우리 어머니 생전에만 안 죽으면 돼."

분명히 분명히 그러셨다.

모두들 그분이 얼마나 효성스러웠던가를 얘기했지만 그분은 엄청난 불효를 저지르신 것이다. 아아 나는 그분을 좋아했었다. 내 글을 그분이 지켜봐준다고 생각하면 신이 났었다.

그분을 좋아했기 때문에 그분을 나쁘다고 그래주고 싶다. 그분이 좋은 글 써달라고 신신당부하며 주신 만년필로 쓰는 최초의 글이 돌아간 그분에 대한 추모의 글이 될 줄이야.

이건 추모의 글도 아니다. 추모의 글은 평범한 사람도 추켜세워 위대한 사람을 만든다. 그러나 나는 열 가지 백 가지 하나 나무랄 데 없이 살다 간 분을 나쁘다고 그러고 싶은 것이다. 거듭거듭 그러고 싶은 것이다.

아아, 그 황홀한 단풍

요즈음 여고생들이 좋은 철에, 날 잡아 수학여행도 멀리 가고, 방학이나 연휴엔 저희들끼리 자유롭게 여행을 즐기는 걸 보면 참 부러우면서 우리나라가 좀더 넓었으면 얼마나 좋을까 하고 안타까운 생각이 든다.

내가 고녀高女(지금의 여중)에 들어갈 때만 해도 이차대전이 막바지에 접어들었을 때라 수학여행은커녕 방학에 고향에 내려가기 위해 기차표 사기도 여러 가지 증명서를 구비하고 몇 시간씩 기다려야 할 만큼 힘들었다.

그러다가 해방이 되고도 한동안 혼란기가 계속되어 학교에 수학여행제도도 없었고, 교통편도 나빴고, 어른들도 완고하여 우리끼리 어디 여행을 간다는 건 꿈도 못 꾸었다. 지금은 기차 외에도 고속버스와 시외버스로 어디든지 갈 수 있지만 그때만 해도 서울 시내 교통조차 툭하면 정전이 돼서 늘어지게 낮잠이나 자는 전차와 역마차가 고작이었다. 그중에 학제學制가 변경돼 4년제 고녀가 6년제로 됐다(6년제가 다시 중3, 고3으로 나누어진 건 그후다).

6학년 때 가을, 느닷없이 우리가 수학여행을 하게 될지도 모른다는 소문이 돌았다. 처음엔 긴가민가할 정도의 뜬소문이었다가 점점 구체성을 띠었다. 교장선생님께서 어떤 선생님을 시켜 마땅한 곳을 사전 답사를 다니시게 한다는 소리도 들렸다.

마침내 수학여행 계획이 발표됐는데, 행선지는 수원이었다. 아마 요새 여고생들한테 수원으로 수학여행을 가자고 하면 우― 하고 벌떼같이 들고 일어나 항의를 하리라. 그러나 그때 우린 너무 좋아서 우―, 아―, 윽, 갖은 기성을 다 지르면서 환호를 했었다.

아침에 서울역 광장에 모여서 기차를 타고 수원까지 갔다. 그까짓 수원 가는데 촌스럽게 무슨 기차냐고요? 네에, 그때 우린 신촌 가는 데도 기차를 탔습니다요. 수원에서 어디를 어떻게 구경했는지 잘 생각나지 않는다. 점심을 먹은, 들판도 같고 언덕도 같은 곳에 갈대가 청승맞게 바람에 나부끼던 생각이 어렴풋이 날 뿐이다.

석양 무렵에 찾아든 숙소가 수원 교외 용주사였다. 아아, 그때 그곳 단풍은 얼마나 황홀했던가. 하늘에선 노을이 화염처럼 타고, 용주사 경내에선 단풍이 핏빛보다 더 처절했다. 우리가 당도했을 때 노을은 그 아름다움이 절정에 이른 순간이었고, 단풍은 그해 가을의 아름나움의 절정에 이른 때였다.

그것만으로 우리의 여행은 축복받은 여행이었다. 그 어려운 시기에 그 정도의 여행이나마 마련해주신 그때의 선생님께 지금도 감사드린다. 학교 때 배운 지식은 세월과 함께 망각되지만 아름다운 추억은 세월과 함께 그 아름다움을 더해가기 때문이다.

지금 여고생들도 수학여행을 가면 그렇겠지만, 그날 우리도 거의 한잠도 못 잤다. 절밥으로 저녁을 먹고 큰방에서 한 반 애들이 같이 잤으니 오죽했겠는가. 그러나 지금 여고생들처럼 다 함께 어울려 신나게 춤추고 노래하고 했던 것 같진 않다. 그냥 시끌시끌, 와글와글, 까르르 했던 생각만 난다.

밤이 깊어 몇몇 친구들과 뜨락으로 나오니 국환지 코스모슨지 아무튼 잔다란 흰 꽃들이 연못에 뜬 연꽃처럼 어둠 속에 둥실 떠 보였다. 우린 그 꽃을 따가지고 가위바위보로 꽃잎을 뜯어내는 놀이를 했던 것 같다.

어디선지 젓가락 장단에 맞춰서 서투른 〈신라의 달밤〉 소리가 들려왔다. 노랫소리를 따라가보니 선생님들이 계신 방이었다. 우린 쿡쿡 치미는 웃음을 가까스로 참으며 미닫이문 밖에서 그 소릴 엿들었다.

그때 6학년 담임은 모두 남선생님이셨는데 참 노래를 못하셨다. 못하는 것까지도 좋은데 노래하는 주인만 바뀌었지 레퍼토리는 계속해서 〈신라의 달밤〉이었다. 같은 선생님이 또 부르고 불러도 〈신라의 달밤〉이었다.

불국사도 아닌 용주사서 왜 그렇게 〈신라의 달밤〉만 부르셨을까? 지금 생각해도 궁금하다.

다음날, 용주사에서 사도세자능으로 가는 길도 참 아름다웠다.

오대산의 비경 秘境

젊었을 때는 봄은 봄대로 좋고, 여름은 여름대로 신나고, 가을은 가을대로 즐겁더니만 나이를 먹어감에 따라 계절이 계절마다 제 나름의 근심을 앞세우고 다가오는 것처럼 느끼게 된다.

여름의 문턱에서 제일 먼저 떠오르는 생각도 아이들을 바캉슨가 뭔가 보낼 걱정이다. 몇 년 전만 해도 바캉스란 말이 암만해도 느글느글하고 서툴러서 입에 올리기에 약간의 저항마저 느꼈으나 이젠 아주 익숙하다. 그만큼 바캉스라는 외국 풍습이 이젠 자연스럽게 우리의 여름생활의 중요한 한몫을 차지하게 된 것 같다.

아이들이 여럿이고 보면 머릿수만큼 곱해야 하는 바캉스

비용도 문제지만 딸애의 경우 누구하고 어떻게 보낼 것인가도 은근히 속을 썩이게 되는 고민거리다.

여자 친구끼리만 보내자니 언제 어디서 불량배들한테 습격이나 희롱을 당할지 몰라 못 미덥고, 남자 여자 섞어서 가는 데 딸려 보내자니 같이 간 남자 친구가 언제 어디서 불량배로 변할지도 모르니 더욱 못 미덥고, 여름내 집구석에 가두어놓자니 완고한 부모라는 원성을 들을 것 같아 그것도 켕기고, 이것저것 다 가리고 나니 방법은 딱 하나가 남게 된다. 부모가 따라다니는 방법이다. 그렇지만 중학생도 아닌 대학생을 졸졸 부모가 거느리고 바캉스를 떠난다는 것도 생각해볼 문제다. 가족 단위의 조촐하고 안락한 피서 여행도 그 나름의 의의가 있는 것이지만 젊은 애들은 여름에 한번쯤 훌훌 집을 벗어나 저희들끼리만의 고생과 자유분방을 체험해보려는 속셈들을 단단히 차리고 있는 법이다. 여기서 '집'이란 살고 있는 건물의 뜻보다는 가족과 가족이 이루는 일상의 질서를 뜻하는 것은 물론이다. 그런데 주책없이 엄마, 아빠가 따라나서겠다고 해보라. 차라리 저희들이 못 가면 못 갔지 끼워주지도 않겠지만, 설사 끼워준대도 여간한 배짱 아니고서는 젊은이들 틈에 개밥의 도토리 노릇, 눈엣가시 노릇 하기도 쉬운 노릇은 아닐 것이다. 고작해야 자식 병신 만들고 자기 병신 노룻하기일 테니, 말이 그렇지 누가 그 짓을 실제로야 하겠는가.

넉넉지 못한 여비에, 여비보다 훨씬 넉넉한 잔소리를 얹어서 그냥 떠나보낼밖에 없을 것이다. 같이 가는 친구는 몇몇이며, 누구누구며, 어떤 집 자손이며, 가는 곳은 어디이고, 며칠만에 올 것인가를 꼬치꼬치 따지고, 산으로 간다면 하필 왜 위험한 산으로 가느냐, 여름엔 바다가 좋은데 하고 트집을 잡고, 바다로 간다면 요새 바다 사람만 많아 풍기문란하고 속돼 빠져 못쓰겠더라, 조용한 명승고적이나 돌아보지 하고 또 한번 트집을 잡고, 길 조심, 차 조심, 물 조심, 음식 조심, 모기 조심, 파리 조심 ─ 온갖 조심이란 조심은 다 시켜서 보낼밖에 없을 것이다.

여름은 암만해도 젊은이의 계절이다. 나이가 먹을수록 여름을 감당할 자신이 없어지고 다만 두렵다. 여름만의 온갖 광기가 두렵다. 이글이글 불타는 태양의 광기가 두렵고, 지글지글 끓어오르는 땅의 광기가 두렵고, 푸르다못해 검게 번들대는 온갖 초목들의 광기가 두렵다. 그러나 뭐니 뭐니 해도 가장 두려운 게 젊은이들의 젊음의 광기다. 한여름의 열기와 광기 속에서 마구잡이로 놀아나는 젊은이들을 보면 눈이 부시면서도 꼭 무슨 일을 저지르고야 말 것 같아 아슬아슬하고 겁이 난다.

내가 이런 얘기를 하면 우리 아이들은 요새는 젊은이들의 탈선보다는 중년 부인들의 탈선 야유회가 더 큰 사회문제라던데요 하고 능청을 떤다. 그러고 보니 세대 간에도 내 눈의 대들보보다 남의 눈의 티끌이 더 커 보이는 편견은 있나보다.

며칠 전에 막내애만 하나 데리고 인천에 갔을 때의 일이다. 바다를 보더니 배를 타고 싶다길래 작약도까지 건너갔다. 밥공기를 엎어놓은 것 같은 좁은 섬이 놀이 나온 사람들로 초만원이었다. 해안도 숲속도 바위그늘도 낭떠러지도 온통 사람 천지였다. 아무리 돌고 돌아도 순식간에 제자리로 돌아올밖에 없는, 아무리 인간을 피해도 결국은 인간으로 돌아올밖에 없는 답답한 섬이었다. 이렇게 되면, 언제 적 탈속해서 신선놀음하겠다고 기껏 작약도까지 왔을까보냐, 이왕 온 김에 사람 구경이나 실컷 해주자는 배짱으로 하루를 보내는 게 속편하다.

얼큰하게 취한 부인네들이 기발한 모습으로 춤을 추며 유행가를 부르고 있었다. 플라스틱 양동이에다 끈을 달아 목에 걸어 가슴에다 늘이고 양손에 든 막대기로 탕탕 장단을 맞추니 훌륭한 장구 구실을 했다. 이런 기상천외의 장구를 멘 부인을 중심으로 여남은 명이나 되는 부인들이 제가끔 소주나 콜라의 빈 병에다 스테인리스 숟갈을 꽂은 걸 요란하게 흔들면서 빙빙 돌았다. 빈 병은 흔드는 대로 찰칵찰칵, 흡사 트라이앵글 비슷한 소리를 냈다. 사십을 전후한 부인들로부터 머리가 희끗희끗한 노부인까지 합한 이들은 〈목포의 눈물〉로부터 〈이별의 부산 정거장〉을 거쳐 〈나는 어떡하라고〉까지 실로 수십 년 전의 애환과 한이 서린 노래들을 골고루 불렀다. 때로는 잔잔하게, 때로는 격정적으로, 때로는 광포하게 그들의 특이한 악기를 두들기고 흔들면서. 그러다가 정 흥이 도도해지면 한 손으로 치마를 번쩍번쩍 치켜들기까지 했다. '프렌치 캉캉'을 출 때와 비슷한 동작으로 구질구질한 속바지가 그대로 드러났다.

　여기서 분명히 말해두고 싶은 건 그 부인네들은 조금도 유한 부인 티가 나는 부인네들이 아니라는 것이다. 도시에 사는 부인들 같지도 않았다. 얼굴은 거칠고, 검게 타고, 찌들어 있었고, 입고 있는 한복은 번들대는 싸구려 옷감이었고, 입음새도 촌스러웠다. 벚꽃이 한창일 때 창경원 같은 데서 흔히 만날 수 있는 그런 촌아낙네들이었다. 구경꾼이 모여들고 지나가던 사람들도 혀를 찼다. 우리집 막내도 깔깔댔다. 그러나 나는 웃을 수도 혀를 찰 수도 없었다. 한마디로 탈선 야유회라고 몰아붙여지질 않았다. 그날의 야유회로 앞으로의 그 부인네들의 찌들고 고달픈 생활에 어떤 변모나 타락이 일어날 수 있으리라곤 아무도 기대하지 않았을 것이다. 여전히 거친 음식 먹고, 고된 일 잘해내고, 고지식하고 억척스럽게 살림하며 살 것은 뻔한 일이다. 다만 속이 좀 덜 답답하고 가슴이 후련해질지도 모르겠다. 들놀이 나가서 쌓이고 쌓인 온갖 시름을 다 노래에 실어 날려보냈기 때문에 한결 일손이 가벼워질지도 모르겠다. 그러면 됐지 더이상 무엇을 바라겠는가. 다만 좀 보기 흉했을 뿐인데 그 보기 흉하다는 것도 이쪽의 눈이 좀 고상(?)했기 때문에 그렇게 보였을 뿐인 것이다. 그렇지만 그 고상하다는 것과 그 부인네들과 도대체 무슨 상관이 있단 말인가? 세상의 하고많은 고상한 것들 중 단 하나도 그 부인네들에게 나누어준 바 없거늘 어찌 들놀이만은 고상하게 하라고 바랄 염치가 있겠는가.

놀이철만 되면 부인네들의 탈선 들놀이에 대한 비난이 빗발치듯 하는데 굳이 탈선이랄 것까지는 없을 것 같다. 차라리 놀 줄 몰라 어쩔 줄 몰라 하는구나 하는 방향으로 이해하는 쪽이 옳지 않을까. 습관화된 놀이의 전통이 전연 없는데다가 텔레비전 같은 걸 통해서 직업적인 연예인들이 노는 것만 실컷 봐왔으니, 아아 노는 것이란 바로 저런 거로구나 하는 안목(?)은 생기고 그러다가 벼르고 별러 하루 집밖으로 나와 거칠 것 없이 놀아보려니 그렇게 될 수밖에 없을 것이다. 정작 탈선은 좀더 은밀하게, 좀더 고상하게 행해지는 거나 아닌지 모르겠다.

본의 아니게 탈선 들놀이의 변호를 하고 말았는데 아직도 지면이 좀 남은 것 같아 내가 가본 고장 중 가장 아끼고 싶고 다시 가보고 싶은 피서지를 하나 소개하고자 한다. 마장동 시외버스 정류장에서 강릉행 직행버스를 타고 '진부'라는 데서 내리면 월정사행 버스를 곧 갈아탈 수가 있다. 직행버스가 아닌 완행버스를 타면 월정사 입구라는 데서 내려서 월정사까지 걸어들어갈 수도 있다. 울창한 전나무와 잣나무 숲이 울울창창하고 오대산에서 흘러내리는 계곡물은 풍부하고도 그렇게 차고 맑을 수가 없다. 전연 사람들에 의해서 오염되지 않은 채다. 그 흔한 텐트 하나 쳐놓은 곳도 볼 수 없다(단 작년까지 그랬었다는 소리지, 올해도 그러리라고 장담할 수는 없음). 그래도 월정사에는 제법 관광객도 있고 근처에 여관도 몇 집 있다. 그러나 주위에 빼어난 자연에 비하면 관광객이 너무 없는 것 같아 이상하기도 하고, 관광객이 많지 않기 때문에 자연이 그 태고연한 순수함을 그대로 지니고 있는 거나 아닌가 싶어 다행스럽기도 하다. 월정사 경내에 있는 고려 때 지었다는 팔각석탑을 마주하고 우러러보는 모습으로 무릎을 꾸부리고 앉았는 보살은 정교하고 아름답고 신비스럽다. 과연 이 산

수에 이 사찰이구나 하는 감탄이 절로 난다. 그러나 오대산은
아직도 웅장하고 청청한 모습으로 내 주름살 갈피갈피에는
얼마든지 은밀하고 수려한 고장이 숨겨 있다고 손짓을 한다.
한쪽에 계곡물을 끼고 상원사로 뻗은 길로 들어선다. 아무리
걸어도 피곤한 줄 모른다. 화전민 마을이 그 특이한 모습을
나타내기도 하고, 길가에 숲을 헤치면 농익은 산딸기를 얼마
든지 따먹을 수가 있다. 화전민들이 일군 밭에는 옥수수가 대
부분이지만 약초도 많다. 상원사까지 곧장 올라가는 것도 좋
지만 중간에서 좀 한눈을 파는 것도 나쁠 건 없다. 상원사 훨
씬 못 미쳐 오른쪽으로 '사고사 입구'라는 작은 나무 팻말이
보인다. 팻말을 따라 가파른 오솔길로 접어들면 오솔길은 점
점 좋아지다가 무릎이 넘게 자란 풀에 파묻혀 길의 모습을 잃
고 만다. 하늘이 안 보이게 우거진 나무로 대낮인데도 침침하
고 한기가 돈다. 가도 가도 절은 안 보이고 숲만 깊어져 은근
히 무서움증이 난다. 별안간 앞이 탁 트이며 절이 나타난다.
큰 사찰은 아니지만 암자라 부르기엔 크다. 지붕을 통나무
를 켜서 첩첩이 쌓아서 이은 것이 희귀하다. 스님이 한 분 지
키고 계신데 사고사의 유래를 이조시대 한때 사고史庫로 썼
기 때문이라고 설명한다. 이 스님 천진하고 맑기가 정말 탈속
한 분 같다. 딴 절처럼 불공을 받지도 않고 방을 빌려주고 밥

을 파는 일도 하려들지 않는다. 얼마든지 쉬어가라고 할 뿐이다. 절 뒤 후미진 골짜기에 소沼가 있는데 한여름인데도 방금 녹은 얼음물같이 뼛속까지 시려서 손도 잠시 담글 수가 없다. 골짜기 전체에 초겨울 같은 한기가 돈다. 입술이 파랗게 질린 우리를 보고 무심하게 웃던 스님은 양말에 털신을 신고 계셨다. 정갈한 마루에 앉으니 들리느니 물소리에 이름 모를 새소리뿐이요, 스님 저분이 바로 신선이 아닌가 싶은 생각이 들었다. 지금 지면을 통해 그곳을 공개하면서도 혹시 선경을 모독하는 짓을 하고 있는 거나 아닌가 적이 두렵다. 그리고 나만의 것을 빼앗기는 것 같아 아깝기도 하다.

바캉스 가나 마나

무더운 일요일이다. 식구가 모두 집에 있다. 목욕탕에서 물 끼얹는 소리, 마당에서 물장구치는 소리, 냉장고 문 여닫는 소리, 덥다, 더워, 정말 더운데, 미치게 더운데, 식구마다 이 방 저 방 들락거리며 매연처럼 내뿜는 덥다는 신음소리. 정말 덥다.

복더위에 식구가 집구석에 모여 있다는 건 오붓하고 따스 운 친화감 대신 끈끈하고 답답한 열기가 느껴져, 우선 식구를 이런 밀집의 상태에서 훨훨 풀어놓고 싶어진다.

일간 어디로 떠나보내야지, 나는 아이들 중 아무도 내게 아직 조르기 전인데도 내 나름대로 바캉스 계획이랄까 이런 걸 짜본다. 그러나 이 계획 속에 나는 포함시키지 않는다. 나는 집을 보겠다. 집에서 찬물에 목욕하고 대청마루에 번듯이 누워, 신문에서 해운대나 송도 해수욕장의 들끓는 인파를 천연색 사진으로 보며 텔레비전이나 라디오 같은 건 아예 꺼버리고, 아이들로부터 놓여났다는 해방감과 정적을 마음껏 누리는 것만으로 훌륭한 피서가 될 것 같다. 나는 실상 이 더위에 집을 떠난다는 일, 피서지에서 겪어야 하는 일들을 미리 두려워하고 있다. 나이 탓일까?

아이들이 어리고 나도 젊고 지금같이 바캉스 붐이 일기 전, 그러니까 교통편이랑 숙박시설에 불편한 점이 많았을 무렵, 오히려 우리는 아이들과 함께 자주 산과 물을 찾았던 것 같다. 그래서 우리들은 우리들이 찾아낸 우리들만의 비밀스러운 고장을 알고 있었고 그것이 재산처럼 흐뭇했었는데 지금은 그런 곳까지 어느 틈에 사람들에게 알려져 장바닥처럼 세속스러워졌다.

생활에 여유가 생기고 너도 나도 자연을 즐기려는 마음의 여유까지 생겼다는 것은 좋은 일이다. 그러나 성품이 옹졸한 나는 우리만이 즐기던 고장이 여러 사람이 같이 즐기는 고장으로 변모한 것이, 마치 귀중한 재산을 부당하게 빼앗긴 것처럼 억울하고 서운하다.

자기와 남이 같이 즐긴다는 것, 내 즐거움이 남의 즐거움을 훼방놓지도 않되, 남을 너무 의식하느라 자기의 즐거움까지 침식당하지도 않는다는 것은 어렵고도 어려운 일이다. 결국 나는 이 어려운 일을 감당할 수가 없어 이 복더위에 집이나 지키려드는지도 모를 일이다.

처음 찾았던 폭포

아이가 둘 있을 적이었으니 아마 15, 6년 전쯤 될까? 아이들에게 기차를 태워주고 싶다고 생각한 우리 부부는 두 아이를 데리고 경춘선을 탔다. 표는 춘천까지 끊었는데 강촌이란 역이 소양강을 굽어보는 절벽 위에 제비집처럼 매달려 있는 게 하도 앙증스럽고 재미있어 우리는 그냥 그곳에서 내리고 말았다. 내리긴 내렸으나 따로 갈 곳도 없고 하여 역시 암벽을 타고 내리니 바로 강이었고, 때마침 한낮이라 손바닥만한 모래사장이 폭염에 펄펄 달고 있을 뿐 몸을 감출 그늘 한 귀퉁이가 없었다. 그래도 거기가 나루터인 듯 건너 쪽에서 시골 노인을 서너 명 태운 배가 번들거리는 강을 건너오고 있었다. 강을 건너봤댔자 어디 갈 만한 곳이 있을 것 같지도 않았고 우리 외에는 손님도 없었으므로 우리는 그냥 배를 태워달라고 했다. 꽤 오래 배를 태워준 뱃사공은 언제까지 탈 것이냐고 했다. 나는 춘천 가는 기차가 언제쯤 오는지 그때까지 태워달라고 했다. 남편은 "사실은 우리는 춘천까지 가는 길인데 집사람이 강촌역이 마음에 든다고 내리자길래 덩달아 내렸더니 마땅하게 갈 곳이 없군요" 하며 머리를 긁었다. 뱃사공은 우리가 좀 귀찮았던 모양으로 우리를 강촌역 대안에나 내려놓으며, 강변 신작로를 따라 춘천 쪽으로 조금만 걸어가다가 왼쪽 산골짜기로 들어가면 기가 막힌 폭포가 있다고 가르쳐주었다. 우리는 물론 뱃사공이 일러준 대로 했다. 아아, 그때 우리가 찾아낸 폭포가 있는 협곡의 시원함.

그 폭포의 장대함이나 아름다움은 내 고향의 자랑인 박연폭포(이 폭포는 내 고향의 것이고, 지금 갈 수 없는 곳이기에, 나는 이 폭포만큼 아름다운 폭포는 다시없는 것으로 알고 있는 것 같다)엔 훨씬 미치지 못했으나 상쾌한 낙하음과 눈가루 같은 비말飛沫을 좁은 골짜구니 가득 뿌리며 떨어지는 폭포는 가히 절경이었다. 그리고 그 고장은 알려지지 않은 고장, 우리가 애써 발견한 고장이기에 더욱 신통했다.

인근 마을에서 물맞이 왔다는 촌부가 몇 명 얼음처럼 찬물에 참외를 담가놓고 마침 점심 보따리를 풀고 있는 외에는, 서울 사람이라곤 아무도 없었으니 얼마나 신났겠는가. 함지

박에 베보자기를 덮은 점심밥엔 강낭콩이 먹음직스레 박혀 있어 우리 아이들이 한사코 그 밥을 먹고 싶다고 조르는 바람에 우리가 싸가지고 간 김밥과 바꾸어 먹었다. 과자와 참외도 바꾸어 먹었다. 아주머니들은 인심이 좋아 바꿈질은 번번이 우리 쪽만 덕을 보는 것 같았다. 강낭콩밥에다 뼈까지 무르게 바싹 졸인 붕어조림을 곁들여 먹던 맛을 무엇에 비길까?

그후에도 나는 몇 번인가 그곳엘 갔었고, 아주 친한 사람에게만 귀한 것을 나누어주듯이 그 고장을 일러주었다. 알맞은 등산 코스도 갖추고 있어 가보면 가볼수록 싫증이 안 나는 곳이었다.

그러나 내 권고로 그곳을 가본 사람은 대개 별것도 아니더군 하며 시큰둥한 얼굴을 했다. 나의 사전 선전이 좀 지나쳤던지, 자연과의 사귐도 사람과의 사귐처럼 길들이기에 따라 그 맛이 다른 것인지.

그러다 몇 년 전 실로 오랜만에 그곳을 다시 가보고, 정말 그곳도 별것이 아닌 곳이 되어 있는 것을 알게 되었다. 우이동 계곡에 있는 것 같은 방갈로도 생기고 음식점도 생기고 여관도 생기고, 서울 사람, 서울 사람, 숱한 도시 사람, 트랜지스터, 전축, 기타 소리에 노래자랑 소리, 싸우는 소리.

그때 이미 그 폭포는 등선登仙폭포란 이름으로 널리 알려

져 있었고, 너도 나도 휴일이면 어디든지 교외 바람을 쐬고
와야 되는 것으로 알게끔 생활에 여유랄까 멋이 한창일 즈음
이었으니 그럴 만도 했다.

촌아주머니들이 청참외를 담갔던 맑고도 차던 계곡물에
담긴 숱한 콜라병 맥주 깡통, 둥둥 떠내려오던 갖은 잡동사니
의 껍질들, 그곳은 이미 나만의 비경은 아니었다. 그곳은 유
명해져 있었고, 자연도 유명해지니 유명해진 사람 모양 타락
해 있었다.

'물골안'의 별장

이런 경험은 수 없이 많다. 용문역에서 용문사까지 마땅한
탈것이 없었을 무렵 남편과 단둘이서 보낸 용문사의 여름도
잊을 수 없고, 역시 교통이 불편할 당시의 전등사, 특히 서문
으로 빠져나오면 산책할 수 있는 해변길도 인상 깊다. 그러나
이런 곳이 교통이 편해지고 널리 알려지고, 그래서 너무도 여
러 사람의 것이 됨으로써 변모해간다는 것은 좋은 일일 터인
데도 나는 그게 싫다. 남과 내가 같이 즐길 줄 모르는 옹색한
성품 탓일 게다.

이런 일도 있었다. 어떤 일(아마 가정부를 데리러)로 친구와 함께 가게 된 곳인데, 시외버스를 타고 마석에서 내려 다시 '물골안'행 버스를 갈아타고 종점에서 한 정거장 못 미쳐서 내리면 강 건너 바라뵈는 동네가 있다. 동네 앞을 흐르는 물은 강이라기엔 수심이 좀 얕고, 시냇물이라기엔 그 폭이 너무 넓었다. 그런데 그 물이 그렇게 맑을 수가 없었다. 물밑 모래알 한 알까지도 잡힐 듯이 보이는데 '물골안'이란 이름 그대로 아무리 가물어도 이 물이 주는 일이란 없다는 것이었다. 강을 건너면 밤나무 울창한 산이 울타리처럼 에워싼 조그만 동네가 있는데 인심이 순후하고, 식사를 부탁했더니 음식 솜씨 역시 그렇게 구수할 수가 없었다.

그만 그 동네에 홀딱 반하고만 내 친구, 갑자기 제가 무슨 풍수지리설이라도 도통한 듯 무릎을 탁 치더니, 그곳에 부모님의 묘지를 장만하겠다고 벼르더니 일이 잘 진행돼 산과 강변을 낀 논밭까지 장만하게 되었다. 성미가 급한 이 친구는 바로 강가 언덕 위에 집까지 짓기 시작했다. 이를테면 이 친구 별장을 갖게 된 것이다. 이 친구 어쩌나 이 동네를 사랑했던지 집도 양옥이나 방갈로식으로 짓지 않고 순 한식으로 지었다. 양옥이나 슬레이트 지붕으로 이 동네의 풍치를 해칠 수 없다는 것이었다.

나는 그때 참 좋아했었다. 별장을 가진 친구가 있다는 건 얼마나 신바람나는 일이냐 말이다. 나는 내리 3년이나 아이들을 데리고 이곳에서 여름을 보냈다. 산이 있고, 물이 있고, 좋은 이웃이 있고, 아이들과 보내기엔 더할 나위 없는 곳이었다. 더군다나 이곳은 교통도 불편하고 폭포나 절 같은 명승지도 가까이에 없으니 쉬 유명해질 염려도 없었다. 나는 아이들과 밭에 나가 김도 매고 오이나 호박의 암꽃과 수꽃도 가르쳐주고, 달개비니 질경이니 싱아니 하며 내 짧은 밑천으로 들꽃이나 잡초의 이름을 가르쳐주기도 하고, 신기한 풀이나 꽃을 보면 책 사이에 눌러서 식물채집의 숙제로 삼기도 했다.

　아이들과 나는 그곳을 얼마나 사랑했던가. 때로는 남편까지 마치 우리 별장이나 되는 것처럼 친구를 데리고 와서 닭을 잡고 술을 마셨다. 내 친구는 별장뿐 아니라 보트도 가지고 있어서 우리는 실컷 보트 타기를 즐길 수 있었고, 특히 그곳에 처음 갈 때 버스에서 내려 강변까지 한달음에 달려가 강 건너로 바라뵈는 별장에다 대고 아이들과 함께 소리를 모아 악을 쓰면, 집을 지키던 소녀가 벌써 알아듣고 집안에서 노를 갖고 뛰어나와, 강가에 매놓은 배를 풀어 노 저어 와, 우리를 건너줄 때의 아이들의 즐거움이란 말할 수 없이 큰 것이었다. 내 아이들이 어른이 된 뒤에도, 아마 늙은 후에도 그때 일을 회상하는 건 큰 즐거움이 될 것이다.

그러나 웬걸, 어떤 서울 부자의 호화로운 별장이 생기더니 자기 별장 앞에 다이빙장을 만드느라 강의 모습까지 임의로 변경시키는 일이 생겼다. 아아, 부﹔란 사람에게뿐 아니라 자연에게까지 이렇게 횡포로울 수 있다니. 이어서 그 고장 국회의원의 공약으로 드디어 다리까지 놓이게 되었다. 보트로 강을 건너지 않아도 되게 된 것이다. 편리해진 게 어디 그것뿐이랴. 하루에도 몇 번씩 서울 마장동에서 직통버스가 다니게 되었다. 그 맑던 물은 공일날의 정릉 골짜기 물처럼 뿌옇게 흐린 채 갖은 오물을 다 싣고 흐르고 있고, 강가에 발 들여놓을 틈도 없이 캠핑하는 텐트가 쳐지고 여기저기 밤새 토해내는 각종 소음으로 도저히 단잠을 이룰 수 없는 고장이 되고 말았다.

더 안타까운 것은 그 고장 사람들의 변모다. 그렇게 순하던 그 고장 사람들이 어떻게나 이악해졌는지 좀 편평한 곳만 있으면 텐트를 쳐놓고 자릿세를 뜯어내고 행상을 하며 바가지를 씌운다. 그리고 그 고장이 부유해진다면 얼마나 좋으랴마는, 농사일을 게을리하고 또 캠핑 온 일부 몰지각한 이들의 거친 짓으로 밭 작물이 많은 피해를 입어 별로 더 잘살게 된 것 같지도 않다고 친구는 한숨짓는다.

우리는 결국 이 고장에서도 쫓겨난 것이다. 친구는 아직도 여름이면 나를 자기 별장으로 초대하기를 잊지 않는다. 나는 친구의 초대 전화를 받으면 즐겁다. 그러나 다만 별장을 가진 친구가 있다는 게, 친구의 호의가 있다는 게 즐거울 뿐이지 이미 그 고장이 나에게 즐거운 고장일 수는 없다. 나는 무슨 핑계든지 대고 올 여름에도 또 한번 친구의 초대를 사절할 것이다.

그러고 보니 과거의 내 바캉스란 편협하고 옹색한 내 은둔 취미의 한 모습에 지나지 않았던 것이다.

훨훨 떠나보내고

이제 국민학교에 다니는 막내만 빼면 아이들도 많이 컸다. 제 나름대로 가보고 싶은 데도 있는 모양이고, 전공과목에 따라 꼭 가봐야 할 곳, 또 과외활동 그룹끼리 가기로 정해진 곳 등이 있는 모양이다.

군이 내가 올망졸망 거느리고 다니지 않아도 될 것 같다. 그리고 겨울휴가는 멀리 흩어진 가족까지 노변으로 불러모아 가족이 밀집의 상태를 이루고 싶은 데 반해, 여름휴가는 가족끼리의 유대를 한때 느슨히 풀어 각자의 자유를 주고 싶다.

아이들을 한동안 놓아주어야겠다. 가정이란 안전하지만 답답한 울타리로부터, 가족애의 속박과 열기로부터.

내 주위엔 아무리 다 큰 애들이라지만 어떻게 아이들만 어디로 보낼 거냐고, 지금이 어떤 세상인데 하며, 아이들만의 여행을 천부당만부당한 것으로 아는 분이 상당히 많다. 그런 분들이 목격한 젊은이들의 탈선행위나, 상식으로 이해 안 되는 광태는 아닌 게 아니라 부모로선 듣기만 해도 오한이 날 지경이다.

또 탈선하고는 좀 질이 다른 이야기지만, 여비가 모자라 구걸을 하며 농가나 딴 여행자에게 폐를 끼치고, 자기 건강까지 엉망이 되어 돌아다니는 청소년 얘기도 딱하다.

그렇다고 전적으로 청소년의 여행을 금한다는 것은 구더기 무서워 장 못 담그는 식의 우매한 처사가 아닐까? 젊은이들의 불건전한 탈선행위란 산이나 바다에서보다 오히려 서울의 뒷골목이나 어두운 영화관에서 더 자주 발생하고 있는지도 모르지 않나. 부모나 가정이란 굴레에서 벗어나 자유도 좀 맛보고, 고생도 좀 해보는 것도 여행의 중요한 목적 중의 하나겠지만, 자유도 고생도 남에게 폐를 안 끼치는 한도 내에서, 또 자기 몸이나 건강을 보전하는 한도 내에서, 그리고 될 수 있으면 훗날 약이 되는 한도 내에서 누리길 내 자식과 남의 자식에게 간절히 바랄 뿐이다.

하긴 요즈음 젊은이들이란 우리가 염려하는 것보다 훨씬 똑똑하고 여무진 데가 있으니까 자기와 남이 같이 즐기는 슬기, 모르는 사람끼리 만나서도 서로 자연스럽게 어울려 즐기되 뒷맛 깨끗이 헤어질 줄 아는 기술 같은 게 우리보다 훨씬 나을 줄 안다. 또 그런 것을 여행을 통해 배워야 될 줄 안다.

탈선행위 다음으로 우리네 부모들이 염려하고 눈살을 찌푸리게 되는 것이 피서지에서 젊은이들이 주야를 가리지 않고 내지르는 소음인데, 젊은이들도 그것만은 좀 삼가줘야겠지만, 우리 부모네들도 여름 한철만은 이런 젊은 광란을 너그럽게 봐주는 아량을 가져야 할지도 모르겠다.

내 아이들 중 가장 얌전하고 내성적인 딸아이가 올봄 2박 3일의 수학여행을 다녀왔는데 나는 그애가 하도 꽁생원이어서 가서 잘 놀지도 못하고 외톨이 노릇이나 하면 어쩌나 은근히 근심을 했었는데, 다녀온 딸애는 목이 잔뜩 잠겨 있었다. 못된 감기라도 걸린 줄 알았더니 웬걸 밤새 고래고래 악을 써가며 노래를 불러서 그렇게 되었다는 것이다. 나는 아연했다. 늘 눈살을 찌푸리고 봐온 광란하는 청소년이 결코 무슨 이방인이나 남의 자식은 아니었던 것이다. 바로 내 자식이었던 것이다.

남의 앞에서 동요 하나 큰 소리로 못 부른다는 수줍디수줍은 당신의 아들도, 뼛속까지 요조숙녀인 것으로 알고 있는 내 딸도 실은 목이 터지게 괴성을 지르며 팔다리 엉덩이를 관절이 물러날 때까지 흔들고픈 광란에의 근질근질한 욕망을 깊숙이 간직하고 있을지도 모른다.

축적된 욕망은 억압하고 은폐하기보다는 어떤 방법으로든 발산되어야 한다. 바로 이 여름철이야말로, 태양도 바다도 하늘도 땅덩이도 수목도 이유 모를 광란으로 지글지글 타오르는 이 시기야말로, 젊은이들의 광란에의 욕구를 풀 시기가 아닐는지. 그렇다고 여행을 떠나는 내 아이들에게 광란을 권할 생각은 추호도 없다. 어른이 못 보는 데서 아이들이 하려는 일에 대해 가볍게 체념하고 있을 뿐이다.

떠나기 전에 밑도 끝도 없이 긴긴 잔소릴 해줄 생각이다. 될 수 있으면 사람이 많이 모이는 해수욕장보다는 명승고적을 답사하라는 것에서부터 시작해서, 객지에서의 잠자리는 요렇게……, 먹을 것은 조렇게……, 생리적인 오물의 처리법까지, 사람이 많이 모이는 곳에서 지켜야 할 일들을 누누이 타일러 길고 긴 잔소리를 서너 번쯤 되풀이해서 들려준 후에야 아이들을 떠나보낼 것이다.

그리고 마지막으로 여비 외에 비상금을 주고는, 비상금 넣어두는 곳을 구두 바닥으로 하랬다, 모자 속으로 하랬다, 브래지어 사이로 하랬다, 또 한번 잔소리를 푸짐하게 한 후에야 비로소 아이들을 놓아줄 것이다. 나 또한 아이들로부터 놓여나 게으름과 심심함을 마음껏 누리게 될 것이다.

분합에는 발을 치고 요에는 풀을 빳빳이 먹인 베 홑청을 시치고, 베 홑이불을 덮고, 누웠다 앉았다 게으르고 게으르게, 심심하고 심심하게 며칠을 보낼 수 있을 것을 생각하니 자못 즐겁다. 나는 내 무위와 나태를 좀더 완벽한 것으로 하기 위해 텔레비전이나 라디오 따윈 아예 안 틀겠다. 신문도 어쩌면 사진만 보고 팽개치겠다. 누구나 내 바캉스를 부러워할 것이로되 나는 그 누구도 부러울 것이 없는 멋진 바캉스를 갖게 될 것이다.

4부

연탄과 그믐달

가난뱅이

요즘 텔레비전 연속극을 보면 실로 어마어마한 부자들이 나와서 설친다. 수위에, 보디가드에, 고등교육을 받은 가정부에, 요리사에, 잘사는 규모가 점점 더 허황해진다. 사장님은 아예 명함도 못 들이민다. 주인공은 으레 무슨 재벌이라거나 그룹의 회장님이다. 10억이니 1백억이니 하는 금액쯤은 휘파람처럼 가볍게 발음한다. 과연 우리나라도 잘살게 되었구나 하는 것을 텔레비전 극을 볼 때처럼 생생하게 실감하게 되는 때도 드물다.

그런데 문제는 같이 등장하는 가난뱅이들이다. 부자와의 관계에 있어서의 가난뱅이의 모습이다. 꼭 저럴 수밖에 없나 하고 절로 울화통이 터진다. 가난뱅이 노릇이 그렇게 비굴하

가난뱅이 243

고 치사할 수가 없다. 제발 돈이 없다는 것과 인격이 없다는 것을 혼동하지 말아주었으면 싶다. 인격은커녕 간도 쓸개도 빼놓은 것 같은 철저한 노예근성의 가난뱅이 모습은 웬만한 인내력 가지고는 정말 못 봐주겠다. 가난뱅이에게도 가난뱅이로서의 '사람 노릇'을 보여달라고 악이라도 쓰고 싶어진다.

이런 연속극의 결말은 으레 해피 엔드라는 게 또 문제다. 가난뱅이가 가난을 면하게 되는 것까지는 좋은데, 그게 가난뱅이 스스로의 의지나 노력, 각고 끝에 그렇게 되는 게 아니라 부자의 다분히 아니꼽고 감상적인 동정과 포시布施를 입어 그렇게 되게끔 돼 있다.

세상엔 부자도 있고 가난뱅이도 있어 서로 어울려 사니까 극중에도 부자와 가난뱅이가 나오는 건 당연하다 하겠다. 그러나 극중의 가난뱅이는 현실의 가난뱅이보다 좀더 당당하고 의연해야겠다. 포시에 의해서가 아니라 스스로의 자각과 의지에 의해 가난을 극복하는 떳떳한 가난뱅이상像이 바람직하다.

요즘 텔레비전은 널리 보급돼 많이 시청하는 층은 부유층보다는 오히려 가난한 층이다. 그러나 우리 가난뱅이를 너무 모욕하지 말고, 적어도 '사람 노릇' '사람다움'에 있어서만은 부자나 가난뱅이나 동등하다는 걸 보여달라.

떳떳한 가난뱅이

뭐는 몇십 퍼센트가 올랐고, 뭐는 몇십 퍼센트가 장차 오
를 거라는 소식을 거의 매일 들으면서 산다. 몇 퍼센트가 아
니라 꼭 몇십 퍼센트씩이나 말이다. 이제 정말 못살겠다는 상
투적인 비명을 지르기도 이젠 정말 싫다. 듣는 쪽에서도 엄살
좀 작작 떨라고, 밤낮 못살겠다며 여지껏 잘만 살았지 않느냐
고 시큰둥하게 비웃고 있을지도 모르겠다. 우리네 백성들의
생활력이 질기다는 게 모멸에 해당하는 일인지 찬탄에 해당
하는 일인지 그것까지는 잘 모르겠지만 질기다는 것만 믿고
너무 가혹하게 당하고만 있는 것 같아 뭉클 억울해진다. 더
억울한 건 물가가 오를 때마다 상대적으로 사람값의 하락을
느끼게 되는 일이다.

가난이 비참한 건 가난 그 자체의 물질적인 궁색을 견디기 어려워서라기보다는 부富의 지나친 편재로 배고파죽겠는 처지에서 배불러죽겠다는 이웃을 봐야 하는 괴로움 때문인 경우가 더 많다. 게다가 소유하고 있는 물질과 금전의 다과多寡를 인간을 재는 척도로 삼는 풍조 때문에 가난뱅이는 어디 가나 기죽을 못 펴고 위축돼서 사람이 지닐 최소한의 긍지도 못 지키고 비굴하게 한구석으로 비켜서 살아야 한다.

우리의 현재 봉급수준과 물가수준으로 볼 때 우리의 생활이 궁색하다는 건 지극히 정당하고, 잘산다면 그게 오히려 부당한 거다. 그런데 왜 정당하게 사는 사람이 위축되고 부당하게 사는 사람이 당당한가? 이건 엄청난 비리다. 어차피 비리가 판을 치는 세상인걸 무력한 백성이 새삼 뭘 어쩔 수 있을 것인가 하고 죽은 듯이 비리에 굴종만 할 것이 아니라 한번 과감히 도전해봄직도 하지 않을까. 우리 스스로의 사람값을 지키기 위해서라도 말이다.

무능이나 게으름에서 오는 가난이 아닌, 우리가 속한 사회가 가난한 것만큼의 정당한 가난은 고개를 들고 정면으로 당당하게 받아들여 한 점 부끄러움도 없어야겠다. 의연하고 기품 있는 가난뱅이가 돼야겠다. 뿐만 아니라 부당하게 치부致富한 사람, 우리가 속한 사회의 일반적인 생활수준에서 동떨어지게, 엄청나게 잘사는 사람을 준엄한 질책의 시선으로 지켜보고, 경멸까지도 사양치 않음으로써 그들을 부끄럽게 만들어야 할 것이다.

요즈음 많이 쓰이는 말로 상류층이란 말처럼 듣기에 민망한 말이 없다. 거액의 밀수 보석을 사들인 사람도 상류층, 거액 도박단도 상류층, 거액의 토지 투기업자도 상류층, 위장 이민도 상류층……

이 타락할 대로 타락한 정신이 어째서 우리의 상류층일 수 있단 말인가. 나라의 대들보건 기둥뿌리건 가리지 않고 갉아서 치부를 하고, 그 부를 보다 안전하게 지키기 위해 환물투기換物投機를 일삼아 경제 질서를 어지럽히고, 일신의 안일에만 급급한 나머지 위기의식만 예민해져, 보다 전쟁의 위험이 없는 나라로 도피할 궁리나 하는 게 이들이다. 그래서 해외에서 열심히 떳떳하게 사는 교포들의 정신생활까지 해치는 게 이들이다.

쥐는 영감이 발달돼 난파할 배를 미리 알고 떠나버린다는 말이 있다. 이들은 쥐새끼만한 영감도 없는 채 처신은 꼭 쥐처럼 약게 하다가 조국을 떠나는 것도 쥐새끼가 난파선 버리듯 한다. 그러나 가난하나마 정신이 건강한 백성들은 조국이 난파선의 운명에 처한다 할지라도 결코 그 고난의 현장에서 피신하지 않고 끝내는 목숨을 걸고 난파의 운명을 극복하고야 말 최후의 용기가 될 것이다.

그것만으로도 가난뱅이는 얼마든지 당당할 수 있지 않을까. 적어도 '정신적인 상류층'을 자처할 수도 있지 않을까.

경제 부흥에 안간힘을 쓰면서 우리는 '잘살아보자'를 외쳤었다. 이 '잘살아보자'가 차츰 '어떡하든 잘살아보자'가 되고 종당에는 '수단 방법 가리지 말고 잘살아보자'로 돼버렸다. 물질적인 가치가 정신적인 가치 위에 군림하고 인간은 이제 완전히 물질의 노예로 타락하고 말았다.

지금이라도 이 인간의 타락을 구할 새로운 싹이 틀 고장이 있다면, 아직까지는 양심을 물욕에 팔지 않고 살아온 떳떳한 가난뱅이들의 고장밖에 더 있겠는가?

연탄과 그믐달

몇십 년 만의 추위라고 신문에서 떠든다. 나는 늘 내 아이들한테 "그해 겨울 같은 추위는 없었느니라" 하고 1·4후퇴 당시의 겨울을 가장 추운 겨울로 꼽아왔기 때문에 아이들은 옳다구나 하고 그해의 추위를 금년 추위 다음으로 강등시키려 든다. 그러나 관상대의 기록과는 상관없이 내 기억 속에서 그해 겨울은 죽는 날까지 내 생애에서 가장 추운 겨울로 남으리라.

이처럼 그해의 추위가 가장 추웠던 체험으로 잊히지 않음은 전쟁의 공포와 헐벗고 굶주린 노숙의 기억 때문이기도 하겠지만, 그 긴긴 노숙의 밤의 혹한을 데워줄 연탄불이 기억에 없기 때문인지도 모르겠다.

내 기억으론 그후 휴전이 되고 나서부터 급속히 연탄이 우리 생활 속에 보급됐던 것 같다. 그동안 가격 변동도 수없이 치렀지만, 무고한 목숨도 많이 앗아갔고, 그리고 질은 조금씩 소리없이 나빠진 것 같다. 더군다나 열아홉 구멍이 스물두 구멍으로 변하고 크기가 작아지고 나서 질의 저하는 누구나 느끼고 있는 줄 안다.

올겨울처럼 한번 추워졌다 하면 혹한이 십여 일씩 계속되는 동안은 한 방에 하루 연탄 두 장 갖고는 난방이 어림도 없다.

우리는 방이 다섯, 난로가 하나, 욕실 보일러에 두 개, 도합 여덟 군데에 연탄을 갈아야 하는데, 아이들에게 분담을 시키건만 내 몫으로 남는 게 네 군데나 된다. 그 네 군데의 연탄의 연소 시간 또한 일정치 않고 보니 연탄 가는 것을 위한 신경의 소모는 이만저만이 아니다.

공기구멍을 열어놓으면 오래 타야 대여섯 시간, 까딱하면 서너 시간에 다 타버리는 수도 있다.

가스 중독을 미연에 방지하기 위해선 연탄을 적어도 취침 두 시간 전쯤 갈아야 한다는 것쯤 상식으로 돼 있지만 실제로 해보면 말도 안 되는 소리다 싶다.

취침 직전에 갈고도 날 새기 전에 다시 갈아야 한다. 갈려면 급히 연소한 연탄은 두 장이 딱 붙어서 여간해서 떨어지지를 않는다. 생각다못해 지금은 안 쓰는 구식 식칼을 하나 준비해놓고 있다. 그 녹슨 식칼을 맞붙은 연탄의 사이 틈을 향해 내리치는 것이다.

한밤중같이 어둡고 괴괴한 겨울의 새벽녘, 온몸이 장밋빛으로 이글대는 연탄을 향해 식칼을 내리꽂는 나의 모습은 어떤 것일까? 아마 담 너머로 집안의 인기척을 엿보던 도둑놈도 혼비백산 도망을 갈 만큼 처절하리라.

이때쯤 하늘엔 얼음조각 같은 그믐달이 걸려 있다. 연탄 갈고 그믐달을 우러를 때의 뼈가 시린 아낙네의 고독을 남자들은 짐작이나 할까. 아낙네의 소녀 시절, 교과서에 나오는 수필에서는 그믐달은 청상과부 아니면 도둑놈이나 보는 것으로 되어 있었거늘.

다시 자리에 들고 나서도 내 집 곳곳에서 지금쯤 맹렬하게 독한 살의를 내뿜고 있을 22×8개의 연탄구멍을 생각하면, 살아 있는 내 생명이 기적 같고, 모든 방에 잠든 가족의 생명의 안부가 궁금하고…… 이래저래 새벽잠은 놓치고 만다.

이럴 때는 동네 개 짖는 소리가 다 부럽다. 사람을 물어 죽인 바다 건너온 독종 개 말고 기껏 진돗개의 피가 16분의 1만 섞여도 명문이라고 뽐내는 순하디순한 똥개들은 새벽녘이면 괜히 짖기를 잘한다. 한 집 개가 짖으면 덩달아 여러 집 개가 짖는다. 사람은 못 알아들으니까 시끄러울 뿐이지만 저희끼리는 그런 방식으로 대화를 주고받고 활발한 여론을 만들고 있으리라.

오밤중에 연탄 가는 주부들도 표면적인 탄값 인상에만 과민할 게 아니라 우리가 끊임없이 당하고 있는 질의 저하라는 음흉하고 고요한 연탄값 인상에도 활발히 의견을 주고받았으면 좋겠다. 그래서 시끄럽고도 정당한 여론을 만들었으면 좋겠다.

우리는 그동안 고요한 인상에 대해선 너무 고요했던 것 같다. 그러다간 고요한 인상 쪽으로 자꾸자꾸 당할까봐 겁난다.

후진 고장

강추위로 각급 학교가 휴교까지 한 일은 근래에 없었던 일인 것 같다.

석유도 귀하고 석탄도 귀한데 하느님 은총이나 좀 후했으면 얼마나 좋으련만 어떻게 된 게 그것마저 각박해지고 있다.

눈 한번 안 오고 메마른 강추위만 계속되는 겨울 날씨가 이젠 정말 지긋지긋하다.

옛 속담에 눈 온 다음 날은 거지 빨래한다는 말이 있다. 겨울에 눈이 오면 날씨가 누그러진단 소린데, 단벌 거지가 빨래를 할 정도면 날씨도 푸근하거니와 물도 풍부하리라. 부드러운 능선과 보리밭은 햇솜 이불 같은 눈에 덮여 있고 시냇물은 가에만 살얼음이 얼고 가운데는 졸졸 녹아 흐르는 정경이 눈에 선하다.

그런데 올핸 눈 한번 제대로 온 날이 없이 강추위에 바람만 세니, 우리가 피부로 느끼는 추위는 실제의 기온보다 훨씬 더 춥다. 흰 눈 덮여 아늑하고 부드럽게 보여야 할 산야와 도시가 꽁꽁 언 맨살을 드러내놓고 있는 꼴은 뼈만 남은 앙상한 육신이 벌거벗고 누워 있는 것을 보는 것처럼 민망하다.

게다가 우리의 젖줄인 한강물이 마른다거나, 취수구가 얼어붙었다거나, 수도관이 여기저기서 동파되었다거나 하는 뉴스는 도시인이 누리고 있는 최소한의 문명생활이란 것에 대한 충격적인 공포감마저 일으킨다.

도시생활처럼 편한 게 없는 것 같으면서도 도시인이 공동으로 의지하고 있는 기본적인 문명의 혜택이 단 하루라도 정지된 후에 도시인이 겪어야 할 불편을 생각하면 소름마저 끼친다. 그건 이미 불편 이상의 것, 아비규환의 혼란일 것이다.

도시생활의 편리와 안일은 기실 얼마나 유약한 허구 위에 서 있는 것일까?

그런가 하면 신문에 조그맣게 난 동사자凍死者의 소식은 다른 의미로 충격적이다. 비록 주부가 밤잠을 설치면서 서너 개의 연탄을 갈아넣은 덕택일망정 하여튼 뜨끈뜨끈한 구들목에서 편안히 자고 난 우리의 게으르고 둔감한 의식을 깨워 일으켜 방밖을, 집밖을 보게 한다.

무정한 날씨도 날씨지만 우리 모두의 타인에 대한 무관심은 또 얼마나 춥고 매웠던가. 동사자는 날씨가 얼어 죽인 게 아니라, 우리 모두의 비정한 무관심이 얼어 죽인 건지도 모른다.

버스 안내양들의 손발의 동상이 심하다는 소식도 우리의 가슴을 울린다. 동상을 업주한테 호소했다가는 치료는커녕 해고를 당할까봐 쉬쉬 감춘다는 얘기는 또 얼마나 끔찍한가.

각종 공해로 병신 되고, 숨지고 하는 여공의 애화와 함께 우리가 누리는 편하고 풍요한 생활의 음지를 충격적으로 보여주는 이야기이다.

동상 얘기가 났으니 말이지 중고등학교에 다니는 애들도 대부분 동상에 걸려 있다. 겨울이 추워서 걸린다기보다 학교가 추워서 해마다 어쩔 수 없이 감수해야 하는 동상이다.

밤에는 가려워서 긁느라 밤잠을 제대로 못 자고, 부어서 신던 구두가 잘 안 들어간다. 우리 아이들도 해마다 가벼운 동상에 걸렸었는데, 올핸 좀 심하게 걸렸다. 혹한으로 임시 휴교한 날 벗기고 보니, 손끝 발끝뿐 아니라 무릎도 발긋발긋 동상에 걸려 있었다.

학교에선 이 추위에 난로도 제대로 안 피워주나 하고 불평을 저절로 하고 말았다. 학교의 난로라는 것의 난방 효과라는 게 얼마나 미약하다는 걸 알면서도 자식 애처로운 엄마 마음에 저절로 그런 소리가 났다.

우리 아이 말로는 난로를 피우긴 피우지만, 피우는 게 안 피우는 것보다 더 춥다는 거였다. 왜냐하면 석탄난로가 너무 노후하고 또 연통도 부실하고 해서 석탄을 피우려면 교실 안으로 연기가 가득차기 때문에 창을 모조리 열어놓아야 한다는 것이다. 시설이 괜찮다는 공립학교의 경우가 이렇다.

우린 아이들 교실에 연탄난로 하나 성한 걸로 비치해줄 수 없을 만큼 가난한가? 스팀 시설이나 오일 스토브가 아닌 석탄난로를 말이다. 그럼 우리가 그동안 이룩한 걸로 믿고 있는 경제발전이니 풍요한 생활이니 하는 건 뭐란 말인가?

부실한 건 난로뿐 아니다. 나는 아이들이 여럿이라 비교적 많은 학교를 보아왔다. 특히 서울 변두리의 새로 생긴 공립 중고등학교에 아이가 배정되어 가보면 한심한 게 한두 가지가 아니다.

우선 건물의 부실이 그렇게 눈에 띌 수가 없다. 창틀 하나 문짝 하나 제대로 맞는 게 없어 밖에서 미풍만 불어도 안에서는 폭풍이 분다. 칠은 묻어나고, 벽은 부실부실, 겨울만 나고 나면 떡고물처럼 떨어지고 화장실은 먼 데서도 눈이 시게 악취를 내뿜는다.

학교를 제외한 모든 건물이 신축의 건물일수록 좋다. 짓는
사람의 안목도 높아지거니와 기술과 재료가 오늘 다르고 내
일 다르게 발전하고, 또 전반적인 경제력의 향상으로 건축에
많은 돈을 투자하기 때문이다. 그래서 하다못해 서민주택의
경우도 근래에 지은 것일수록 값이 나간다. 그런데 유독 학교
시설만이 이렇다. 요새 아이들이 많이 쓰는 유행어로 '후지
다'는 말이 있다. 아마 후진성과 뒤지다는 말을 복합한 말 같
은데 꼭 생겨날 수밖에 없는 말이 아닌가 싶다.

'후지다'가 함축하고 있는 복잡 미묘한 뜻을 그대로 함유
하고 있는 딴 말이 없기 때문이다. 그중에도 공립학교의 시설
처럼 그야말로 후진 게 없다. 나는 학교에서 아이들을 가르치
는 것은 교사나 교과서만이 아니라고 생각한다. 환경(시설)도
아이들에겐 얼마든지 교과서일 수 있다. 이 부실 날림의 건물
은 아이들에게 무엇을 가르칠까. 연기가 새어서 땐 것보다는
안 땐 것이 덜 추운 노후한 난로는 아이들의 정신의 성장 과
정에 어떤 영향을 미칠까?

아이들도 눈이 있으니 하루하루 발전하고 사치로워지는
공공건물이나 관광 유흥 오락 장사를 위한 건물들을 보리라.
아이들에겐 자기가 가족들로부터뿐만 아니라 국가사회로부

터 사랑받고 존중받고 있다는 의식이 무엇보다도 중요하다. 사랑받고 존중받고 있다는 느낌은 자연스럽게 사랑받고 존중받는 사람이 되려는 성실한 노력으로 이어진다.

한겨울만 나고 나면 시멘트 바닥이 솟아오르고, 벽엔 균열이 가고, 난로는 교실 가득히 온기 아닌 연기를 채우는 교실에서 온종일 추위를 참느라, 명치가 아프고 손발이 부어오르는 아이들이 존중받고 사랑받고 있다는 의식을 가질 수 있을까.

이건 사치의 문제와는 전혀 다른 문제다. 아이들을 너무 위해서 기르자거나 사치를 조장하자는 소리가 아니다. 아이들은 검소하게 키워야 한다. 그러나 동상이 걸릴 정도로 추운 교실, 방안 가득히 연기나 내뿜는 난로, 이것은 검약 이전이다. 검소란 어디까지나 불필요한 사치나 낭비를 배제하고 필요불가결한 최소한을 구비한 상태일 뿐이지 기본여건까지 결여된 상태는 아닐 것이다. 건강 유지와 자유로운 활동을 위한 최소한의 영양을 갖춘 식탁은 검소한 식탁이 되지만 그 이하의 식탁은 검소가 아니다. 만일 돈이 없어 이런 식탁밖에 못 차린다면 비참한 불행이 될 테고, 돈을 절약하려고 이런 식탁밖에 안 차린다면 창피하고 어리석은 일이 될 것이다.

이와 마찬가지로 아이들이 몸과 마음을 펴고 자유롭게 공부할 수 있는 기본여건이 절대로 검소의 정신에 어긋난다고 할 수는 없을 것이다.

그리고 문제는 무엇보다도 세계 제일이니 동양 제일이니 하는 건물과 시설이 속출하는 속에서 학교라는 우리의 미래가 자라는 고장만 유난히 후지다는 데 있다. 문제는 늘 고르지 못한 데 있게 마련이다. 피난 시절엔 천막 학교도 고마웠다. 그때에 맞는 시설이었기에.

겨울은 고르지 못함, 불균형이 그 불안을 딴 계절보다 심하게 노출하는 계절이다. 부실 공사가 겨울에 그 날림성을 노출하는 것처럼.

휴교사태까지 몰고 온 혹한 속에서 문득 봄에의 입김을 느낌은 성급한 봄에의 갈망 때문일까. 머지않아 봄은 오리라.

새봄과 함께 새로운 전진을 다짐하는 것도 좋지만, 후진 고장과의 균형을 취하는 발전도 바람직하다. 어찌 후진 고장이 학교뿐이랴.

어떤 결혼식

15, 6년 전쯤 일이다. 우리 동네서 구경한 어떤 결혼식 광경이 요새도 가끔 선명하게 떠오르고, 그럴 때마다 절로 웃음이 나곤 한다. 남의 집 문간방에서 어머니와 함께 셋방살이 하는 가난한 청년이 신부를 맞아들이는데 식장은 주인집 마당이었다. 조그만 한옥 마당이라 한쪽엔 장독대가 자리잡고 있어 남겨진 공간은 말이 마당이지 답답했지만 실상 이 청년에겐 비좁을 것도 없었다. 열 명 내외의 친구와 양가의 가족이 주인집 대청마루에 모여 앉아 유쾌하게 박수를 치는데 불편할 거라곤 아무것도 없었다.

신랑의 의복은 잘 기억이 안 되지만 신부는 그 시절에 한창 유행하던 흰 망사 치마저고리를 입은 게 배꽃처럼 화사했었다고 기억된다. 문간방에서 신랑 색시가 함께 걸어나가 대청 앞 댓돌 위에 다소곳이 서고 대청 위엔 주례가 서서 두 남녀를 자못 경건하게 축복하고, 익살스럽게 덕담도 했다.

동네 사람들이 대문간에서 기웃기웃 이 유쾌하고 진기한 결혼식을 구경했다. 이때 신랑의 어머니가 기지를 발휘했다. 지나가는 아이스크림 장사를 불러들여 통째로 흥정을 하는 것이었다. 때마침 여름철이었고 그때만 해도 지금같이 큰 메이커에서 만든 아이스크림이 아니라, 길고 둥그런 통 둘레에 얼음을 깨뜨려 넣고 소금을 뿌리고는 아이스크림 재료가 든 둥그런 통을 손으로 돌려서 만든 수제 아이스크림을 큰 소리로 외치고 다니며 팔 때라, 그 재료의 성분은 다분히 의심스러웠지만 값은 아주 쌌다. 지금 돈으로 10원어치 정도면 혓바닥이 얼어붙을 만큼 먹을 수 있었던 것 같다.

신랑 어머니가 대청에 모인 정식 초대 손님이건 대문간에서 기웃대는 동네 사람들이건 가리지 않고 아이스크림을 듬뿍듬뿍 대접했다. 이 기발한 피로연에 식장의 축제 분위기는 한층 무르익었다.

그때 나도 아이스크림을 핥으며 이 신랑 신부가 행복하길 얼마나 진심으로 축복했던지. 그전에도 그후에도 결혼식을 꽤 봤지만 그때처럼 마음으로부터 우러나는 축복을 보낸 적은 없었던 것 같다.

가정의례준칙을 처벌 위주로 해서라도 강행하리라 한다. 이건 어디까지나 풍속의 문젠데 처벌 위주로 한다고 잘될까 모르겠다.

법은 지키라는 자부터 먼저 지키라는 말이 있다. 상류층부터 솔선해서 파격적인 간소한 경사를 치를 용의는 없는지. 이런 분들 대개 아름다운 정원쯤은 갖췄을 테니 단풍철이나 장미철을 잡아, 축의금 싸가지고 올 손님에겐 아예 알리지도 말고, 가족과 친한 친구가 지켜보는 가운데 정원에서 간단히 결혼식 하고, 값싼 차나 한잔씩 대접하는 것도 한 방법일 것이다.

모 유명인사가 제자의 결혼식에 어떤 호화 호텔을 빌려 얼마만한 유명인사를 모아들이고, 얼마만큼의 축의금을 거둬들였다는 구역질나는 소문이 그치지 않는 한 누가 누굴 어떻게 처벌하겠다는 것일까.

어느 날 밤에 생긴 일

물가가 뛸 때마다 웬일인지 이런 종류의 원고 청탁을 예서 제서 받게 되는데 나는 그게 참 싫다. 나한테 또 그 구차하고 구질구질한 넋두리를 하라는구나 해서 우울해진다.

중국의 어느 지방에선 부모의 상을 당하면 자식들이 곡哭을 하는 수고를 덜기 위해, 가장 슬프고 가장 청승맞게 곡을 하는 직업적인 여자를 고용하는 풍습이 있다고 한다. 내 신세가 바로 그 직업적으로 우는 여자 신세를 닮아가고 있는 게 아닌가 하는 생각이 든다.

이런 종류의 글을 청탁한 취지는 물가가 올라 "정말 못살겠다. 아이고 죽겠다" 하는 비명을 여러 사람을 대신해서, 가장 비통하고 가장 구슬프게 질러달라는 데 있을 테니 말이다.

그렇지만 이제 나는 이런 종류의 비명을 지르기가 정말 싫다. 그렇다고 내가 물가고쯤 신경 안 써도 될 만큼 부자가 돼서 구질구질하게 물가고에 한숨을 들이쉬고 내쉬는 서민생활이 대안의 불처럼 보인다는 소리는 절대로 아니다.

아무리 숨이 끊어지게 절박한 비명을 질러봤댔자 결국 물가는 제 오르고 싶은 만큼 오르고야 마니 '똥개는 짖어도 기차는 간다' 식의 똥개 노릇 하기에 어지간히 지쳤기 때문이다. 또 물가를 이 이상은 절대로 안 올리겠다고 장담을 하던 입에 침도 채 마르기 전에 물가인상을 전격적으로 단행하는 당국이니, "아이고 죽겠다 죽겠다" 하고 물가가 오를 때마다 숨이 끊어지게 비명을 지르고도 오늘날까지 살아 있는 우리 서민, 이 모두의 거짓말 실력이 막상막하인 것 같아 계면쩍기도 해서다.

그렇다고 여지껏의 비명이 순 엄살이었다고 말하려는 건 아니다. 힘에 겨운 일을 할 때 입을 다물고 조용히 하느니보다 '끙'이라든가 '영치기 영차'라든가, 하여튼 무슨 소리를 내면 조금쯤 일이 수월한 것처럼 느껴진다. 여지껏 우리 서민들이 적은 수입으로 물가고와 맞서 살림을 꾸린다는 일도 약한 몸으로 무거운 돌을 옮기는 일과 무엇이 다르랴. 그런데도 자연스러운 비명조차 싫으니 그만큼 생활의 피로가 짙다고나 할까.

옛말에 '빈 그릇이 소리만 크다'는 말이 있다. 이런 의미로 도 물가고에 대해 흥분하고 떠들기가 싫어진다. 물가가 오를 때마다 그 부당성을 지적하고 흥분해서 떠들어대는 사람보다 묵묵히 인정하고 있는 것처럼 보이는 사람이 훨씬 실속들을 차리고 있다.

쌀도, 설탕도, 비누도, 치약도, 휴지도, 오를 낌새를 미리 알고 조용히 사다 쌓아놓고 오르고 나면 다만 조용히, 그러나 사뭇 고소하게 미소를 짓는다. 나는 이런 사람들을 어느만큼은 얄미워도 하고 어느만큼은 부러워도 한다.

그들은 오를 만한 물건을 미리 사놓고 오르고 나면 오른 만큼의 액수를 이익으로 잡고 득의에 차 있다. 이럴 때 나는 같은 액수를 손해로 계산하고 실의에 빠져 살림 솜씨에 대한 열등감마저 느끼게 된다.

요전에 담뱃값이 인상되던 날 밤의 일이다. 나는 시계를 맞추려고 라디오를 틀었다. 그때가 아마 열한시쯤이었을 것이다. 처음으로 담뱃값 인상 소식을 들었다. 나는 가슴이 두근댔다. 인상 소식이 충격적이라서가 아니었다. 그때 나는 열한시경에 라디오를 들은 건 나밖에 없다고 생각했고, 그래서 내가 인상 소식을 적어도 우리 동네에선 제일 먼저 알고 있다고 생각했다.

담배를 사다놔야지! 한 보루? 두 보루? 세 보루?…… 나는 머릿속으로 담배의 양을 늘리는 대로 가슴의 동요는 높아졌다. 다섯 보루? 다섯 보루만 사자. 지금쯤 하루의 피곤으로 꾸벅꾸벅 졸지 않으면 하품을 더덕더덕 하며 앉아 있을 담뱃가게 아저씨가 담배를 다섯 보루나 달라면 정신이 번쩍 들어 신이 나서 굽실대겠지.

그러다 보니 담배를 오르지 않은 값으로 다섯 보루씩이나 산다는 건 마음씨 좋고 멍청한 그 아저씨에게 못할 노릇을 하는 게 아닌가 하는 생각이 차츰 들기 시작했다. 또 현재 내 수중에 있는 돈 셈도 그제야 했다. 지금 담배를 다섯 보루씩 사는 건 며칠 동안 식구가 온통 밥 한 숟갈 먹고 담배 한 모금씩 빨기 전에는 좀 곤란할 것 같았다.

그래서 벌써 잠이 들어 있는 남편을 깨웠다. 담배는 우리 여덟 식구 중 남편 한 사람의 기호품이니 그가 스스로 해결해보도록 하려 했다. 남편은 내 호들갑에 좀처럼 동요하지 않았다. 느릿느릿 서너 개 남은 담뱃갑에서 다시 한 개비를 뽑아 불을 당기고는 쓸쓸히 "글쎄……" 했다.

나는 글쎄 글쎄 하며 입맛만 다시고 있는 새에 이 나만 아는 일급비밀이 온 동네에 쫙 퍼지고 말면 어떻게 할 테냐고 더욱 안달을 떨었다. 나는 그때까지도 라디오를 통해 들은 뉴스를 관계 장관이 내 귀에다 대고 몰래 속삭여준 일급비밀이나 되는 것처럼 착각을 하고 있었으니 훗날 생각해도 두고두고 우습다.

내 성화에 견디다못한 남편이 마지못해 겨우 한 보루 값인 1천5백 원을 내놓았다. 나는 겨우 한 보루 사려는 남편이 쩨쩨해 보였지만 내가 일급비밀을 안 덕으로 7백 원의 이득을 보니 그게 어딘가 하는 생각으로 신바람이 저절로 났다.

그러나 막상 1천5백 원을 받아드니 망설여졌다. 천연덕스럽게 담뱃가게 아저씨를 속이고 담배를 사는 일을 내가 해낼 것 같지가 않았다.

그래서 나는 자는 딸애를 깨웠다. 딸애는 아무것도 모르고 있으니 예사롭게 담배를 살 수 있을 거라고 생각돼서이다. "아버지가 담배가 떨어졌다고 사다달라는구나. 참 이번엔 한 보루를 사다둘까보다. 이렇게 한밤중에 담배가 떨어졌을 때 내드리게" 아주 그럴싸하게 능청까지 떨었다. 아무것도 모르는 딸애는 예사롭게 담배를 사러 나갔다.

그러고 나니 또 불안했다. 마치 제 자식을 도둑질이나 사기를 치라고 내보내기라도 한 것처럼 양심이 쿡쿡 쑤시는 불쾌감이었다. 딸애는 좀처럼 돌아오지 않았다. 그동안의 불쾌감은 7백 원이나 7천 원이나 그런 금액으로 보상받을 수 없는 것이었다.

다행히 딸애는 빈손으로 돌아왔다. 담배는 이미 팔고 있지 않더라는 것이다. 영문을 잘 모르는 딸애는 몇 군데 담뱃가게를 더 다녀봤고 그러다가 자연히 인상 소식을 딸애도 알게 된 모양이다.

다음날 나는 상수도의 파이프에서 물이 새는 걸 고치기 위해 수리공을 불렀다. 수리공은 간단히 고치고 나서 "담뱃값만 주십시오" 했다. 그러더니 "이제 담뱃값도 큰돈이네요" 하며 선량하게 웃으면서 "아저씬 담배 좀 사놓으셨어요" 하고 물었다. "웬걸요" 그는 머리를 긁으면서 담배를 못 사놓은 걸 아쉬워했다.

여덟시 반에 텔레비전으로 연속극을 보는데 담뱃값이 인상됐다는 뉴스가 자막으로 나오길래 그길로 뛰어갔지만 때는 이미 늦었더라는 거였다. 비록 그가 담배는 못 샀지만 내가 열한시에 안 걸 여덟시 반에 알았다는 것만으로도 그가 나보다 훨씬 똑똑해 보였다. 나는 전날 밤의 때늦은 호들갑을 생각하고 다시 한번 창피해졌다.

수리공은 시키지도 않은 말을 자꾸만 했다. 담뱃값 인상 소식은 공식 발표가 있기 훨씬 전인 낮부터 알 만한 사람은 다 알고 있어서 몇 보루씩 사다놓았다는 거였다.

알 만한 사람? 그 사람은 도대체 어디 사는, 어떻게 생긴 누구일까? 밤말은 쥐가 듣고 낮말은 새가 듣는다는 속담대로라면 그 사람은 새앙쥐 같은 얼굴일지도 모르겠다. 아니 파랑새 같은 얼굴일지도 모르겠다.

물가가 인상될 때마다 이런 새앙쥐 같은 인간들의 이득 얘기를 안 들을 수만 있어도 훨씬 물가고의 고통과 충격이 덜할 텐데.

운수 좋은 날

일전에 동대문시장에서의 일이다. 생선가게 앞에 사람들이 둥그렇게 둘러섰길래 넘겨다보니 생선장수가 민어회를 뜨고 있었다. 요즈음 민어가 귀해진 건 사실이지만 그렇기로서니 저렇게 구경까지 할 게 뭘까 하고 의아해하며 자세히 보니 민어회 뜨는 것을 지키고 섰는 게 화장 짙은 미인이었다. "××다" "××야" 하며 사람들이 어떤 이름을 쑥덕이는 것으로 보아 가수나 배우나 아무튼 대단한 인기인인 모양인데 그런 방면에 무식한 나로서는 얼굴도 이름도 처음이었다.

그녀는 인기인답게 화려한 몸차림에 우아한 미소를 지은 채 회 뜨는 걸 기다리고 있었고 생선장수는 마치 자기가 스타라도 된 듯이 으쓱대며 다 된 민어회에다 당근이니 파슬리 장식을 하고 있는 게 여간 만족스러워 보이지 않았다.

　장식까지 끝낸 회는 과연 스타의 음식답게 호사스러워서 그녀도 만족한 듯 한층 우아한 미소를 보여줬지만 문득 나는 그녀의 미소 뒤에 짙은 욕구불만을 본 것 같은 느낌이 들었다. 짐작건대 그녀의 당초 목적은 민어회 따위가 아니었을 것이다. 아마 그녀는 모처럼 한가한 시간을 내 그녀가 무명의 가난한 시절, 즐겨 요기를 하던 순대나 빈대떡이나 그런 게 먹고 싶어 동대문시장을 찾았을 게다. 그러나 그녀는 거기서 이미 그런 서민의 음식과는 거리가 멀게 유명해진 자기를 발견하고 당혹하나 별수 없이 그녀를 둘러싼 팬들을 만족시키기 위해 스타다운 장보기를 한다. 내 추측은 대강 이랬다.

　자기는 상대방을 모르는데 상대방은 자기에 대해 알 만큼 알고 있는 그런 사람을 한 사람만 만나도 기분 나쁜데 인기인이란 만나는 사람마다 그런 사람일 테니 이런 경우의 인기란 얼마나 끔찍한 구속이요 고역일까.

　나는 별안간 걷잡을 수 없이 유쾌해졌다. 내가 평범인이란 게, 편한 옷차림으로 핫도그를 입에 문 채 쇼윈도를 기웃대며 온종일 번화가를 싸다니고 시장에선 물건을 깎고 고르고, 진짜 가짜를 의심하고, 살 듯 살 듯 아슬아슬한 고비까지 몰고 갔다가 최후의 순간에 장사꾼을 배반하고, 싸구려판이라도 만나면 혹시나 백화점 물건을 골라낼 수 있는 요행을 바라고 노다지를 노리는 금광꾼처럼 끈기 있게 억척스럽게 싸구려 물건들을 샅샅이 뒤집어 엎어놓아 장사꾼에게 눈총을 맞고, 그래도 아무도 손가락질할 이도, 시비할 이도 만날 리 없는 평범인이란 게 그렇게 유쾌할 수가 없었다.

인기인과 선주어서나마 내 몫의 자유를 확인한 셈이니 그게 어딘가. 아무려나 그날은 운수 좋은 날일 수밖에.

어떤 속임수

가정부 없이 살고 나서의 첫 겨울인데 너무 추웠다.

내일은 좀 풀리겠거니 하고 자고 깨면 영하 십몇 도, 또 자고 깨도 영하 십몇 도, 이러기를 한 달을 넘어 계속했다.

가정부가 먼저 일어나 부엌일을 봐줄 때는 이불 속에서 유리창의 성에의 신비한 무늬를 바라보는 것도 겨울 아침의 운치이더니 이젠 운치고 뭐고 성에만 보면 짜증부터 난다.

우리집 아이들이 어렸을 적만 해도 크리스마스 때 스케이트를 선물해주고 어서어서 날이 추워서 스케이트장이 개장하기를 손꼽아 기다려도 그때는 왜 그렇게 겨울날이 추워지지를 않았는지, 어느 해는 끝내 한 번도 스케이트를 못 타보고 난 겨울도 있었다.

어른은 김치가 시어서 걱정, 아이들은 스케이트를 못 타 걱정, 난동은 난동대로 걱정도 많았건만 올해는 고궁의 연못까지 얼어붙어 스케이트 붐이 일고 있고, 김치 실 걱정도 없다.

그러나 밥해먹는 엄마의 노고는 말이 아니다. 우리집은 한옥이라 특히 부엌이 춥다. 몇 년째 말짱하던 부엌의 모서리 타일이 얼어서 터지는 바람에 행주질하다가 몇 번이나 손을 다쳤는지 모른다.

부엌의 타일이 얼어 터질 정도니 그 부엌이 얼마나 춥겠는가. 아침에 밥하러 부엌에 나가기가 저승 같고 아파트로 가고 싶은 생각만 굴뚝같다.

한번은 큰길에 수도관이 파열해서 수돗물이 거의 이틀이나 안 나온 적이 있었다. 겨울이라 받아놓은 물도 없었고, 밥은 나가서 사먹기라도 하겠는데 문제는 변소였다.

한옥의 재래식 변소가 너무 야만적이라는 아이들의 성화에 작년에 큰맘 먹고 수세식으로 고친 건데 물이 안 나오는 동안의 수세식 변소란 이건 야만 이하였다.

나는 슬그머니 소위 문화 시설이라는 것에 공포감이 생겼다. 고층 아파트의 그 두텁고 견고한 벽 사이에 얼키설키 얽혀 있을 문화생활을 위한 그물 중 어느 한 군데라도 고장이 나면 어떻게 하나 하는 공포감 말이다.

그러나 지극히 촌스러우면서도 어리숙한 것 같은 이런 공포감이야말로 나 자신에 대한 교묘한 속임수인지도 모른다.

우리 같은 대식구가 지금 같이 편히 살 수 있는 아파트가 얼마나 엄청난 값이라는 것을 나는 잘 알고 있다. 아마도 상당한 무리를 하지 않으면 어려울 것 같다.

그러니까 나의 공포감은 우리의 경제적 자격 미달을 은폐하기 위한 속임수인지도 모르겠다.

곧 봄이 오겠지. 겨울이 제아무리 추워도 봄바람이 못 녹이는 겨울이 언제 한 번이라도 있었나.

봄이 오면 작은 마당에 꽃씨를 뿌리며 또하나의 속임수를 부리겠다. 아파트가 제아무리 편하다지만 사람이 편하기만 하면 다냐, 마당 가꾸는 맛도 있고, 흙냄새도 맡아야 그게 사람 사는 게지 하면서.

누가 들으면 적어도 몇십 평은 되는 아름다운 정원을 가진 줄 알겠지만 실은 아주 작은 한옥의 마당이다.

그러니까 그것 역시 아파트로 못 가는 게 아니라 안 가는 척하기 위한 속임수일 뿐이다.

양극단兩極端

　아침에 시계를 맞추려고 라디오를 틀었다가 상류 부인 소리가 나오는 바람에 얼른 딴 데로 다이얼을 돌려버렸다. 나는 상류 부인 다음에 나올 그 아기자기하고 신기한 소리보다는 그 상류 소리가 더 듣기 싫다. 아니꼽고 메식메식하기가 꼭 시궁창 물을 뒤집어쓴 기분이다.

　상류가 돈이나 지위보다는 진정한 의미의 기품―깨어 있는 정신의 고고孤高라는 것과도 좀 인연이 있는 말로 쓰였으면 싶다.

　딴 데로 돌린 다이얼에서도 신통한 소리가 나올 리 만무였다. 시장에서 생선 내장을 사다가 끓여먹고 생명이 위독해진 빈민굴 사람들 이야기가 들린다. 돼지먹이로 나가는 건데 사람이 사다가 먹었다는 것이다.

순전히 굶주림 때문에 복어 알 아니면 썩은 생선 내장으로 우선 배를 채우고 나서 생명을 잃은 이야기가 우리나라처럼 자주 보도되는 나라가 또 있을까.

장을 보는 주부라면 누구나 다 아는 일이지만 요새 허드레 생선은 서민들도 먹을 만큼 싸다. 냉동 동태 같은 것은 빨랫방 망이만큼씩 큰 것도 50원 남짓이면 살 수 있다. 그런데 이 콩나물보다 싼 것도 못 사 먹을 만큼 가난한 사람들이 있는 것이다. 서민 밑에 또 빈민이라는 게, 빈민 밑에 극빈이라는 게 있는 것이다. 상류 위 구름보다 높은 곳에 극상류가 있듯이.

우리의 경제적 번영을 구가하기를 좋아하는 사람은 말할 것이다. 그까짓 극빈민이 몇이나 된다고 들먹이냐고. 그러나 단 하나의 빈민이 굶주림 끝에 썩은 생선 내장을 먹고 죽었대도 그것이 우리 모두의 부끄러움이어야 하지 않을까?

무엇보다도 국민총화가 시급하다고 나라 걱정하시는 높은 분들은 말씀하신다. 지당한 말씀이다. 그러나 누가 누구하고 어떻게 화和하란 말씀인가. 썩은 생선 내장을 뒤지는 손하고 열 손가락마다 보석이 번쩍이는 손하고 어떻게 마주잡나.

우선 도저히 마주잡을 수 없는 이 양극단을 없애는 일부터 가 시급하다 하겠다.

대마초와 현실도피

요즈음 대마초를 상습적으로 피워온 연예인 얘기가 큰 화젯거리다. 그러지 않아도 구설수에 오르내리기가 쉬운 그들에게 이런 일로 죄인 취급당하는 게 참 안됐다는 생각이 든다. 분개하는 마음보다 동정하는 마음이 앞섰다고 해서 그런 것을 피워도 좋다는 얘기를 하려는 것은 아니다.

다만 나는 그 대마초라는 게 연예인이 아닌 일반 젊은이들 사이에도 진작부터 얼마나 널리 퍼져 있나를 알고 있기 때문에, 그런 면으론 비교적 자유로울 수도 있을 것 같은 연예인이 제일 먼저 수난을 당하는 게 부당한 것 같기도 하고 불공평한 것 같기도 해서 안됐다는 생각이 들었던 것이다.

또 우리들은 무의식적으로 간접적으로 그들의 환각적인

음악과 율동을 그들처럼 피해를 받지 않고 즐겼다고도 볼 수 있는 것이다.

우린 무슨 일이 나면, 특히 그게 부도덕한 일이라고 생각할 때, 내 자식과 내 동생만은, 내 식구만은 그런 일과 전연 관계가 없으려니 믿어버리기를 좋아한다. 아무 근거도 없이 그런 자신을 가져버린다. 그런 자신감에서 부도덕한 사건을 마음껏 조소하고 분개하고 오래오래 이야깃거리로 삼아버린다.

결국 사건에 먼저 걸려든 사람만이 사회의 비난과 법의 심판을 한몸에 빗발치듯 받고 희생되고 나면 그 일은 잊히고 없었던 거나 마찬가지가 되고 만다.

모든 부도덕한 사건들은 '지금이 어느 때인 줄 모르고' 하고 우리가 처한 비상시국을 강조하면서 개탄이나 하면 그만이다. 자기 자식이나 형제가 그런 데에 어느새 물들어가고 있는가는 생각하지 않는다. 자기 자식이 어느 다방 구석에서 대마초를 피우고 거기에 맛을 들이고 있을 수도 있다는 생각은 전연 안 한다.

그러나 내가 알기에는 대학생 특히 남자 대학생들은 상습적은 아니더라도, 거의 다 한 번쯤은 호기심에서라도 피워봤을 것으로 알고 있다. 나는 몇 년 전 우연히 어느 대학신문의 학생 문예작품에서 어떤 대학생이 마리화나를 다방에서 입수

하여 피우는 이야기를 본 적이 있다. 비밀스럽게 그것을 사서 피우는 과정이 하도 복잡하고 이상스러워서 아직까지도 그것이 잊히질 않는다.

대마초를 피우면 불안, 초조, 긴장, 고통으로부터 해탈할 수 있다고 하니 누구나 한번쯤 호기심이 발동하지 않을 수 없을 것이다. 그러나 이러한 정신적인 긴장을 일시적인 수단으로 도피하려고 하는 우리들 젊은이의 정신적인 상황이 문제이다. 결국 환각을 통해서 현실을 도피하고 현실적인 억압으로부터 자유로워지려는 욕구로 환각제를 피울진대 무엇이 젊은이들에게 억압과 긴장으로서 작용하느냐가 문제이다. 우리가 지금 이럴 때가 아니라는 우리나라의 특수 상황이 주는 여러 가지 제약이 젊은이들에게 억압이 되었다 할 수도 있겠다. 그렇지만 거의 완전한 자유를 누리고 있는 미국의 젊은이들에게 환각제의 중독자가 훨씬 더 많아 우리보다 미리 고민하고 있다. 아마 미국의 젊은이들에겐 무진장의 자유가 억압이 되었는지도 모른다. 자유의 무게로부터 해방되고 싶었는지도 모른다. 뭐가 억압이 되어 작용하였든지 간에 젊은이들이 그런 방법으로 현실을 도피해버린다는 것은 무서운 일이다.

우리는 특히 젊은이들은 하루종일 일만을, 공부만을 할 수는 없는 것이고, 또 사회가 바라는 '건전한' 일만을 할 수는,

애국만을 종일 할 수는 없는 것이다. 특히 젊은이들에겐 그들이 숨쉴 수 있는 돌파구가 필요하고 젊음을 즐길 수 있는, 때로는 남용할 수도 있는 권리가 있는 것이다.

요즈음 또 갑자기 유행하는 노래, 젊은이들이 즐겨 부르는 인기 가요를 불건전하다는 이유로 금지시켜버리는 문제만 해도 그렇다.

불건전하다 건전하다는 기준 자체도 모호하지만 건전한 노래만이 우리들의 욕구를 충족시켜주진 못할 것이다. 때로는 불건전하기도 하고, 회의적이고 퇴폐적이기도 하고 한 노래를 흥얼거림으로써 그런 불건전과 회의를 넘어설 수도 있을 것이다.

나는 유행가에 대해서는 잘 모르는 편이지만, 노래가 대중적으로 유행한다는 것은 그럴 만한 이유가 있다고 생각한다. 노래가 불건전하다고 해서 유행하는 것도 아니며, 건전하다고 해서 유행 못할 것도 아니고, 외설적이고 퇴폐적이라고 해서 반드시 유행하는 것도 아닌 것이다. 그건 어느 누구도 뚜렷이 말할 수는 없는 무언가 종합적으로 대중을 끄는 맛이 있기 때문일 것이다.

그리고 노래 가사의 내용이나 음조가 때로는 과장될 수도, 때로는 우리 모두의 소망과 환상의 표현일 수도 있는 것이다.

"술 마시고 노래하고 춤을 춰봐도, 가슴속엔 하나 가득 슬픔뿐인데……"라는 노래를 불렀다고 해서 반드시 그들 가슴속이 슬픔뿐일 리는 없는 것이며, 〈키스 미 퀵〉이라는 노래를 불렀다고 해서 정말 그런 의향이 있는 것은 아닐 것이다.

이런 유행가, 외국의 팝송에까지 신경을 곤두세우는 것은 너무나 과민한 행동이 아닌가 한다. 이러한 과민적인 억압이야말로 오히려 젊은이들의 '슬픔'이 될 수도 있을 것이다.

아무튼 그들이 어떤 노래를 부르든 간에, 대마초를 피우며 일시적인 환각에 젖어 시간과 공간관념마저 잃고 무기력하게 되어버리는 것보다는 훨씬 '건전'하다는 것은 자명한 일이다.

항상 인과관계가 있는 사회현상을 그 결과만을 막아버려 미봉책을 쓴다고 해서 해결되는 것은 아닌 것이다. 젊은이들의 대마초 흡연을 대마 재배를 금지한다고 해서 막아질 수는 없을 것이다.

순간만을 위해 잘살기만 하면 된다는 구호보다는 어떻게 사는 것이 올바르게 사는 것인가를 젊은이들에게 보여주어야 할 것이다.

가정은 그들이 마음놓고 안식할 수 있는 분위기를 마련해주고, 학교는 그들의 능력을 충분히 발휘할 수 있고 마음껏 대인관계를 가질 수 있게 해주고, 사회는 그들이 숨쉴 수 있는 숨구멍을 터주는 일이 시급한 것이다.

그렇지 않다면 그들은 계속 비밀스런 장소에서 더욱더 비밀스럽고 무서운 방법으로 그들의 무언가를 발산하고야 말지도 모르지 않나.

연애

남녀교제가 자유로워지고 나서 도리어 연애결혼을 안 하려드니 참 이상하다고 장성한 자식을 둔 부모들이 궁금해하는 소리를 여러 번 들었다. 젊은이들 자신도 그들이 연애를 못하는지 안 하는지, 아무튼 그들이 이성 간의 순수한 연애 감정이란 걸 상실하고 있다는 데 대해선 대체로 시인하는 것 같다.

미팅이라는 것도 성행하고, 데이트라는 것도 하고, 툭하면 쌍쌍파티요, 결혼식장은 30분마다 한 쌍씩 새 부부를 배출할 만큼 성업중이고, 성적인 것도 개방될 만큼 개방됐으되 연애는 안 한단다.

결혼은 소위 중매 반 연애 반이 이상적이라나. 그래서 친족, 친지, 선배, 본인이 합세해서 상대방을 날아보고 재보고 한다. 상대방이 갖춘 외적 조건과 '끗발'은 장래성 비슷하게 쓰이는 말인데 좀 알쏭달쏭하다. 예를 들면 순수문학 전공인 문리대 출신이면 '끗발'이 나쁘고, 상대나 의대 출신이면 '끗발'이 좋고, 배우자의 사장 아버지가 장년이면 '끗발'이 나쁘고, 골골하는 노년이면 '끗발'이 좋고— 뭐 이 정도다. 젊은이들이 이런 데 하도 눈이 밝다보니 그만 연애를 못한다. 참 안됐다.

남녀가 처음 만나 어떤 신비한 힘에 의해 상대방의 조건이니 끗발이니 하는 시시한 겉치레엔 맹목이 되는 반면, 속눈(目)이 트이며 사람 그 자체를 알아보고 깊이 매혹되는 연애라는 것도 못해본 젊은이가 조국애니 민족애니 하는 건 할 수 있을까. 조건과 끗발을 잘 달아보고 배우자를 구한 약아빠진 젊은이가 좀 나이가 들어 뻔뻔스러워지면, 자기의 조국보다 좀더 조건과 끗발이 좋아 뵈는 딴 나라로 훌훌 이민이나 떠나는 게 아닌지.

젊은이들에게 연애를 권하고 싶다. 사랑을 배우기 위해서라도 연애를 하라고 권하고 싶다. 어떤 사랑이고 그 대상에 대한 맹목과, 새로운 개안開眼의 과정을 거친다고 생각하기 때문이다.

젊은이들

만원 버스에서 흔들리는데 라디오에선 또 '대왕 코너'의 소사자燒死者 명단과 아직도 신원이 확인이 안 된 소사자의 특징을 제법 신명나게 떠들어댄다. 한 중년의 신사가 내뱉듯이 "죽어도 싸, 그런 것들은 죽어도 싸" 하자 딴 승객들이 삽시간에 공감을 불러일으켜 제각기 웅얼웅얼 "암, 죽어도 싸고말고, 지금이 어느 때라고" 한마디씩 하는 것이었다. 끔찍한 생각이 들었다.

그러나 곰곰 생각해보면 정말 죽어도 싸다는 소리가 아니라 꽃다운 나이에 너무도 참혹하고 허망하게 죽어간 젊음에 대한 노여움과 역정과 안타까움을 주체할 수 없어 그런 극언을 하고 말았을 게다.

그리고 자기도 그만한 자식을 두었음직한 나이 지긋한 분이 이런 극언을 서슴지 않고 할 수 있는 것은 내 자식만은 절대로 그런 일과는 상관없다는 자기 자식에 대한 자신이랄까, 등잔 밑이 어두운 식의 무지 때문일 것이다. 고고 클럽 같은 퇴폐적인 장소가 대부분의 젊은이들에게 다분히 유혹적이고, 따라서 내 자식도 어느 날 우발적이건 계획적이건 그런 장소에 갈 수 있다고 생각할 때 아무리 빈말이라도 죽어도 싸다는 말은 할 수 없을 것이다. 그들이 바로 내 자식일 수도 있다고 생각할 때 자식을 잘못 기르지 않았나 하는 자책과 함께 부모로서의 노여움은 훨씬 딴 데로 방향을 바꾸게 될 것이다.

이 어려운 시기에 젊은이들이 그런 고장에서 광란의 밤을 보내는 게 죽어도 싸다는 혹독한 비난을 받을 만큼 나쁜 일이라면 어떻게 그런 고장이 관의 비호 아래 철야 영업을 할 수 있었느냐는 문제에 부모들의 노여움과 원망이 집중될 수도 있겠다.

우리나라의 관의 성격이 원래 젊은이들 문제에 둔한하거나 태만하다면 또 모를까, 우리나라의 관만큼 젊은이들 문제에 과민하고 적극적인 관도 없을 거라는 건 누구나 다 아는 사실이지 않은가. 심지어는 젊은이들의 머리 기장에 치마 기장까지 자로 재어가며 보살펴주는 과잉친절과 과잉보호 취미가 있는 게 우리나라의 관인데 어찌하여 시내 도처에 파놓은 젊은이들을 노린 함정으로부터 젊은이들을 보호하는 데는 그렇게도 무능하고 등한했단 말인가. 원망스럽기 한이 없다.

표어

아이들이 교실의 환경 미화다 무슨 행사다 해서 꽃이나 화분을 사가는 일도 더러 있지만 뭐니 뭐니 해도 제일 많이 해가는 게 표어판 같은 걸 만들어가는 거다.

특히 이달처럼 독서주간이니 교육주간이니 이름 붙는 주간이 많은 달엔 더군다나 그렇다. 리본에다 표어를 써서 가슴에 달고 다니기도 한다. 여름 같은 때는 교복을 거의 매일 빨아 입으니까 까딱하단 표어를 다는 것을 잊어버리고 가다가 큰일이라도 난 것처럼 헐레벌떡 집으로 돌아오기도 한다. 어른 아이 할 것 없이 왜 이렇게 표어에 열성적이어야 하는지 모르겠다.

하긴 쥐잡기운동이라고 해서 천사같이 예쁜 국민학교 1학년짜리로부터 중고등학생까지 일제히 "쥐를 잡자"라는 표어를 가슴에 달고 다닌 적도 있었으니까.

독서주간만 해도 아이들한테 책에 대한 흥미를 일깨워준다거나 양서 지도를 한다거나 하는 최소한의 구체적인 일은 숫제 시도해보지도 않고 그저 교실 벽에 여기저기 "아는 것이 힘이다" "책은 마음의 양식" 어쩌구 하는 표어나 가득 써붙이면 그만이다.

표어란 실제로는 아무것도 안 하면서도 꼭 무얼 하는 척, 외부에 알리는 데 매우 유리한 방법인 것 같다. 어쩌자고 아이들 적부터 무얼 실행하는 어려움 대신 무얼 하는 척하는 안이함에 먼저 길들여지는 것일까 하고 막 속이 상한다.

그러나 학부모 역시 잠시 속이 상하다 마는 게 아이들 교육의 이런 그릇된 현상에 대한 관심의 전부일 뿐 실제로 어떤 행동을 하진 못한다.

아이들을 나무라서 될 일도 아니고 담임선생님과 의논해서 될 일도 아니고, 좀더 큰 힘에 의해 그렇게 휘둘리고 있는 것으로 짐작하고 있기 때문이다.

요즘 교육주간이라선지 "교육을 바로 알자"라는 표어를 가슴에 단 학생들이 눈에 띄길래 일말의 서글픔마저 느끼며 몇 마디 하게 된다.

잘사는 얘기

확실히 딸 기르기는 아들 기르기보다 까다롭다. 옷만 해도 그렇다. 철에 맞춰 해주느라고 해주건만 늘 옷이 없단다. 그러다보니 경제적 사정도 있고 해서 여름옷 같은 건 손수 해입히게 되고 어느 틈에 옷 만드는 게 취미같이 되어버렸다. 딸을 여럿 둔 덕에 가지게 된 매우 실리적인 취미인데 실리를 떠난 순수한 기쁨도 여간 아니다.

별로 비싸지 않은 옷감을 떼다가 패턴 북을 뒤적여가며 본을 뜨고 재단을 해서 꿰매어 입힌 게 잘 어울리면 그렇게 좋을 수가 없다. 어느 틈에 딸애도 내가 조금만 도와주면 간단한 옷은 제가 꿰매어 입게 되어 속으로 대견하게 생각했었다. 그런데 이런 딸애를 본 어떤 친구가 질색을 하며, 계집애가 손재주가 있으면 반드시 팔자가 사납기 마련이라고 하지 않는가.

손재주뿐 아니라 여자의 재능, 심지어는 근면조차 좋은 팔자에 방해가 된다는 미신은 꽤 널리 믿어지고 있어 무재주에 좀 게으른 듯한 여자가 호강하고 잘산다는 소리를 자주 듣게 된다. 남자 세계에도 여자의 호강에 비길 만한 출세라는 것에 대한 이와 유사한 비결이 있는 모양이다. 실력보다는 줄을 잘 탈 줄 알아야 한다든가 하는.

게으르고 무능한 주제에 소위 호강이니 출세니 하는 여건 속에 파묻힌 인간상을 우린 제대로 상상도 못하면서 그런 인간상에 속이 뒤틀리는 듯한 혐오감을 느끼는 걸 어쩔 수 없다. 누가 나보고 그런 인간 시켜준대도 온몸에 부스럼딱지를 붙이란 소리쯤으로 알아듣고 도망칠지도 모르겠다.

그러나 자식의 문제는 또 다르다. 저항을 느끼면서도 한편 솔깃한 걸 숨길 수 없다. 꼭 호강이 좋아서가 아니라 이것저것 하도 많이 마음 불편해하며 살다보니 자식만은 우선 편하게 살 수 있는 인간으로 키워볼까도 싶은 게 엄마로서의 어리석은 정이다.

호강하고 출세하고 잘사는 이야기를 할 셈이었지만 뒤집으면 우리가 아직도 왜 이렇게 못사나 하는 이야기도 되지 않을까.

팬지

종로5가에서 6가까지 사이에는 묘목상도 많거니와 봄에는 한길 가에 묘목이나 꽃모종을 놓고 파는 아줌마들이 주루니 늘어앉아 특이한 풍경을 이루고 있다. 버스가 그 근처를 지날 때 내다보고 있으면 문득 뱃속이 근질근질해지도록 사는 게 재미있어지기도 한다. 화창한 날보다는 봄비라도 촉촉이 내리는 날이 꽃모종들은 한결 싱싱해지고 그래서 이 화초의 노점시장도 한층 성시를 이루게 되고 모종장수 아줌마들도 생기가 난다.

특히 아무 꽃도 아직 피어나기 전인 이른 봄 목판에 가득가득 담고 파는 팬지가 볼만하다. 다른 화초는 대개 꽃 피기 전의 모종을 파는데 팬지는 활짝 핀 것을 목판에 꼭꼭 끼워 담아놓고 팔고, 흥정도 대개 한 포기 단위로 이루어지지 않고 한 목판 단위로 이루어진다.

목판 속에서 잎이나 대궁이는 거의 보이지 않고 색색의 꽃만 난만하게 어우러진 게 멀리서 보면 흡사 회색의 보도 위에 어디서 난데없이 고운 나비떼가 날아와 앉았는 것 같다.

가까이서 꽃모양을 자세히 봐도 나비 모양과 많이 닮아 있다. 꽃의 빛깔도 그렇게 다양할 수가 없다. 거의 검정에 가까운 짙은 자색으로부터 남색, 잉크색, 부드럽고 슬픈 바이올렛이 있는가 하면 자수정처럼 신비한 보라색도 있고, 핏빛처럼 선연하게 붉은 색이 있는가 하면 비로드처럼 침착하게 가라앉은 진홍색이 있고, 노랑만 해도 어지럽도록 짙은 노랑에서 거의 흰색에 가까운 미색도 있다. 또 이런 빛깔이 대담하게 줄무늬나 반점이 되어 섞여 있기도 하다.

동대문 시장을 낀 종로5가 근처의 사시장철 변함없는 악다구니와 살풍경 속에 느닷없이 피어난 이 현란한 팬지꽃 무더기는 놀랍다못해 어딘가 비현실적으로 보이기까지 한다. 특히 이른봄 제일 먼저 선을 보인 꽃이 그렇다.

참, 나는 아직 팬지꽃을 한 목판은커녕 한 포기도 사다가 우리 마당에 심어본 적이 없다. 그 꽃은 도심의 인도 위에 피어나는 게 제격일 것 같고, 나는 그걸 버스 안에서 구경하는 게 내 멋일 것 같다.

알몸이 날개

2, 3년 전에도 나는 나체 만보漫步를 본 일이 있다. 질주가 아니었던 게 유감이지만 달리는 버스 속에서 내다본 일인데 아마 동대문에서 숭인동 사이였을 것이다. 삼십대의 풍만한 전라全裸의 여인이 인도를 유유히 걷고 있었다.

실오라기 하나 걸치지 않은 알몸에 발에만 유독 육중한 군화를 신고 있었다. 아마 미친 여자였을 것이다. 그때 인상적이었던 것은 행인들의 태도였다. 진기한 광경이었는데도 줄줄 따라다니거나 야유를 퍼붓거나 하지 않고 민망한 듯 못 본 체 지나치고 있어 보기에 다행스러웠다.

만일 그때 그 일이 미친 여자 짓으로 받아들여지지 않고 무슨 깊은 뜻이 있는 기행으로 받아들여져 널리 알려지고 외신을 통해 해외에까지 퍼졌다면 외국에서 과연 이런 기행의 모방이 유행됐을까. 안 그랬을 것이다.

또 그 일이 2, 3년 전에 일어나지 않고 오늘날 일어났다면 행인이 그때의 행인처럼 냉담할 수 있었을까. 안 그랬을 것이다. "이크, 이게 바로 스트리킹이라는 거구나" 하고 인산인해를 이루었을 것이다.

물건이고 사상이고 몸짓이고 우리나라에 이미 있었던 것이라도 외국에서 들어온 것이면 새롭고 기발한 것으로 재인식되어 받아들여지고 그런 경향을 한층 부채질하는 게 매스컴인 것 같다. 왜 먼 딴 나라의 어떤 개인의 기행이 그렇게 상세히 보도되고 다시 그게 상륙할까봐 우려하는 소리나 찬부양론까지 진지하게 취급되는지 모르겠다. 결과적으론 그런 기행의 유행을 선동하는 구실을 하고 있지 않나 한번 깊이 생각해주었으면 싶다.

어떤 개인의 기행이 개인적인 기행 이상의 문제성을 지니고 우리 공동의 관심사가 되려면 적어도 그 기행의 밑바닥엔 우리 공통의 고뇌와 상관된 고뇌가 깔려 있어야 할 게 아닌가. 그렇지 못한 단순한 철부지 기행은 행인이 미친 여자를 점잖게 외면했듯 매스컴도 외면해주었으면 싶다. 그렇게 한다면 그런 기행이 속출할 우려는 안 해도 될 것이다. 춤도 장단이 맞아야 추는 법이다.

드디어 이 고장에도 스트리킹이라는 게 상륙해서 고대高大
앞 스트리킹으로 불리는 모양인데, 고대 앞이란 옷 입은 젊은
이들의 이유 있는 질주로도 역사 깊은 곳이다. 근래엔 이런
이유 있는 질주에도 매스컴은 철저히 냉담했었는데 그까짓
철부지 장난에 왜 그렇게 흥분할까. 바야흐로 옷이 날개가 아
니라 알몸이 날개인 시댄가.

자선냄비

성탄절이자 날씨가 별안간 추워지니 번화가에 내걸렸던 자선냄비와 구세군의 종소리를 생각하게 된다.

몇십 년 동안을 한 해도 안 거르고 구세군에서 이 일을 해오면서 늙었다는 구세군의 한 분이 그 일의 기쁨과 보람을 어느 신문에 쓴 것을 본 일이 있다. 인정은 결코 메마르지 않았다고 하면서, 자선냄비에 얽힌 미담 비슷한 이야기도 곁들여져 있었다.

각박한 소리만 듣다가 흐뭇한 이야기다 싶으면서도 세모에 겨우 두어 말의 쌀, 한 그릇의 우유죽에 죽도록 감읍해야 하는 극빈자가 어째서 몇십 년 동안이나 면면히 끊기지 않고 있어왔느냐 하는 의문이 제기될 때 그렇게 흐뭇할 수만은 없었다.

자선냄비가 걸려 있는 곳은 대개 백화점이나 상가가 인접한 번화가다. 그리고 시기는 세모다.

크리스마스를 전후한 세모, 웬만한 사람은 백화점에서 돈을 좀 쓰게 된다. 아이들에게 장난감이나 책, 설빔 같은 것도 있겠으나 정보다 이해관계에 얽힌 선물용 상품의 구입도 대단하다. 이런 이해관계에 얽힌 선물일수록 액수가 크기 마련이고 선물을 고를 때도 상대방이 얼마나 돈과 권력이 있나에 따라 선물의 값어치를 결정하려든다.

결국 돈이 많은 사람일수록 더 비싼 선물을 받아 더 부자가 되게 되는 셈이다. 주는 측의 변명인즉, 웬만한 건 그 사람 눈에 차지도 않을 테니까, 웬만한 건 받고도 기억도 못할 테니 주나 마나니까, 그 사람에게 들인 밑천은 곧 몇 배로 돌아올 테니까 등등이다. 그러고는 다음해의 이권이나 지위를 보장받은 것으로 안심한다. 그리고 남은 돈이 있으면 친구나 친척을 생각한다. 비로소 정에 얽힌 선물을 산다. 아주 조그마한 걸로, 변명인즉 뭐 비싸야 맛인가, 뭐니 뭐니 해도 정성이 제일이지. 그러고는 그것으로 다음 한 해의 우정이나 우애를 보장받은 것으로 흐뭇해한다.

그러고도 푼돈이 조금 남았고, 기분도 좀 좋고, 함박눈이라도 펄펄 내리면 느닷없이 자비심이 발동하여 자선냄비에 남은 푼돈에서 교통비나 남기고 던져넣는다. 그리고 실로 엄청난 것을 바란다. 천국을. 만일 천국이니 사후 세계니를 믿지 않는 사람일지라도 '적선지가積善之家에 경사가 있다' '음덕이 있는 자는 양보를 받는다' 따위 옛말을 떠올리고 혼자 감격을 한다.

　이런 값싼 자선을 위해 극빈자와 자선냄비가 앞으로도 면면히 있어서는 안 되겠다. 그런 것이 있다는 게 우리 모두의 부끄러움이어야 하겠다. 꼭 세모의 정취를 위해선 구세군의 종소리가 있어야겠다는 사람이 있다면, 글쎄 어떤 후진국(後進國＝경제 발전은 우리보다 앞섰는데 부의 분배가 너무 고르지 못해 후진국 소리를 듣는 나라가 있다고 치자. 그걸 일본쯤으로 해두는 것도 좋을 것이다)의 극빈자를 위해 인류애적인 자선냄비나 있었으면…… 그랬으면 참 좋겠다.

위빈僞貧이라도……

자고 깨면 오르느니 물가이고 그 문제로 신문이고 국회고
자못 떠들썩하다. 그러나 서민들은 조용히 입 다물고―속으로
야 물론 '암만 떠들어봤댔자……'쯤의 탄식쯤 어찌 없으랴―
좀더 어렵게 살 준비를 서둘러 하고 있다. 며칠 전 이미 좀더
춥게 지낼 준비는 끝냈으니까.

번영이니 호경기니를 신기루처럼 먼발치로 바라만 봤을
뿐 한 번도 실제로 실감해보지 못한 서민층에게 어쩌자고 석
유 파동의 못된 바람이란 바람은 제일 먼저 불어닥쳐 계속 모
진 강타를 퍼부어대는지. 게다가 방학까지 앞당겨져 아이들
이 모두 집에 있게 되니 학부모로서의 심적 부담도 만만치 않
다. 학교가 얼마나 고마운 곳이었던가가 절감되며, 과연 이럴

수밖에 없었을까, 과연 이게 아이들을 위한 최선의 방법이었을까고 이번 조치가 몹시 유감스럽다.

에너지 절약책의 일환으로 방학이 앞당겨지리라는 말이 날 즈음, 내 딸이 하던 말이 왠지 요즈음도 문득문득 떠오른다. 내 딸이 다니는 학교 강당에서 방학 연장에 대한 의논을 위해 서울 시내 중고등학교 교장회의가 있었는데 회의에 참석하신 교장선생님들이 타고 온 자가용으로 운동장이 가득 채워졌다고 한다.

"교실에서 그걸 바라보는 우리 마음이 어떻겠어요?"

이건 물음이 아니라 아픈 질책이다.

그날의 회의는 에너지 위기가 교육 기간을 단축시키기까지에 이른 것을 시인하는 회의였으니 교육을 담당한 분으론 침통하기 이를 데 없는 모임이었을 것이다. 물론 그분들이 타고 온 자가용이 소비한 유류로써 학교의 월동 대책을 세울 수 있는 게 아닌 이상 있는 차 이용하는 것을 굳이 탓할 게 뭐냐고 맞설 수도 있겠으나, 그렇더라도 학교 못 미쳐 내려서 교문만은 걸어들어갔더라면 좋았을 것이다. 위선이라도 좋다. 그분들이 교육자니까 그걸 바라는 것이다. 애들의 교육 기간을 단축시킬 만큼 현실이 절박하다면, 교장선생님도 그 절박한 현실에 발맞추는 모습을 아이들에게 보여줌이 마땅했을 것이다.

교장선생님치고 선생님이나 학생들을 상대로 솔선수범이니 언행일치니 하는 말을 안 써보신 분은 별로 없을 줄 안다. 언행일치를 솔선수범하기는 아마 교장선생님도 어려웠던가 보다. 그러니 일부 몰지각한 특수층과 부유층에 대해선 말해 무엇하랴. 그러나 말해야겠다. 이제부터라도 뭔가 좀 달라진 척이라도 해달라고. 우리는 지금 너무 어려운 시기에 처해 있다. 그것도 누가 떠들어주지 않아도 각자가 깊이 인식하고 있다. 이 어려움을 이길 수 있는 힘은 국민총화로써만 얻어질 수 있고, 총화를 위해선 우리 모두가 공동운명체라는 일체감이 불가결하다.

"우리는 여지껏 번영을 독점했으니, 너희들은 이제부터 고난을 독차지하라"고 한다면 어느 누군들 꿈틀 저항하지 않으랴. 그러니 과거의 번영을 독차지했던 분이여, 뭔가 좀 달라진 척해달라. 위빈이라도 좋다. 그래서 고난을 고루 나누어 걸머졌구나 하는 일체감을 갖게 해달라. 오죽해야 위선이라도, 위빈이라도 바라겠는가.

정직이라는 것

　일전에 시골로 이사를 간 친구를 찾아보고 돌아올 때의 일이다. 경기도 땅이라, 부르기 좋아 시골이지 시내버스가 닿는 곳이었으니 서울 변두리나 진배없었다. 개발이니, 구획정리니를 기다리는 서울 변두리가 항용 그렇듯이 농지農地도 택지宅地도 아닌 공지空地가 흙바람을 일으키며 무료하게 펼쳐져 있는데, 여간해서는 정이 들 것 같지 않은 살벌한 고장이었다. 본시 농부의 손을 거부하고 불도저에 연연하는 땅이란 기지촌의 창부처럼 게으르고 천덕스러워 보이기 일쑤다.

　요새도 이런 버스가 남아 있나 싶게 형편없이 낡은 버스는 정거장도 아닌 데서도 마구 쉬고, 유연히 걸어오는 손님을 기다리고, 그래서나 여기가 정말 시골이구나 싶었다. 이런 정거장 아닌 정거장에서 요새는 좀체 볼 수 없는 구식 가방을 는 점잖은 중년 남자가 올라탔다.

가방은 모서리가 터져 있어 술이 두꺼운 책들이 엿뵈고, 두어 권의 책은 옆에 끼고 있었다. 지적이고도 온후한 인상으로 대학교수쯤으로 짐작하고 있는데, 마침 내 옆의 젊은이가 "선생님 오랜만에 뵙습니다"라고 반색을 하더니 정중하게 자기 자리를 내주고 자기도 그 옆에 앉더니 흐뭇한 대화가 오고 갔다. 친구의 근황·병역문제·취직문제 등 화제가 심각해질 즈음 젊은이는 내리게 되고, 몇 정거장쯤 더 가서 교수도 내렸다. 차가 다시 움직이는데 "차장, 차장" 하며 교수가 주머니를 뒤지더니 동전 두 닢을 높이 쳐들고 차를 따라 뛴다. 버스는 웬일인지 교수를 위해 멎지도 않고, 그렇다고 속력을 내 가버리지도 않고, 교수의 뜀박질을 앞지를 만큼의 속력을 유지한 채 차장은 문을 열고 손을 내밀어 '날 잡아라, 용용' 하듯이 재미있는 얼굴을 하고 있고, 운전사는 운전을 하면서 싱글대며 돌아보는 꼴이 의식적으로 그만한 속력을 내는 모양이다.

겨우 교수의 손이 차장 손에 닿았고 차장은 동전 두 닢을 홱 낚아채듯이 빼앗더니 문을 쾅 닫으며 하는 소리가 "별꼴 다 봐. 누가 저보고 정직하다고 표창이라도 할까봐." 그러자 승객 중 누군가가 "누가 알아. 내일 아침 신문에 날지" 하고 받았다. 승객들은 하나같이 재미있어 죽겠다는 듯이 오래 킬킬댔다.

차를 타고 차비를 내는 건 '정직' 이전의 문제요, 그 교수가 타면서 낼 차비를 자기와 차장이 똑같이 잊고 있었던 것에 문득 생각이 미치면서 꺼내 들었을 때 '정직' 같은 걸 의식했을 리도 만무하다. 그러나 차장이 굳이 그걸 '정직'으로 받아들였다면 '정직'도 될 수 있겠으나, 문제는 과연 그것이 정직이냐 아니냐에 있는 게 아니라, 왜 차장에, 운전사에, 게다가 승객까지 합세를 해서 정직이라는 것에 그렇게 악랄한 모멸과 조소를 보냈느냐에 있다.

아무리 가치관이 전도돼도 정직만은 민중의 소박한 도덕의 근본이 아니겠는가.

자주 개탄의 대상이 되는 특수층의 부정부패도 근심스럽지만, 20원짜리 버스의 단골인 민중의 보이지 않는 도의의 타락은 한층 두렵다. 그게 두려운 나머지 그때 내가 우연히 동승한 승객이 결코 우리나라 일반 민중의 집약일 수는 없음을 잘 알면서도 감히 고언苦言을 하고 말았다.

허공에 띄운 편지 1

공무원 여러분께 드립니다.

이런 글을 드리려니까 얼마 전 해외 토픽란을 떠들썩하게 하던 사건이 하나 생각나서 저절로 쓴웃음이 납니다. 스웨덴의 저명한 영화감독이 지독한 세금사찰에 못 견디어 국외로 망명했다는 소식 말입니다. 세금망명이란 새로운 단어가 다 생겨난 줄 압니다.

이런 해외 뉴스에 혹시 우리나라의 세무행정 담당관님들 우쭐해하시지나 않나 심히 걱정됩니다. 우리가 무슨 지상낙원이라도 되는 것처럼 부러워하는 소위 복지국가 형편이 이런데, 거기다 비하면 우리나라 납세자들은 얼마나 편하냐, 우선 눈치껏 수단껏 탈세를 떡 먹듯이 할 수 있으니 그것만 해도 어디냐, 고맙고 행복한 줄 알아라, 하고 말입니다.

그러나 저는 감히 말씀드리고 싶습니다. 우리나라에도 눈에 안 띄고 여론화되지만 않았지 세금망명이 있을지도 모른다고 말입니다. 다만 다른 점은, 스웨덴의 경우 이름 있는 극소수 부유층의 세금망명인데 비해 우리나라는 저소득층의 세금망명이라는 것일 겁니다.

요새 부쩍 느는 이민현상은 어느 모르는 좁은 국토에서 복작대기보다는 넓은 땅에 나가 큰 뜻을 펴본다는 고무적인 뜻도 있습니다만 그중 상당수는 직장도 마땅찮고 조그만 공장이나 상점을 손수 경영해보려 해도 세금관리를 잘못하면 홀라당 들어먹는 예를 너무 많이 봐온지라 겁부터 나서, 억울한 세금 대신 정당한 세금으로 공업이나 상업을 할 수 있는 곳이라고 믿어지고 있는 땅을 찾아 떠나가고 있는 거나 아닌지요. 이것도 따지고 보면 소리 없는 세금망명이 아니고 무엇이겠습니까.

국가라는 거대한 살림이 궁색하지 않게 운영되고, 국방이 유지되고 각종 복지사업을 펴기 위해선 국가는 막대한 돈이 필요하고, 국민은 국민대로 자기의 소득을 옹글게 지키고픈 극히 소박한 소유욕이 있는 이상, 이 양자의 마찰이 세금 징수의 가혹상苛酷相으로 국민의 피부에 느껴지는 건 동서고금을 막론하고 어쩔 수 없는 거겠죠.

여북해야 즙을 말끔히 짜내 껍데기만 남아, 그게 다시 바삭바삭 마른 오렌지가 있는데, 거기 달려들어 다시 한 컵의 오렌지주스를 거뜬히 짜낸 사나이가 있어, 아연실색, 그 사나이의 정체를 알아보니 세리였더라, 이런 소화笑話가 다 있지 않습니까. 짜내기로 말하면 이 세상에 세리를 당할 자가 없다는 소리도 되겠고, 아무리 없다 없다 빈 껍데기뿐이라고 엄살을 떨어도 세리에게 당하면 내줄 것이 있게 마련이란 소리도 되겠죠.

짜내는 솜씨로 말하면 우리나라 세리도 아마 건포도에서 포도즙쯤, 아니죠, 포도주쯤 짜낼 수도 있을는지 모르겠군요. 그런 의미로 당신들의 고충에 심심한 위로와 경의를 보냅니다.

그리고 어차피 당신들에겐 듣기 싫은 고언이 될 가능성이 많은 이 서간의 초점을 어떻게 가혹하게 짜냈느냐보다는 짜내는 대상이 어떻게 잘못됐나, 또 짜낸 세금이 어떻게 잘못 쓰이고 있나에 맞춰보고자 합니다.

그야 세리가 자기의 사리사욕과는 관계없는 나라 살림의 재원이 될 세금의 징수를 위해 바삭바삭 마른 오렌지에서 한 컵의 오렌지주스를 짜내는 노력과 끈기를 높이 사주어야 한다는 걸 모르지는 않습니다. 그러나 즙이 많은 싱싱한 오렌지도 많은데 하필 마른 오렌지만 짜고 있다면 얼마나 민망한 노릇입니까.

우리나라는 세제稅制나 세리가 다 함께 봉급생활자나 우직한 영세상인, 영세공업인들을 꼼짝 못하게 꽉 쥐고 있는 반면, 고소득층이나 특수권력층에게는 얼마든지 탈세의 여지를 주고 있는 것 같은 인상은 비단 저만의 편견은 아닌 줄 압니다. 세금을 많이 버는 사람에게서 많이 거두어들여 그것으로 조금 버는 사람, 아주 못 버는 사람, 불우한 노유 병약자에게 혜택을 주는 게 바로 사회복지이고, 우리나라가 지금 후진성을 벗어나 안간힘을 쓰고 지향하고 있는 것도 바로 이런 복지 사회가 아닐는지요.

그렇다고 당장 '요람에서 무덤까지'를 바라는 건 아닙니다.

아무리 가난한 살림이라도 주부의 살림 솜씨가 알뜰하여 쓸 데 쓰고 아낄 데 아낄 줄 알고 가족을 공평하게 돌보면, 그 집안 앞길이 훤히 트이면서 곧 잘살게 될 것 같은 희망이 생겨 가족들 각자의 생활까지 활기를 띠게 되고 충실해질 것입니다.

우리가 나라 살림을 꾸리는 분들께 바라는 것도 바로 이것입니다.

우리 서민들, 먹고 입고 남아 세금 낸 사람 한 사람도 없습니다. 먹을 것 못 먹고, 입을 것 못 입고, 먹기 전에 입기 전에 낸 세금입니다. 한 달 내 죽자꾸나 성실히 일한 데 비하면 억울하리만큼, 허망하리만큼, 약소하게 받은 보수에서 제일 먼저 떼어낸 세금입니다. 진짜 애국자들의 문자 그대로의 혈세입니다.

그런 혈세로 당신들은 어떻게 살림을 하고 있습니까? 물론 당신들 중에 정직하고 알뜰한 살림꾼들도 많다는 걸 모르는 건 아닙니다. 그러나 우리가 성실한 납세자로서 긍지와 보람을 느끼기보다는 비애와 분노를 느끼게끔 우리의 돈이 마구 쓰이는 게 눈에 띄는 것만도 한두 가지가 아닙니다. 국고의 돈은 우리의, 즉 국민의 돈이지 당신들의 돈이 아닙니다. 당신들은 국민의 돈을 국민에게 이롭게 쓸 의무를 충실히 함으로써 봉급을 받을 권리밖에 없습니다.

연전에 거액의 공금을 횡령한 분의 가족이 여러 친지들 앞에서 자못 위세도 당당하게 하던 소리가 생각납니다.

"우리는 개인 돈 먹은 건 고린전 한푼 없어요. 아무에게도 피해 안 주는 공금 좀 먹었기로서니 그것도 죄가 되나요. 먹을 만한 자리에 있으니까 먹은 거예요. 먹을 만한 자리에 앉아서 공금 못 먹는 위인이 이 세상 천지에 어디 있답니까?"

얼마나 끔직한 소리입니까. 그렇지만 공무원의 마음가짐 속에, 공무원을 보는 국민의 마음속에 이런 심리가 전혀 없다고는 아무도 장담 못할 겁니다.

이런 심리로 부정을 하고 있다는 자각조차 없이 저지르고 있는 부정을 우리는 도처에서 볼 수 있습니다. 조그만 실례를 하나 들겠습니다.

관용차 말입니다. 관용차는 분명히 우리의 세금으로 구입해서 우리의 세금으로 유지비가 지급되는 걸로 알고 있습니다. 왜? 공공의 사무를 능률 있게 하기 위해, 또는 고급공무원—국민을 위하는 일 중 보다 중대하고 책임 있는 일을 맡은 분들에 대한 예우로서 그렇게 하고 있는 걸로 알고 있습니다.

그러니까 관용차는 공무원이 국민으로부터 얻어 탄 차입니다. 국민이 능력 있는 일꾼을 보다 능률적으로 부려먹기 위해 자기는 못 타면서 빌려준 겁니다.

그런 관용차를 국민이 빌려준 본래의 목적과는 딴판으로, 가족들의 나들이, 사모님의 겟놀이, 공휴일의 야유회, 심지어는 가정부의 장보기를 위해서까지 쓰지 않는 공무원이 관용차 가진 공무원 중 과연 몇이나 될까요. 교통법규까지 솔선해서 무시하면서 말입니다.

이런 사적인 용무에 드는 휘발유값에 대해 가책을 느낄 줄 모르는 양심과 거액의 공금을 횡령하고 세상에 공금 먹은 것도 죄가 되느냐고 떠들어대는 배짱과 다르면 얼마나 다르겠습니까.

집안이 잘되려면 우선 어진 아내를 맞아들여야 한다고 합니다. 아내는 남편이 벌어들이는 돈으로 살림을 알뜰살뜰 꾸려 집안을 부흥시킬 수도 있고, 무계획한 낭비로 남편의 수입을 밑 빠진 가마솥에 물 붓기로 만들 수도 있는 것입니다. 같은 회사에서 같은 봉급을 받는 가장을 가진 두 집이 있다고 칩시다. 수입도 같고 가족의 수효도 같은데 사는 모습은 판이하게 다릅니다. 한 집은 화목하고 윤택한데 한 집은 불화하고 가난합니다.

이런 차이는 아내의 살림 솜씨의 차이에서 오는 것입니다. 맨날 뼈 빠지게 벌어다 줘도 집구석은 늘 말썽 많고 어수선하고 가난을 못 면하는 집의 남편, 매달 꼬박꼬박 월급봉투 가지고 들어갈 마음이 나겠습니까.

이런 의미로 한 가정의 아내의 위치와 나라의 공무원의 위치가, 남편의 위치와 납세자의 위치가 매우 닮아 있다고 하겠습니다. 제발 몇 년 앞을 내다보지 못하는 행정으로 국민의 혈세를 밑 빠진 가마솥에 물 붓기로 만드는 일이 없도록 해주십시오.

지금도 서울 시내 산비탈에 곧 무너져내릴 듯이 위태로운 모습으로 남아 있는 시민 아파트만 해도 그렇습니다. 지을 당시부터도 어떤 분의 불도저적인 건설의 역량을 과시하기 위한 전시효과적인 건물이었지만 알고 보면 그 벽돌 한 장 한 장이 다 우리들의 피나는 세금이었습니다.

벽돌 한 장 한 장이 국민들의 피땀이란 인식만 투철했던들 그 벽돌로 국민을 깔아 죽이는 와우아파트는 짓지 않았을 겁니다. 그 벽돌을 조급히 쌓아올려 그 끝에 자기의 공명의 깃발을 휘날리려고 하지는 않았을 겁니다.

1968~1972년, 55억 원을 들여 4백40동의 날림 아파트를 지었다가 와우아파트 사건으로 허물기 시작, 1976년 현재 16퍼센트에 해당하는 70동을 헐었는데 이에 드는 비용이 30억 원이 들었다고 합니다. 짓는 데 55억 원 든 것이 허는 데 30억 원이 든 것입니다. 왜냐하면 철거비에 보상비까지가 포함되기 때문입니다.

이상은 추측이 아니라 서울시의 공식 집계입니다. 그리고 여기서 수포로 돌아간 몇십 억이란 어마어마한 돈의 단위가 다 우리들의 세금인 것입니다.

이래도 밑 빠진 가마솥에 물을 붓고 있는 것처럼 고달프고 허망한 납세자의 심정을 나무랄 수가 있겠습니까.

제발 앞을 내다보는 행정을 해주십시오. 와우아파트뿐 아닙니다. 우리는 바로 어제 포장한 도로가 오늘 파헤쳐지는 꼴을 끊임없이 보면서 살고 있습니다. 또 동양 제일이니 세계 제일이니 하면서 미리 떠들기부터 한 건물이 금 먼저 가는 꼴도 수없이 봤습니다.

늦게 들어오는 남편을 위해 텔레비전 연속극 속의 아내는 외도를 걱정하지만 실제의 아내들은 어두운 길목에 허구한 날 뚜껑이 없는 채 방치된 맨홀을 걱정합니다.

부실 건널목에 아침저녁 생명을 맡기고 등교를 해야 하는 꼬마의 아빠들이야말로 우리나라에서 제일 성실하고 정직한 납세자들입니다. 그들은 부실 건널목에 안전기를 해달라고 요구할 권리가 있습니다.

'예산이 없다. 예산이 없다'는 말도 안 되는 소리입니다. 우리가 나라에 세금을 바치는 가장 기본적인 이유는 나라가 우리의 생명과 재산을 안전하게 보호해준다는 데 있습니다. 그런데 생명과 직접 관계가 있는 것에 예산이 없다면 말이 됩니까. 생명이 있고 나서 고속도로도 있고 '잘살아보세'도 있는 거 아니겠습니까. 예산이 없다고 발뺌하기 전에, 어디에 예산을 낭비하지 않았나를 먼저 생각해주십시오.

높은 어른들은 너무 자주 집의 아낙네와 비교해서 안됐습니다만 화장품을 많이 산 아내는 쌀 살 돈이 없는 법이고, 극장 구경을 자주 가면 아이들이 병났을 때 병원 갈 돈이 없는 법입니다.

알뜰한 아내가 낭비를 철저하게 억제하는 것으로 기본적인 생활을 불안 없이 해결한 후에는 하나하나 사람다운 생활환경까지 꾸려가듯이, 당신들도 공금이 자기 호주머니 돈 같은 착각을 버리고 남의 돈 어려운 것 먼저 알아 모든 낭비를 일소하면, 우리를 건널목의 불안, 공해의 불안, 장마의 불안, 가뭄의 불안……으로부터 자유롭게 해줄 수 있을뿐더러 보다 나은 생활환경─아름다운 공원, 어린이 놀이터, 노인들의 휴게소, 도서관─까지도 우리에게 줄 수 있을 것입니다.

이것들은 납세자로서 요구할 수 있는 최소한의 인간다운 생활 조건일 뿐 결코 과욕은 아닌 줄 압니다. 더는 안 바라겠습니다. 성급하게 '요람에서 무덤까지'를 외치지도 않겠습니다. 세금으로 망명한 재벌이라도 생기고 나서 그런 요구는 해도 늦지 않겠죠.

납세자는 고달픕니다. 그리고 상당액의 세금이 공제된 월급봉투를 받아들 때마다 허전하고 억울합니다. 이런 느낌은 세금이 복지가 되어 다시 우리에게 돌아온다는 실감을 못 느끼고 사는 데서 하루하루 축적될 뿐 해소되지를 못합니다. 또 늘 즙을 짜내기만 해야 하는 마른 오렌지의 비애, 즉 과세가 공평치 못한 데서 오는 억울한 감정도 대단합니다.

사람에게 억울한 느낌처럼 고약한 느낌도 없거니와 억울하다는 감정처럼 국민총화를 해치는 감정도 없다는 걸 당신들은 늘 명심해둬야 할 줄 압니다.

마지막으로 부탁드리며 강조해두고 싶은 게 있습니다. 우린 납세자입니다. 우린 납세자로서의 긍지를 갖고 당당하게 살고 싶습니다.

당신들의 봉급은 곧 우리의 세금에서 지급되는 것입니다. 우리가 당신들을 먹여살리는 것입니다. 결코 당신들이 우리의 상전이 아니라 우리 납세자가 당신들의 상전인 것입니다. 당신들은 우리의 공복입니다. 아시겠습니까?

그런데 당신들은 말단 수위로부터 어떻게 그렇게 거만할 수가 있습니까. 당신들 공무원 중에서도 고급 공무원의 1년 치 봉급을 한 달의 세금으로 납세해야 하는 상인이 관청에 볼 일이 있어 찾아갔을 때, 문간 수위한테서부터 까닭 없이 수모를 받으며 굽실대야만 하겠습니까. 국민들의 일상생활 중 제일 싫은 게 뭔 줄 아십니까. 관청에 볼일이 생겨 관청에 드나드는 일입니다. 자존심을 상하지 않고 볼일을 끝마치는 일이

거의 없기 때문입니다.

도대체 관청은 왜 있습니까. 관청은 국민생활의 편의를 위해 있는 것이지 당신들의 권위의식과 생계를 만족시켜주려고 있는 것은 아닙니다.

관청 내에서의 위계질서에 눈이 밝아 자기 상전한테 아첨하고 굽실댈 줄만 알았지 납세자야말로 그 상전의 상전, 제일 높은 상전이란 걸 왜 모릅니까.

당신들의 봉급은 결코 당신들의 관청 내의 상전이 지급하는 게 아니라 당신들의 가장 높은 관청 밖의 상전, 즉 납세자가 지급하는 것입니다.

명랑한 사회와 명랑한 납세 분위기를 위해 우선 당신들의 뿌리 깊은 관존민비사상을 먼저 청산해야 할 줄 압니다. 그렇다고 당신들의 인권이 하락될 것도 없지 않습니까. 당신들 또한 납세자인 것을.

허공에 띄운 편지 2

경제기획원장관님에게

먼저 이 어려운 시기에 경제정책의 총책임을 맡고 계신 장
관님의 노고에 마음으로부터의 격려와 위로의 말씀 드립니다.

저도 이 극심한 물가고시대物價高時代를 사는 서민의 주부
로서 이런저런 말 못 할 어려움을 겪다보니 미루어 나라 살림
의 어려움까지 짐작돼 나라 살림을 맡은 분께 원망보다는 차
라리 동정이 앞섭니다.

우리나라의 요즈음 살림형편을 우리네 평범한 서민—가장
의 수입은 시원치 않은데 부양하고 교육시켜야 할 식구는 많
고 급한 가옥 수리니 가구 장만 등 최저한의 문명생활 흉내는

내야겠고 이렇게 씀씀이는 세고 경제적 기반은 약한, 다만 주부의 알뜰함과 살림 솜씨로 그럭저럭 이웃 간의 큰 창피나 면하면서 사는 우리 이웃의 흔하디흔한 서민의 살림형편과 비유한대도 큰 망발은 안 되리라 믿습니다.

이런 불면 꺼질 듯이 유약한 경제형편에 별안간 뜻하지 않은 극심한 인플레의 회오리바람을 맞고 설상가상으로 가족 중 실직자까지 생겨 벌어들이는 수입까지 대폭 줄어들었다 할 때 이 집 주부는 어떻게 이 곤경에 대처하겠습니까?

현명한 주부는 우선 사치성 지출을 가려내어 억제하고 당분간은 집안 식구를 고루 먹이기에 온갖 노력을 다할 것입니다. 먹는다는 것은 생존권의 문제이기 때문입니다. 우리나라 속담에 '난리통에 어른은 배곯아 죽고 아이는 배 터져 죽는다'는 말이 있습니다. 곰곰이 음미해볼 만한 말이라 생각됩니다. 이는 아무리 곤궁한 때라도 굶는 자가 있다는 건 식량의 절대량의 부족 때문이라기보다는 배가 터지도록 먹는 자가 있음에, 즉 고르지 못함에 더 큰 원인이 있다는 얘기도 되겠습니다.

배가 터져 죽는 자 옆에 배가 곯아 죽는 자가 있다는 어리석음의 극치는 우리 모두의 부끄러움이어야 하겠습니다.

가공의 숫자는 가공의……

　이런 뜻에서도 장관님께서 강조하신 "기업의 이윤 폭을 줄이거나 심지어는 손해를 보는 일이 있더라도 이 난국을 타개하기 위해선 우선 노동자의 임금을 올려줘야 한다"는 말씀은 적절한 말씀이었다고 사료됩니다. 그래서 때가 때니만큼 언명이 언명으로서의 청각적 효과로서만 끝난 것이 아니기를 믿고 바랄 뿐입니다.

　또한 먹는다는 문제의 중대성에 비추어 늘 우려되는 바는 쌀값의 불안정입니다. 서민은 쌀값의 오르내림을 거의 피부적이라고 할 만큼 예민하게 감지하고 있습니다. 그런데 신문의 도매물가표는 몇 달째 일반미가 1만 1천5백 원을 고수하고 있습니다. 이 가공의 숫자는 도대체 누구를 위한 숫자입니까. 이런 작은 듯한 거짓이 바로 불신의 씨앗입니다. 왜 실제로 못 묶는 걸 숫자로만 묶으려 하십니까?

　가공의 숫자는 또다른 가공의 숫자를 낳을 것입니다. 권력의 상층구조에서 믿을 수 없는 숫자로 국민을 기만하면 하급관리 역시 아무런 가책 없이 믿을 수 없는 숫자로 상부를 우롱할 것입니다. 이를테면 자기의 공명심을 위해 이면의 식량 생산량을 실제 이상의 가공의 숫자로 상부에 보고하는 일도 있을 수 있을 테고, 이런 가공이 누적돼 엄청난 부피를 이룬 가공의 통계로 1년의 쌀 수급 계획을 정부에서 세운다면 어떤 일이 생기겠습니까.

좋은 정치는 정확한 통계 없이 어려울 것입니다. 지금 가장 비근한 예로 쌀의 경우를 들었을 뿐이온데, 실제로도 뭐가 좀 남는다고 해서 수출을 한나고 법석을 떤 지 불과 며칠 만에 더 비싼 값으로 수입을 해들여야 하는 웃지 못할 일을 우리는 자주 봐오는데 이게 다 통계의 부정확성에서 오는 게 아닐는지요.

국민으로 하여금 어렵고 추상적인 말을 믿게 하기에 앞서 우선 정직한 숫자부터 믿게 하여주십시오. 통계는 아래로부터 해 올라와 집계되는 것이오니 아랫사람이 정직하기를 바란다면 우선 윗사람이 정직해서 상하의 정직이 체질화되어야 할 것입니다.

아직도 우리 서민사회에서는 정직이 법 이전의 소박한 사회질서가 되고 있습니다. 서민사회에서 부정직의 낙인이 찍히면 막벌이꾼 노릇도 해먹을 수 없습니다. 하다못해 강냉이 장수나 뽑기장수로도 발을 붙일 수 없게 철저한 배척을 받게 됩니다.

거짓에 대한 미움, 이것이 아직도 서민사회의 질서와 건강을 유지시켜주고 있습니다. 서민사회의 이런 도덕적인 건강이야말로 우리 사회의 최후의 구원이 될 것입니다.

이런 서민으로 하여금 우리 정부가 거짓말을 하고 있다는 인상을 받지 않도록 해주십시오. 내일 오를 물가를 오늘 안 오른다고 장담하지 말아주십시오. 오늘의 인플레는 세계적인 추세요, 결코 우리 정부의 무능도 불명예도 아닙니다. 은폐되어야 할 까닭이 없습니다. 국민이 바르게 알게 하시고, 난국을 극복할 길을 같이 의논해주시고, 협조를 호소하시고 어려움에 앞장서십시오.

서민은 고난을 두려워하지 않습니다. 서민은 강인합니다. 다만 긍지 있는 고난을, 빛이 보이는 고난을 원할 따름입니다. 서민이 오늘의 어둠을 터널 속의 어둠으로, 즉 빛으로 향한 어둠으로 확신하게 해주십시오.

제가 너무 지나친 고언을 드린 것일까요? 저도 대가족의 주부로서 요즘은 때가 때니만큼 가족들의 별의별 불평과 빗발치듯 하는 비난까지도 감수하고 지내고 있습니다. 학비 독촉, 용돈 불평, 반찬 투정, 옷 투정, 봄이 되니 집까지도 돈을 달라고 여기저기 새고, 헐어지고, 어느 구멍을 먼저 막아야 할지 난감할 때가 한두 번이 아닙니다.

너무 화가 나면 "나 이 짓(주부 노릇) 그만 둘란다. 누구 대신 해볼 사람 있으면 해봐" 하고 공갈을 치기도 합니다.

아닌 게 아니라 며칠만 어디로 도망갔다 오면 살이 피둥피둥 찔 것도 같습니다. 그렇지만 이런 소리는 그야말로 공갈일 뿐 저 스스로 제자리를 버리는 일은 없을 것입니다.

소위 조강지처란 말이 있잖습니까? 요새는 정식 처라는 의미 정도밖에 지니지 않은 낡은 말입니다만 본래의 뜻은 지개미(糟)와 쌀겨(糠)로 끼니를 잇는 고생을 같이 한 아내란 뜻인 줄 압니다. 조강지처란 조강糟糠으로 연명하는 고생을 극복하고 부흥을 이룬 뒤에는 대개 그늘로 물러나는 슬픈 운명을 지녔습니다. 그러나 조강지처는 그 조강의 현장을 떠나지 않고 끝내 가운家運을 부흥으로 이끌었다는 긍지를 일생동안 면류관처럼 지니고 살았던 것입니다.

조강지처의 중책

왜 이런 말씀을 드리느냐 하면 이 어려운 시기에 국가의 중책을 맡으시는 분은 국가의 운명과 자기 운명과 조강지처 적인 결연을 맺고 일을 해주십사 하는 뜻입니다. 결코 자리를 오래오래 지키라는 뜻이 아닙니다.

조강지처는 일가의 어려움을 당해 제일 먼저 조강을 핥았을 테고 형편이 핀 후에는 제일 나중까지 자기 홀로 조강으로 끼니를 이었을 것입니다. 어려움에는 앞장섰고 호강에는 뒤졌을 것입니다. 그래서 가산을 일으키고 살림의 뒷자리로 물러난 후에도 도도한 긍지와 위엄을 지닐 수 있었고 존경을 받을 수 있었던 것입니다. 예로부터 조강지처는 하늘이 안다고까지 일컬어졌습니다.

그런 뜻에서도 이 어려운 시기에 중책을 맡으심을 긍지로 삼으실 수 있을 테고, 물러나신 후에도 어려운 시기에 어려움의 현장에서 어려움을 극복하기에 최선을 다하신 걸로 길이 기억되고 존경을 받으실 수 있을 것입니다.

만일 아직도 높은 공직을 세도나 부리고, 일생 호의호식하고도 남을 만큼 치부하고, 자식은 슬금슬금 외국으로 빼돌리고 할 수 있는 자리쯤으로 인식하고 있는 분이 있다면, 일반 가정의 기생첩과 무엇이 다르겠습니까. 다르다면 하나는 한 집안을 망치고 하나는 한 나라를 망친다는 것일 겁니다. 두려운 일입니다. 과거에는 몰라도 앞으로는 다시는 있어서는 안 될 끔찍한 일입니다.

제가 이 글을 쓰기 시작할 때는 의례적인 서간문으로 시종할 작정이었사오나, 도중에서 저도 모르게 애틋한 간청으로,

다시 가슴이 타는 듯한 기도로써 끝맺는다는 걸 고백합니다.
그것이 제 나름의 조국에 대한 애정, 이웃에 대한 아픔이었습
니다.

　끝으로 다시 한번 장관님의 노고에 충심으로 경의와 격려
를 드립니다.

1931년   10월 20일 경기도 개풍군 청교면 묵송리 박적골에서 출생.
아버지 박영노朴泳魯, 어머니 홍기숙洪己宿. 열 살 위인 오빠
있음.

1934년   아버지 별세. 어머니는 오빠만 데리고 서울로 떠남. 조부모
와 숙부모 밑에서 어린 시절을 보냄.

1938년   서울로 와서 살게 됨. 매동국민학교 입학.

1944년   숙명여고 입학.

1945년   소개령疎開令이 내려져 개성으로 이사, 호수돈여고로 전학.
고향에서 해방을 맞음. 서울로 와 학교를 계속 다님. 여중
5학년 때 담임을 맡은 소설가 박노갑 선생에게서 많은 영
향을 받음.

1950년   서울대학교 문리대 국문과 입학. 6월 초순에 입학식이 있
어서 학교를 다닌 기간은 며칠 되지 않음. 전쟁으로 오빠와
숙부가 죽고 대가족의 생계를 책임지게 됨. 미군 부대에 취
직, 미8군 PX(동화백화점, 곧 지금의 신세계백화점 자리)의
초상화부에 근무. 거기서 박수근 화백을 알게 됨.

1953년   호영진扈榮鎭과 결혼, 이후 1남 4녀의 자녀를 둠(1954년 원
숙, 1955년 원순, 1958년 원경, 1960년 원균, 1963년 원태).

1970년   「나목」으로 『여성동아』 여류장편소설 공모에 당선.

1975년	남편이 사기사건에 연루되어 옥바라지를 함. 「도시의 흉년」을 『문학사상』에 연재.
1976년	첫 창작집 『부끄러움을 가르칩니다』(일지사) 출간. 「휘청거리는 오후」를 동아일보에 연재.
1977년	남편의 옥바라지 체험을 바탕으로 전해에 발표했던 단편 「조그만 체험기」에 얽힌 기사가 일간지에 실렸는데, 개인의 명예를 생각하지 않고 검찰측의 입장만 밝혀서 문제가 됨. 『휘청거리는 오후』(창작과비평사, 전2권), 중편집 『창 밖은 봄』(열화당), 산문집 『꼴찌에게 보내는 갈채』(평민사), 『혼자 부르는 합창』(진문출판사) 출간.
1978년	창작집 『배반의 여름』(창작과비평사), 장편 『목마른 계절』(원제 『한발기』, 수문서관), 산문집 『여자와 남자가 있는 풍경』(한길사) 출간.
1979년	『도시의 흉년』 완간(문학사상사, 전3권), 『욕망의 응달』(수문서관. 이 책은 1985년 같은 출판사에서 『인간의 꽃』으로, 1989년 원제대로 우리문학사에서 재출간), 창작동화 『달걀은 달걀로 갚으렴』 출간(샘터, 『마지막 임금님』으로 재출간).
1980년	「그 가을의 사흘 동안」으로 한국문학작가상 수상. 전해부터 동아일보에 연재했던 『살아 있는 날의 시작』(전예원) 출간. 「오만과 몽상」을 『한국문학』에 연재.
1981년	「엄마의 말뚝 2」로 제5회 이상문학상 수상. 제5회 이상문학상 수상작품집 『엄마의 말뚝 2』 출간. 『도둑맞은 가난』(민음사, 「나목」이 재수록되어 있음), 콩트집 『이민가는 맷

돌』(심설당) 출간. 20년간 살던 보문동 한옥을 떠나 강남의 아파트로 이사.

1982년 10월, 11월 문공부 주최 문인해외연수에 참가하여 유럽과 인도를 다녀옴. 단편집 『엄마의 말뚝』(일월서각), 장편 『오만과 몽상』(한국문학사, 1985년 고려원에서 재출간), 산문집 『살아 있는 날의 소망』(주우) 출간. 「그해 겨울은 따뜻했네」를 한국일보에 연재.

1984년 7월 1일 영세 받음. 풍자소설집 『서울 사람들』(글수레) 출간.

1985년 11월에 '일본 국제기금재단'의 초청으로 일본을 여행함. 장편 『서 있는 여자』(학원사, 『떠도는 결혼』과 동일 작품), 작품 선집 『그 가을의 사흘 동안』(나남) 출간.

1986년 산문집 『서 있는 여자의 갈등』(나남), 창작집 『꽃을 찾아서』(창작사, 1982년에서 1986년 사이에 창작한 중·단편을 수록) 출간.

1988년 남편과 아들을 연이어 잃음. 서울을 떠나는 일이 많아짐. 미국 여행을 다녀옴. 『문학사상』에 연재하던 「미망」을 10월부터 다음해 6월까지 쉼.

1989년 「그대 아직도 꿈꾸고 있는가」를 여성신문에 연재. 장편 『그대 아직도 꿈꾸고 있는가』(삼진기획) 출간.

1990년 『미망』(문학사상사, 전3권) 출간. 이 작품으로 대한민국문학상 우수상을 수상. 산문집 『나는 왜 작은 일에만 분개하는가』(햇빛출판사) 출간. 『그대 아직도 꿈꾸고 있는가』의 성공으로 출판사 주최 성지순례 해외여행을 다녀옴.

1991년 회갑 기념 소설집 『저문 날의 삽화』(문학과지성사), 콩트집
        『나의 아름다운 이웃』(작가정신) 출간. 장편 『미망』으로
        제3회 이산문학상 수상.

1992년 『그 많던 싱아는 누가 다 먹었을까』(웅진출판사), 『박완서
        문학앨범』(웅진출판사) 출간.

1993년 「꿈꾸는 인큐베이터」(『현대문학』 1월호)로 제38회 현대문
        학상 수상. 제38회 현대문학상 수상작품집 『꿈꾸는 인큐베
        이터』(현대문학사) 출간. 제19회 중앙문화대상(예술 부문)
        수상. 장편 『휘청거리는 오후』를 제1권으로 『박완서 소설
        전집』(세계사) 출간 시작. 소설전집 제2·3·4·5권으로 장
        편 『도시의 흉년』(상·하), 『살아 있는 날의 시작』 『욕망의
        응달』 출간.

1994년 「나의 가장 나종 지니인 것」(『상상』 창간호, 1993)으로 제25회
        동인문학상 수상. 제25회 동인문학상 수상작품집 『나의 가
        장 나종 지니인 것』(조선일보사), 창작집 『한 말씀만 하소
        서』(솔), 창작동화 『부숭이의 땅힘』(한양출판사), 소설전집
        제6·7·8·9권으로 장편 『목마른 계절』, 소설집 『엄마의 말
        뚝』, 장편 『오만과 몽상』 『그해 겨울은 따뜻했네』 출간.

1995년 장편 『그 산이 정말 거기 있었을까』(웅진출판사), 산문집
        『한 길 사람 속』(작가정신) 출간. 「환각의 나비」(『문학동네』
        봄호)로 제1회 한무숙문학상 수상. 소설전집 제10·11권으
        로 장편 『나목』 『서 있는 여자』 출간.

1996년 소설전집 제12·13권으로 장편 『미망』(상·하) 출간.

1997년	티베트, 네팔 여행기 『모독冒瀆』(학고재), 동화집 『속삭임』(샘터) 출간. 장편 『그 산이 정말 거기 있었을까』로 제5회 대산문학상 수상.
1998년	산문집 『어른 노릇 사람 노릇』(작가정신) 출간. 보관문화훈장(문화관광부) 받음. 소설집 『너무도 쓸쓸한 당신』(창작과비평사) 출간.
1999년	묵상집 『님이여, 그 숲을 떠나지 마오』(여백) 줄간. 『너무도 쓸쓸한 당신』으로 제14회 만해문학상 수상. 『박완서 단편소설 전집』(문학동네, 전5권) 출간.
2000년	장편소설 『아주 오래된 농담』(실천문학사) 출간. 제14회 인촌상 수상.
2001년	단편소설 「그리움을 위하여」로 제1회 황순원문학상 수상.
2005년	기행산문집 『잃어버린 여행가방』(실천문학사) 출간.
2006년	『박완서 단편소설 전집』 개정판(문학동네, 전6권) 출간. 서울대학교 명예문학박사학위 수여. 제16회 호암상 예술상 수상.
2007년	산문집 『호미』(열림원), 소설집 『친절한 복희씨』(문학과지성사) 출간.
2009년	『세 가지 소원』(마음산책), 『이 세상에 태어나길 참 잘했다』(어린이작가정신) 출간. 『문학동네』 가을호에 단편소설 「빨갱이 바이러스」 발표.
2010년	산문집 『못 가본 길이 더 아름답다』(현대문학) 출간.
2011년	1월 22일, 담낭암 투병중 향년 81세를 일기로 별세. 1월 24일, 정부로부터 '금관문화훈장'을 추서받았다.

2012년   산문집 『세상에 예쁜 것』(마음산책), 소설집 『기나긴 하루』
        (문학동네) 출간.

2013년   『박완서 단편소설 전집』 개정판(문학동네, 전7권) 출간. 짧
        은 소설집 『노란집』(열림원) 출간.

2014년   티베트, 네팔 여행기 『모독』, 산문집 『호미』 개정판(열림원)
        출간. 그림동화 『엄마 아빠 기다리신다』(어린이작가정신)
        출간.

2015년   『박완서 산문집』(문학동네, 전7권), 그림동화 『이 세상에서
        제일 예쁜 못난이』『7년 동안의 잠』(어린이작가정신) 출간.

2016년   대담집 『우리가 참 아끼던 사람』(달), 출간.

2017년   소설집 『꿈을 찍는 사진사』(열림원), 그림동화 『노인과 소
        년』(어린이작가정신) 출간.

2018년   박완서 산문집 『한 길 사람 속』『나를 닮은 목소리로』(문학
        동네), 대담집 『박완서의 말』(마음산책) 출간.

2020년   『프롤로그 에필로그 박완서의 모든 책』(작가정신) 출간.

박완서(1931~2011)

1931년 경기도 개풍 출생. 1970년 불혹의 나이에 『나목裸木』으로 『여성동아』 장편소설 공모에 당선되어 문단에 나온 이래 2011년 영면에 들기까지 40여 년간 수많은 걸작들을 선보였다. 『부끄러움을 가르칩니다』『배반의 여름』『엄마의 말뚝』『그해 겨울은 따뜻했네』『그 많던 싱아는 누가 다 먹었을까』『그 산이 정말 거기 있었을까』『친절한 복희씨』『기나긴 하루』등 다수의 작품이 있고, 한국문학작가상 이상문학상 대한민국문학상 이산문학상 중앙문화대상 현대문학상 동인문학상 한무숙문학상 대산문학상 만해문학상 인촌상 황순원문학상 호암상 등을 수상했다. 2006년, 서울대 명예문학박사학위를 받았다.

박완서 산문집 2
나의 만년필
ⓒ 박완서 2015

1판 1쇄 2015년 1월 20일
1판 7쇄 2023년 3월 6일

지은이 박완서
책임편집 김필균 | 편집 곽유경 김형균 이경록
디자인 김현우 최미영 | 저작권 박지영 형소진 이영은
마케팅 정민호 이숙재 김도윤 한민아 이민경 안남영 김수현 왕지경 황승현 김혜원
브랜딩 함유지 함근아 박민재 김희숙 고보미 정승민
제작 강신은 김동욱 임현식 | 제작처 한영문화사(인쇄) 경일제책사(제본)

펴낸곳 (주)문학동네 | 펴낸이 김소영
출판등록 1993년 10월 22일 제2003-000045호
주소 10881 경기도 파주시 회동길 210
전자우편 editor@munhak.com | 대표전화 031) 955-8888 | 팩스 031) 955-8855
문의전화 031) 955-3578(마케팅) 031) 955-8864(편집)
문학동네카페 http://cafe.naver.com/mhdn
인스타그램 @munhakdongne | 트위터 @munhakdongne
북클럽문학동네 http://bookclubmunhak.com

ISBN 978-89-546-3454-0 04810
     978-89-546-3452-6 (세트)

www.munhak.com